ŒUVRES DE PAUL FÉVAL

DIANE et CYPRIENNE

ALBIN MICHEL, ÉDITEUR

DIANE ET CYPRIENNE

PAUL FÉVAL

DIANE ET CYPRIENNE

SEULE ÉDITION REVUE ET CORRIGÉE

ALBIN MICHEL, ÉDITEUR
PARIS, 22, RUE HUYGHENS, 22, PARIS

DIANE ET CYPRIENNE

En 1817, la principale auberge de la ville de Redon était située sur le port et avait pour enseigne un bélier noir, coiffé d'une auréole. On connaissait le « Mouton couronné » à Rennes, à Vannes et jusqu'à Nantes : bon logis à pied et à cheval tenu par le père Géraud, ancien cuisinier au long cours.

Redon est une cité de cinq mille âmes, assise sur les confins de la Loire-Inférieure et de l'Ille-et-Vilaine, au bord même de la rivière qui baptise ce dernier département. Malgré son nom romain, elle renferme peu de monuments remarquables, et la maison du père Géraud, portant six fenêtres de façade, rivalisait avec les édifices affectés aux plus illustres destinations : c'était bâti en bonnes pierres comme la sous-préfecture et grand comme la gendarmerie. Devant la maison au delà de l'étroite bande du quai, la Vilaine roulait ses eaux marneuses et saumâtres; à marée haute, les petits navires caboteurs venaient jusque sous les fenêtres de l'auberge.

Les jours de marché, vous eussiez eu de la peine à trouver une petite place dans l'établissement de maître Géraud, qui avait la triple clientèle des marins du port, des métayers et des gentilshommes. Aussi faisait-il d'excellentes affaires. Bien qu'il fût déjà vieux, les demoiselles du petit commerce de Redon supputaient parfois, dans leurs rêves, la somme probable de ses économies. Mais le père Géraud semblait ennemi du mariage, et comme il n'avait point de parents, chacun se demandait à qui profiteraient, un jour venant, ses honnêtes et rondes épargnes.

On était au milieu de l'automne, et ce n'était ni jour de foire, ni veille de dimanche. Le « Mouton couronné » chômait ou à peu de chose près. La cendre était froide dans les fourneaux de la cuisine : les crocs de fer des landiers ne soutenaient point de broches et nulle marmite ne pendait à la grande crémaillère.

Maître Géraud pouvait fumer sa pipe à l'aise sur le parapet du port. Il n'y avait, dans toute son auberge, qu'une seule chambre occupée; encore était-ce par deux hôtes de hasard à qui le père Géraud, courtois envers tout le monde, mais sachant graduer sa politesse, ne devait point la respectueuse visite à laquelle s'attendaient ses vieux et fidèles habitués.

Ils étaient arrivés on ne savait trop d'où. Leurs vêtements et leur apparence de lassitude semblaient annoncer une longue course à pied, mais le maître du « Mouton couronné » n'avait point de défiance, et les avait crus sur parole lorsqu'ils lui avaient dit qu'ils descendaient de la voiture de Rennes. Naturellement, leur bagage était resté au bureau.

L'un des deux hommes était en blouse; l'autre portait un pantalon et un habit de coupe élégante, mais qui gardait de nombreuses traces de boue à demi effacées.

En somme, ces deux voyageurs n'étaient pas le Pérou.

Il était environ deux heures après-midi. Nos voyageurs avaient été installés dans une chambre à deux lits, donnant sur le port. Un feu de bois vert fumait et pétillait dans la cheminée. Tandis qu'une servante joufflue, coiffée du « pignon » morbihanais, étendait une rude nappe de chanvre sur la table et mettait deux couverts, l'homme à la blouse et son compagnon brûlaient leurs pieds humides dans les cendres du foyer.

Nos deux voyageurs, malgré la différence de leurs habits, semblaient entre eux sur le pied d'une égalité parfaite. A bien les considérer même, on aurait pu reconnaître, chez celui qui portait un costume bourgeois, une sorte de déférence combattue. Ils étaient jeunes tous les deux et assez beaux garçons. Le bourgeois, qui avait nom Blaise, était un gaillard bien découplé, muni de larges épaules, et montrant, quand il souriait, deux rangées de dents blanches comme l'ivoire. Il avait une grosse figure rougeaude et des cheveux blonds crépus. Le caractère de sa physionomie était une jovialité un peu brutale, qui se voilait, en ce moment, sous un nuage de mauvaise humeur non équivoque.

Les bons amis de Blaise ignoraient, à ce qu'il paraît, son nom de famille, car, pour le distinguer du commun des Blaise, on l'avait surnommé l' « Endormeur ».

L'autre pouvait compter vingt-cinq ans tout au plus, ce qui ne l'empêchait pas d'avoir dans son passé cinq ou six romans d'un certain intérêt. Ceux qui le connaissaient intimement lui savaient plus d'un nom; en ce moment il s'appelait Robert, dit l' « Américain ». Il était un peu plus petit que son compagnon, et ses membres n'avaient pas la même apparence de vigueur; mais sa taille était admirablement prise, et la souplesse de ses mouvements n'excluait point la force.

Il avait les traits aquilins et sculptés énergiquement, son front large, couvert d'une forêt de cheveux noirs, respirait la volonté patiente; sa lèvre charnue ressortait, rouge comme du sang, sur le fond basané de son teint.

A le voir, quand ses paupières étaient closes, on l'eût jugé pour un de ces esprits robustes, qui cherchent la lutte et se mettent à la hauteur de tout danger. On eût admiré la forme ovale de son visage, et cette chaude pâleur de sa joue, sous laquelle jouaient des muscles d'acier. Mais s'il venait à ouvrir les yeux, le caractère de sa physionomie changeait comme par enchantement. Il y avait dans son regard, qui ne savait point se fixer, une agitation nerveuse et inquiète.

Ceci, bien entendu, lorsque M. Robert était hors de garde et se croyait à l'abri de toute investigation curieuse : car M. Robert pouvait se grimer à l'occasion aussi bien que pas un comédien de mérite.

Depuis un moment déjà, la servante était sortie et nos deux voyageurs étaient toujours l'un vis-à-vis de l'autre, aux deux coins de la cheminée, regardant fumer le feu de bois vert et plongés dans une rêverie qui ne paraissait point être fort gaie.

— Satané voyage! dit tout à coup Blaise en donnant un grand coup de pied dans les bûches du foyer; c'est pourtant toi, Robert, qui as eu l'idée de venir dans ce pays de loups!

Robert prit les pincettes massives et rétablit la symétrie du feu.

— L'idée peut être mauvaise, répliqua-t-il, comme elle peut être bonne. Ce n'est pas une raison pour brûler notre seule paire de bottes.

Il y avait en effet la même différence entre les chaussures de nos deux voyageurs que dans le surplus de leur toilette; Robert avait de vieux souliers éculés et béants, tandis que Blaise, dit l'Endormeur, portait des bottes en assez bon état.

— Il me prend des envies!... grommela-t-il en fronçant ses gros sourcils blonds, quand je t'entends parler comme ça, monsieur Robert! Dire que voilà des mois que nous courons la prétentaine, cherchant toujours le pays où les mauviettes tombent toutes cuites du ciel! A Paris, au moins, avec Bibandier, on pouvait gagner sa vie!

— Mauvaise société! interrompit Robert, qui restait toujours les yeux baissés dans une attitude de chagrine insouciance. Bibandier est au bagne à cette heure.

— Au bagne, on mange! murmura Blaise.

L'Américain releva sur lui ses yeux mobiles et perçants; leurs regards se choquèrent; Blaise tourna la tête en haussant les épaules.

— Oui, oui, pensa-t-il tout haut; tu as l'air d'un malin et c'est pour cela que je t'ai suivi! Mais tu n'en sais pas plus long que les autres, mon garçon! Nous voilà au bout de notre rouleau! Qu'as-tu fait de bon pendant ces six mois?

— J'ai tâché... commença Robert.

— Peuh! fit le gros blond; tu tâcheras toute ta vie! Moi, je n'aime pas les gens qui ont des idées : avec eux, on n'a qu'une chance, c'est de se casser le cou!

Robert ramena son regard vers le foyer, où une flamme rougeâtre commençait à courir parmi la fumée.

— J'en ai une idée! murmura-t-il.

L'Endormeur fit comme s'il ne l'avait point entendu, et reprit :

— Nous voilà maintenant à plus de cent lieues de Paris avec un habit pour deux et quelques francs!...

— Sept francs soixante, interrompit l'Américain, qui compta dans le creux de sa main le contenu de sa poche.

— Juste de quoi payer notre déjeuner, répliqua Blaise, en haussant les épaules; puis d'un geste dédaigneux, montrant la blouse crottée de son compagnon, il ajouta sur un ton moitié vainqueur, moitié découragé : Et après? Crois-tu trouver du crédit sur ta bonne mine de vagabond?

Robert releva la tête dans l'attitude d'un homme qui accepte un défi.

— Pourquoi non? répondit-il. Oui, le crédit et la fortune...

Blaise haussa encore les épaules, mais se tut.

Au bout de deux ou trois minutes, une bonne odeur de cuisine, montant des profondeurs du rez-de-chaussée, filtra par les fentes de la porte et vint embaumer l'atmosphère de la chambre.

L'Endormeur se redressa et aspira une forte bouffée de cet air tout plein de promesses. Ses narines se gonflèrent; sa face s'épanouit en un gros sourire gourmand.

— Au diable! s'écria-t-il presque gaiement; nous aurons le temps de nous battre quand les sept francs seront mangés! Aide-moi à rapprocher la table, Robert. Nous allons trinquer encore une fois, les pieds au feu, comme de bons camarades!

L'Américain ne fit pas plus d'attention à ce retour subit de joyeuse humeur qu'à la récente colère de Blaise. Il prêta son aide sans mot dire et la table fut poussée jusqu'auprès du foyer

La servante revenait en ce moment avec une magnifique omelette et une épaule de mouton, à peine entamée.

Nos deux compagnons s'assirent l'un vis-à-vis de l'autre, et durant un gros quart d'heure leurs bouches ne donnèrent passage qu'à de rares paroles. C'étaient deux vaillants mangeurs; Blaise surtout engloutissait les morceaux avec un entrain au-dessus de tout éloge.

L'omelette et l'épaule de mouton s'évanouirent, arrosées par un petit vin nantais qui se buvait comme du cidre.

Il ne resta bientôt plus sur la table qu'un os merveilleusement nettoyé et un certain nombre de bouteilles vides : preuve manifeste que, si nos convives se disputaient parfois, il ne laissait pas d'y avoir aussi certains points sur lesquels ils étaient parfaitement d'accord.

Le vin, cause ordinaire de querelle et de meurtre, ce jour-là, servit à nos aventuriers de trait d'union.

Blaise vida, dans le verre de son compagnon, le reste de la de la dernière bouteille et frappa sur la table à grand bruit.

— D'autre vin! cria-t-il à la servante qui accourait; du tabac et des pipes!

Quelques secondes après, ils ne se voyaient plus qu'à travers un nuage. Blaise était dans un état de béatitude incomparable; il ne songeait ni à la veille ni au lendemain. Robert lui-même avait évidemment subi l'influence heureuse du copieux repas qui venait après une longue diète; son visage exprimait le bien-être et le repos; mais il semblait réfléchir toujours.

— Est-ce que tu me gardes rancune? demanda l'Endormeur

— Pourquoi?

— Pour mes reproches de tout à l'heure.

— Non.

— A la bonne heure! Vois-tu bien, Robert, je m'ennuie de courir ainsi par les chemins de cette maudite Bretagne, sans ramasser autre chose que la boue. Voyons, ne pourrais-tu pas nous trouver une occupation adaptée à nos talents?

Robert, qui venait de bourrer sa pipe, regardait machinalement les lignes imprimées sur le papier du cornet à tabac. Tout à coup ses yeux brillèrent en même temps que de profondes rides se creusaient à son front.

— Comme cela ferait notre affaire! murmura-t-il.

Et, au lieu de répondre à la muette question que lui adressa le regard de Blaise, il ajouta :

— Cinq mille francs de contributions directes! ça suppose bien quarante mille livres de rentes, n'est-ce pas, l'Endormeur?

— A peu près.

— Quarante mille livres de rentes en bons immeubles! Toi qui as été dans les affaires, Blaise, combien ça peut-il valoir en capital

— C'est selon les pays.

— En Bretagne, ici, aux environs de Redon?

Blaise compta sur ses doigts : il était d'humeur à se prêter à toute fantaisie.

— Ici, répliqua-t-il, on afferme mal. Il faut bien des bouts de terre pour faire mille francs de rente. Ça doit valoir douze ou quinze cent mille francs.

Robert versa le tabac sur la nappe, et déroula le cornet, afin de lire mieux:

— Quinze cent mille francs! répéta-t-il en caressant le cornet du regard; ça vaut la peine!

L'Endormeur se pencha en avant pour voir ce mystérieux papier qui semblait jeter son camarade en de si profondes rêveries. C'était tout simplement un rôle de contributions pour l'année 1816, signé par M. le percepteur du canton de La Gacilly.

Blaise se renversa sur le dossier de son siège. A tout hasard, il avait espéré mieux.

L'Américain, cependant, lisait lentement et à demi-voix :

« René-Charles-Julien Le Tixier, vicomte de Penhoël, propriétaire, pour sa maison de Penhoël et retenue, 350 francs; pour sa métairie de la Lande-Triste, 74 francs; pour sa chanvrière du Port-Corbeau et dépendances, 150 francs; pour sa métairie du Pré-Neuf, ensemble les taillis de Fontaine, 100 francs. »

— Ça t'amuse? interrompit l'Endormeur.

« Pour la maison dite de l'Aîné, poursuivit Robert, qui s'absorbait de plus en plus dans sa lecture, et les moulins des Houssayes, sous le Haut-Pays, 125 francs. Pour le petit Penhoël avec la futaie de Quintaine... »

Blaise bâilla; puis il se prit à siffler un air de chanson à boire. Robert interrompit sa lecture.

— Dire que j'avais l'idée! murmura-t-il en appuyant un doigt sur son front, et que cela me tombe justement sous la main!

— Le fait est que c'est un coup du ciel! répliqua Blaise; nous avons sept francs et je ne sais combien de centimes; si nous achetions le château de Penhoël, les moulins des Broussailles, la ferme de n'importe quoi et la futaie de Pretentaine?

Robert le regarda fixement et secoua la tête d'un air sérieux.

— Je ne ris pas, dit-il en rapprochant son siège et d'un ton si positif que le gros blond perdit son sourire moqueur. Nous n'avons pas de quoi poursuivre notre voyage, nous n'avons pas de quoi rebrousser chemin. Il faut nous établir ici.

— Je ne demanderais pas mieux... commença Blaise.

— Ne m'interromps pas. Paris est bon pour les folies, et les voyages conviennent aux jeunes gens. Mais te voilà qui arrives à la maturité, ami Blaise, et moi, je suis plus vieux que mon âge.

— D'où il faut conclure, murmura l'Endormeur, qu'il y aurait pour nous avantage à devenir des provinciaux paisibles et payant de notables contributions. Je suis de ton avis.

— Ecoute! Nous sommes venus en Bretagne sur sa réputation de bonne foi antique et de patriarcale loyauté. De loin, j'avoue que je la regardais comme une terre promise; j'ai perdu là-dessus quelques illusions. Mais, en somme, si nous n'avons rien gagné, c'est que nous n'avons rien risqué. Nous étions trop riches. Aujourd'hui nous sommes dans cette excellente situation qui gagna toutes les grandes batailles : il nous faut vaincre ou mourir!

Il éleva l'extrait du rôle des contributions au-dessus de sa tête.

— Voilà le prix de la victoire! s'écria-t-il avec un véritable enthousiasme; le total est de cinq mille francs, ce qui, d'après ton propre calcul, donne quarante mille livres de rentes, soit cinq cent mille écus de capital! Eh bien! au pis aller, quand il ne nous en reviendrait que la moitié!

Le petit vin du Nantais n'abonde pas en principes alcooliques, mais nos deux voyageurs en avaient bu une quantité considérable.

Blaise se prit à rire à la conclusion du discours de son frère en aventures, mais, sous ce rire, qui n'était plus de la franche moquerie, perçait déjà un vague et secret espoir.

— Je me contenterais du pis aller, dit-il.

— Le hasard est le plus fort de tous les dieux! reprit Robert. Veux-tu partager l'aubaine?

L'Endormeur hésita.

— Décide-toi, poursuivit Robert; à la rigueur, je puis me passer de ta compagnie. Et franchement, s'il n'était pas pénible — et dangereux — d'abandonner un bon camarade tel que toi, j'aimerais à tenter seul l'aventure.

Blaise, à son tour, rapprocha son siège.

— Voyons ton idée, dit-il, en mettant définitivement de côté son sourire.

— Acceptes-tu?

— Quand tu m'auras expliqué...

— C'est à prendre ou à laisser. Acceptes-tu?

— J'accepte.

— Touche là! dit l'Américain dont le regard inquiet prit tout à coup une fixité résolue; et gare à celui qui renoncera!

Il se leva et alla ouvrir la porte de la chambre pour voir si par hasard quelque oreille curieuse n'était point aux écoutes. Il n'y avait personne dans le corridor.

L'Endormeur attendait; ses yeux disaient une curiosité impatiente.

Robert reprit sa place auprès du feu, et emplit les deux verres jusqu'aux bords.

UNE REDINGOTE A DEUX

Robert s'était recueilli un instant.

— Suis-moi bien, dit-il d'un ton très froid et en sablant son vin de Nantes à petites gorgées. Il y a ici un jeune homme fort riche et de bonne maison qui voyage avec son domestique.

— Où ça? demanda Blaise, dont le regard fit ingénument le tour de la salle.

— Ne te donne pas la peine de chercher. Le jeune homme riche et son domestique, c'est toi et c'est moi.

Ah! fit l'Endormeur, dont la bouche resta entr'ouverte.

— Nous n'avons qu'un habit, poursuivit Robert en forme d'explication; et il faut pouvoir se présenter si l'on veut faire quelque chose.

— C'est juste, dit l'Endormeur, qui entrevoyait vaguement l'idée de son camarade; mais c'est que ça peut durer longtemps, et une fois la comédie entamée, nous ne pourrons plus changer de rôle comme par le passé.

Blaise faisait ici allusion aux règles équitables et fraternelles qui régissaient l'association. Ils avaient quitté tous les deux Paris, où leur industrie subissait peut-être une de ces crises qui jettent périodiquement sur la province une nuée de bons garçons de leur sorte. On leur avait parlé de la Bretagne, ce paradis de la bonne foi antique, où la défiance n'a point encore pénétré. Ils étaient venus l'esprit tout plein de pensées de conquête, comme Pizarre ou Cortez à la veille de vaincre Montézuma ou les Incas. Mais de Paris à Redon, la route est longue, et ils s'étaient arrêtés plus d'une fois en chemin. On avait fait argent de tout. Depuis que le dernier habit avait été vendu pour subvenir aux frais du voyage, les deux compagnons se partageaient loyalement les bénéfices de la redingote. Chacun avait son jour pour porter les bottes presque neuves, le chapeau noir et le reste du costume bourgeois. Le lendemain venaient les gros souliers invalides, la blouse et la casquette.

Robert mit son verre vide sur la table.

— Il s'agit d'une fortune! dit-il, sans élever la voix, mais avec emphase. J'aime à mûrir un projet, vois-tu bien, et si nous n'étions pas au bord du fossé, j'attendrais volontiers.

— Quant à cela, interrompit Blaise, moi, j'aime assez à faire les choses en deux temps; mais reste à savoir qui sera le maître et qui sera le domestique.

L'Américain plongea sa main sous sa blouse et ramena un jeu de cartes dont la couleur annonçait un fort long usage.

— On peut jouer ça, dit-il.

L'Endormeur regardait avec une certaine défiance les doigts de son compagnon, qui mettait à brouiller les cartes une surprenante agilité.

— Hum! fit-il en secouant la tête : c'est que tu joues diablement bien, monsieur Robert!

Celui-ci cessa de mêler son paquet de cartes.

— Il y a un autre moyen, murmura-t-il : partageons et séparons-nous!

Blaise fronça le sourcil et ne répondit point.

— Mais, surtout, décidons-nous! reprit l'Américain d'un ton délibéré. Si l'affaire ne te va pas, je te rends ta parole.

— Bien obligé! grommela Blaise; j'aime mieux jouer.

— Réfléchis bien! il ne s'agit ni d'un jour ni d'une semaine, ça peut durer longtemps, comme tu dis, et une fois l'affaire lancée, je le répète, gare à qui reculera!

— Mais, objecta l'Endormeur, le perdant ne sera domestique que pour la montre?

— Pas tout à fait. Assurément, dans le tête à tête, nous resterons deux bons amis comme autrefois; mais, pour tout ce qui regarde l'affaire, il faudra que le maître puisse commander et que le domestique obéisse.

— Diable! fit Blaise en se grattant l'oreille.

— Quant à la conduite à tenir devant les étrangers, je n'ai pas besoin de t'en parler.

— Sans doute...

— Tant que durera l'affaire, depuis le premier jour jusqu'au dernier, respect et obéissance!

— Mais, dit Blaise, en définitive, combien de temps ça pourra-t-il se prolonger?

— Je n'en sais rien.

— Un mois?

L'épaule de l'Américain eut un mouvement significatif.

— Six mois? reprit Blaise; pas possible.

— Six mois, un an, deux ans, répliqua Robert : on ne peut rien préciser.

— Ah çà! s'écria Blaise en fixant sur lui ses gros yeux bleus, tu es donc bien sûr de gagner la partie?

Un imperceptible sourire releva la lèvre de l'Américain, qui retint sa réponse durant deux ou trois secondes.

— J'y compte, dit-il enfin d'un ton de persuasive franchise. Pourquoi m'en cacherai-je? mais quand je devrais perdre dix fois, j'engagerais encore la partie. Qu'est-ce qu'un an ou deux de travail et de peine? et le maître, d'ailleurs, n'aura-t-il pas plus de mal que le domestique? Vois-tu, je sens que je ne suis pas à ma place dans cette vie d'aventures. J'ai des goûts honnêtes et paisibles. Que diable! mon garçon, il faut un peu de philosophie! Quand on a la perspective de mourir de faim un jour où l'autre, on ne raisonne pas comme un millionnaire. Je n'ai rien et je me demande ce que je ne ferais pas pour avoir quelque chose.

L'Endormeur approuva du bonnet.

— Je ne suis pas un voleur, moi, reprit Robert, qui s'animait en parlant. J'ai l'ambition d'être un homme d'esprit et de ressources, voilà tout! Avec cela et du courage, on trouve toujours un petit trou par où passer. Nous sommes jeunes, et pour ma part, quand le tour sera fait, je n'aurai même pas l'âge d'être électeur.

— Electeur? répéta Blaise.

— Oui, je pense un peu à la politique. Mais c'est une autre histoire. Y sommes nous?

— Donne les cartes, répliqua l'Endormeur, non sans un reste de répugnance; et fais attention que tu ne joues pas contre un bourgeois!

L'Américain lui jeta le paquet de cartes d'un air superbe.

— Donne toi-même, dit-il, si tu as peur.

Et, pendant que Blaise mêlait, il ajouta :

— C'est bien entendu, n'est-ce pas? Nous savons ce que nous jouons.

— Pas trop, repartit Blaise, et il faut être bien bas percé pour risquer comme ça un an ou deux de sa vie.

— Deux ans ou plus, interrompit Robert; je vois que tu comprends parfaitement notre partie.

— Quel jeu? demanda l'Endormeur.

— Celui que tu voudras.

— C'est que tu les sais tous trop bien!

— Tu peux en inventer un nouveau.

Blaise réfléchit un instant.

— Eh bien! reprit-il, je vais donner sept cartes sans atout, et celui qui fera le moins de levées aura gagné.

— Convenu!

L'Américain coupa sans avoir l'air d'y toucher, et Blaise fit les jeux.

Les quatorze cartes tombèrent l'une après l'autre : Robert avait trois levées et l'Endormeur quatre

— Tu as triché, s'écria ce dernier en frappant son poing contre la table.

Robert repoussa les cartes.

— J'ai joué franc jeu, répondit-il, et je vais te dire pourquoi. Il m'était indifférent de perdre ou de gagner, parce que, dans notre affaire, le métier de maître sera très difficile. Je ne t'aurais pas donné trois jours pour me demander à changer de rôle! Allons, mon fils, déshabille-toi!

Ce disant, l'Américain ôta sa blouse, son pantalon et ses vieux souliers. Blaise ne se pressait point.

— J'ai froid, dit Robert. Ce serait dommage de casser les vitres entre vieux amis.

L'Endormeur était d'une force musculaire évidemment supérieure; cependant cette menace détournée fit quelque effet sur lui, car il se prit à dépouiller lentement son costume fashionable. Robert chaussa les bottes avec un évident plaisir.

— Te voilà bien malade! disait-il en activant sa toilette; tu vas être bien logé, bien nourri, bien vêtu, et la fortune te viendra en dormant... car nous partageons en frères.

— Si tout ça tombe dans l'eau? soupira Blaise.

Robert passait la redingote.

— Ecoute, dit-il en jetant un coup d'œil au petit miroir qui pendait au-dessus de la cheminée; ça commence bien, et j'ai

tant de confiance que je te promettrais presque de te servir, à
mon tour, si tu n'es pas content après l'affaire faite!

— Promets, dit Blaise.

— Eh bien! soit.

— Le même temps. qué je t'aurai servi?

— Le même temps.

— Je te préviens, monsieur Robert, que je n'oublierai pas
cela! Maintenant, explique-toi en grand, et plutôt deux fois
qu'une, car, du diable si je devine la fin de la farce!

L'échange des costumes était accompli; et, en vérité, les
choses semblaient ainsi bien plus logiquement arrangées. Chacun des deux compagnons était désormais à sa place : l'Américain avait l'air d'un monsieur dans toute la force du terme, et la
blouse allait à l'Endormeur comme un gant.

— Ça s'expliquera de soi-même, répondit Robert, et dans
un quart d'heure tu en sauras aussi long que moi; mais, avant
tout, il nous reste quelques petits détails à régler. D'abord —
tu as trop d'esprit pour prendre la chose en mauvaise part, —
j'aimerais à te voir mettre de côté cette habitude que tu as
de me tutoyer.

— Ah! fit Blaise.

— Mesure de prudence, tu m'entends bien : ça pourrait
t'échapper devant le monde.

— On te dira vous, monsieur Robert.

— A merveille! A présent, ce nom-là lui-même ne me con-
vient plus guère. Quand on est né un peu, on ne s'appelle pas
Robert; il faut prendre carrément son rang dans le monde.
Voyons parmi mes anciens noms. A Londres, je m'appelais
Robert Wolf.

— C'est trop goddam! dit Blaise.

— En Italie, on m'appelait Gaëtano.

— C'est trop ténor!

— A Vienne, Belowski.

— C'est trop bottier! que diable! je veux au moins être le
valet d'un homme d'importance. Appelle-toi le baron de quelque
chose.

— Peuh! fit l'Américain, les titres sont bien usés! Je m'ap-
pellerai tout bonnement M. Robert de Blois. C'est simple et ça
sonne la noblesse historique. Encore un coup, ami Blaise, et
puis nous allons commencer!

Il versa deux amples rasades et leva son verre comme s'il
allait porter un toast.

Ses yeux se fixaient à travers les carreaux de la fenêtre sur le port Saint-Nicolas et les campagnes de la Loire-Inférieure qui s'étendaient, à perte de vue, au delà de la Vilaine. Le soleil d'automne, à son déclin, jetait sa lumière rougeâtre sur le paysage. Robert semblait pris par une subite rêverie.

— Le pays est mauvais pour les pauvres diables, c'est vrai, murmura-t-il; mais voilà de bonnes terres et de jolies maisons! Un homme sage pourrait être heureux là comme le poisson dans l'eau! Qui sait si l'une d'elles n'appartient pas à notre brave M. de Penhoël?

Blaise ne put retenir un sourire.

— Je ne sais pas ce que tu vas faire, dit-il; mais tu es fameusement fort, après tout, pour entamer une drôlerie, et j'ai bon espoir. Ce brave monsieur campagnard! Il me semble le voir!

— Et moi aussi!

— Cinquante-cinq à soixante ans...

— Plutôt soixante. ,

— Front chauve...

— Deux touffes de cheveux grisâtres sur les tempes.

— Lunettes d'or...

— Tabatière dito!

— Habit marron...

— Souliers à boucles!

— Une femme respectable...

— Qui eut une grande réputation de beauté avant la Constituante...

— Sèche et raide comme un portrait de famille...

— Et qui l'a rendu père de huit à dix enfants, décemment échelonnés!

Blaise tendit son verre.

— A nos quarante mille livres de rentes! dit-il.

Robert trinqua et but.

Puis, il se redressa tout à coup, en secouant son épaisse chevelure noire.

— A l'œuvre! s'écria-t-il; suivant les circonstances, nous pourrons avoir une soirée laborieuse. A dater de ce moment, Blaise, vous entrez en exercice.

— J'attends les ordres de monsieur, dit l'Endormeur, qui gardait au coin de sa lèvre un reste de sourire sceptique, mais dont le regard indiquait une singulière curiosité.

— Vous allez descendre, reprit l'Américain d'un ton de commandement; sans faire semblant de rien, vous sortirez dans la rue et vous lirez l'enseigne de l'auberge

— Jusqu'à présent, murmura Blaise, ça ne me paraît pas la mer à boire!

— Une fois pour toutes, répondit Robert, en reprenant sa familiarité accoutumée, il faut bien te mettre dans la tête que j'agis d'après un plan raisonnable, et que les commissions dont je pourrai te charger auront toutes leur importance. Ris tant que tu voudras, mais exécute mes ordres à la lettre, ou je ne réponds de rien. Tu vas donc lire l'enseigne de l'auberge, et me rapporter le nom de notre hôte; en revenant, tu prieras le brave homme de monter me parler... va!

Blaise sortit. Le jeune M. de Blois, resté seul, se prit à parcourir la chambre de long en large. Sa tête travaillait.

C'était véritablement un cavalier assez remarquable. La redingote indivise que bourrait naguère le gros corps de Blaise, dessinait la grâce souple et forte de sa taille. Il y avait de l'intelligence et de la volonté sur les traits réguliers de son visage bruni; — mais, dans ce moment où il se savait à l'abri de tout regard, son œil avait plus que jamais cette étrange expression d'inquiétude qui déparait sa physionomie. Cet homme devait oser beaucoup, mais trembler en osant.

La porte s'ouvrit, donnant passage à l'aubergiste et à Blaise.

Au bruit qu'ils firent en entrant, la physionomie de Robert se remonta brusquement comme par l'effet d'un mystérieux ressort. Son œil devint calme et souriant : on eût dit un de ces hommes heureux qui passent dans la vie sans préoccupation et sans souci. L'aubergiste, qui s'arrêta auprès de la porte, la casquette à la main, dut lui trouver assurément grande mine, car il exécuta le plus beau de ses saluts. Robert lui envoya, en se rasseyant au coin du feu, un bonjour affable et gracieux.

— Entrez, mon cher monsieur, dit-il.

Blaise, qui avait devancé l'aubergiste, passa tout auprès de Robert et lui glissa ces seuls mots à l'oreille.

— M. Géraud.

L'Américain remercia par un signe de tête.

— Approchez donc, reprit-il. Je vous demande pardon de vous avoir dérangé ainsi sans compliment, mais c'est que j'ai beaucoup de chose à vous demander, mon cher monsieur.

Les gens de la haute Bretagne sont presque aussi défiants que les Normands, c'est une rude tâche que de leur accrocher la première parole. En revanche, une fois la glace rompue, on est souvent dédommagé trop amplement.

L'aubergiste était un vieil homme, bien couvert et d'apparence fort honnête. Ses petits yeux gris avaient cette pointe sour-

noise qui, chez les campagnards, n'est pas absolument inconci-
liable avec la franchise.

Il se tenait debout entre Blaise et Robert. Sans faire semblant
de rien, son regard poussait à droite et à gauche de courtes
reconnaissances. Sa casquette, qu'il tortillait entre ses doigts
avec zèle, lui servait de maintien, et le tuyau noir de sa pipe,
sortant du vaste gousset de son gilet, laissait échapper encore un
mince filet de fumée.

— Ah! ah! fit-il en manière de réponse à l'exorde de Robert.
Et il salua.

— Beaucoup de choses, répéta l'Américain. Vous ne vous
doutez guère, je parie, que vous êtes ici en face d'une bien
vieille connaissance?

— Oh! oh! fit le bonhomme en écarquillant les yeux.

— Ça vous étonne! reprit l'Américain, qui redoublait de con-
descendante gaieté. Vous ne vous souvenez pas de m'avoir
jamais vu? Aussi n'est-ce pas comme cela que je l'entends.
Blaise, mon garçon, tu peux t'asseoir. En voyage on ne fait pas
de façons. Mais auparavant, avance un siège à notre hôte... Mon
cher monsieur, pas de compliments : il y a place pour trois.

L'aubergiste et Blaise s'assirent.

— Quand je dis que vous êtes pour moi une vieille connaissance, reprit Robert, c'est que j'ai entendu parler bien souvent
de vous.

— Eh! eh! fit le bonhomme.

— Le père Géraud, parbleu! maître du « Mouton couronné ».

— Tout ça est sur mon enseigne, grommela l'aubergiste.

Blaise, qui n'avait rien à faire, sinon à juger les coups, se
détourna pour cacher un sourire.

L'Américain fit comme s'il n'avait pas entendu.

— La meilleure auberge de Redon! poursuivit-il, et le plus
franc compère de tout le département d'Ille-et-Vilaine!

L'aubergiste eut un demi-sourire. Le compliment le flattait au
vif; mais sa vieille prudence lui conseillait la retenue.

— Et ce n'est pas tout près d'ici qu'on me disait cela, père
Géraud, reprit encore Robert. Ce n'est ni à Vannes, ni à Nantes,
ni même à Rennes.

— A Saint-Brieuc peut-être? murmura le bonhomme.

— Non pas! c'est plus loin encore... Père Géraud, vous êtes
connu jusqu'à Paris!

Paris est le lieu magique que la province déteste et adore.
Le maître du « Mouton couronné » releva ses yeux gris où brillait un orgueil modeste, mélangé de curiosité.

— Ah! ah! fit-il, à Paris! la grand'ville! et qui donc parle du père Géraud de ce côté-là?

— C'est là le diable! pensa l'Endormeur.

Robert mit un reproche caressant dans son sourire.

— Oh! monsieur Géraud! monsieur Géraud! dit-il. Le bon garçon serait cruellement mortifié s'il vous entendait faire cette question-là. Vous avez donc bien des amis à Paris?

— Non fait! répliqua l'aubergiste; je ne m'en connais même pas du tout.

— Ça se gâte! pensa Blaise.

— Eh bien! poursuivit Robert, à l'entendre parler de vous, je ne me serais jamais douté que vous eussiez pu l'oublier?

— Mais qui donc, à la fin?

— Ainsi, vous me laisserez vous dire son nom! prononça Robert avec lenteur, comme s'il eût voulu donner à l'ami ingrat le temps de se souvenir.

Il n'y avait pas une ombre de trouble sur sa physionomie calme et souriante. Blaise, au contraire, qui voyait l'audacieux mensonge sur le point d'être découvert, et la comédie tomber dès la première scène, cachait mal son désappointement.

Tandis qu'il maugréait contre l'imprudence de son camarade, celui-ci regardait toujours l'aubergiste, qui fouillait dans sa mémoire de la meilleure foi du monde.

— Je veux que « Gripi » (1) me brûle... grommela le bonhomme.

Robert l'interrompit en répétant :

— Ah! Monsieur Géraud! monsieur Géraud!

Puis il ajouta d'un air presque sévère :

— Si vous n'avez pas trouvé dans une minute, je vous dirai son nom... et vous aurez grand honte de l'avoir oublié!

Il y avait une sincérité si profonde dans l'accent de Robert, que Blaise lui-même ne savait plus que penser.

Quant à l'aubergiste, il se creusait la tête de tout son cœur.

— Je suis un gueux! s'écria-t-il tout à coup, en se frappant le front d'un énorme coup de poing.

A cet instant seulement, un observateur aurait pu deviner combien grande avait été l'anxiété de Robert. Il respira fortement. Ce fut l'affaire d'une seconde, et sa physionomie ne trahit aucune surprise.

— Un gueux! disait cependant le bonhomme; c'est vrai tout

____

(1) Petit nom de Satan dans les campagnes de l'Ille-et-Vilaine.

de même! sans Joseph Gautier, j'aurais passé l'arme à gauche dans la rade de Brest! Je parie que c'est Joseph Gautier.

— Parbleu! s'écria Robert.

Blaise éprouvait ce sentiment d'un dilettante expert, qui écoute un talent de premier ordre.

— Enfin, père Géraud, continua l'Américain, mieux vaut tard que jamais. Ce brave Joseph m'a-t-il souvent parlé de vous! Géraud! ancien matelot.

— Artilleur de marine, puis cuisinier au long cours, rectifia le bonhomme.

— A qui le dites-vous! s'écria Robert : la langue m'a tourné. Mettez-vous bien dans la tête que je sais votre histoire mieux que vous-même!

— C'est égal, dit l'aubergiste; j'aurais dû penser à Gautier tout de suite! Mais comment va-t-il à présent?

— A merveille, sa femme aussi.

— Sa femme! depuis quand donc est-il marié?

— Depuis trois mois. Blaise, mon domestique, a été son gar-çon de noces.

— Oui, dit l'Endormeur, et ç'a été assez bien!

La bonne figure de l'aubergiste exprima un peu de défiance revenue.

— Tiens! tiens! murmura-t-il; c'est que Joseph Gautier était un monsieur, autrefois...

— Et ça vous surprend qu'il ait choisi un domestique?... commença Robert.

— Oh! oh! dit le père Géraud, je n'ai pas voulu offenser M. Blaise.

— Tel que vous le voyez, Blaise n'est pas tout à fait un domestique ordinaire. Il a été élevé dans ma famille, et c'est presque mon ami.

Le père Géraud salua Blaise.

— Comme ça ou autrement, dit-il, je n'ai pas besoin de vous faire de grandes phrases. Puisque vous venez de la part de mon vieux Gautier, le père Géraud et sa case sont à votre disposi-tion... une poignée de main s'il n'y a pas d'offense?

Robert s'empressa de tendre sa main, que le bonhomme serra en conscience.

— Et venez-vous comme ça pour passer du temps par chez nous? reprit-il.

— Je viens de Paris, comme je vous l'ai dit, répliqua Robert; et même de beaucoup plus loin. Le but de mon voyage est de visiter un gentilhomme de vos environs que je ne connais pas du tout personnellement, et au sujet duquel je serais bien aise de prendre langue à l'avance.

Cette phrase, malgré sa simplicité apparente, était de celles qui sonnent toujours mal aux oreilles bretonnes. En ce temps-là, comme avant et depuis, il y avait force dissidences politiques dans la province; or, partout où la guerre civile a passé, le questionneur curieux prend volontiers physionomie d'espion.

Le petit œil gris du père Géraud se baissa, tandis qu'il murmurait son prudent :

— Ah! ah!

— Les détails que je demande, reprit l'Américain, sont en définitive peu de chose, car je sais d'avance que la famille de Penhoël est riche et respectable.

— Oh! oh! fit le bonhomme avec une certaine emphase : il s'agit des Penhoël!

— Un message que j'ai pour le vicomte, et qui m'a fait prendre par Redon au lieu d'aller tout droit à Nantes. Y a-t-il loin d'ici à Penhoël?

— Un bon bout de chemin, répliqua le père Géraud.

— Et le vicomte, est-il aussi galant homme qu'on le dit?

Le maître du « Mouton couronné » fut un instant avant de répondre.

— Pour ça, répliqua-t-il enfin, Penhoël a toujours été l'honneur du pays depuis que le monde est monde! Monsieur est un bon chrétien, madame est une sainte. Mais il y en a qui disent que le nom de Penhoël serait mieux porté encore, si l'aîné n'avait pas quitté le pays pour aller le bon Dieu sait où.

— Ah! dit l'Américain, comme s'il eût été initié déjà en partie aux secrets de cette famille dont un chiffon de papier lui avait révélé l'existence par hasard; on parle encore de l'aîné?

— On en parlera toujours, répliqua l'aubergiste avec lenteur et d'un accent de tristesse.

— Et cependant, reprit Robert, il y a longtemps déjà qu'il est parti!

— Voilà bientôt quinze ans. Mais, qu'importent les années quand on a laissé un bon souvenir au fond de tous les cœurs?

Robert croisa ses mains sur ses genoux et hocha la tête d'un air attendri.

— Pauvre cher Penhoël! murmura-t-il.

Le bonhomme Géraud, qui s'était incliné tout pensif, se redressa vivement et jeta sur Robert un regard étonné.

Sa surprise n'était pas plus grande que celle de Blaise, qui suivit cette scène avec la curiosité d'un amateur de spectacle, savourant les péripéties imprévues d'une première représentation. Il connaissait le but de Robert, et devinait peu à peu la route que son compagnon voulait prendre; mais comme il eût été incapable lui-même de suivre sans broncher cette voie difficile et périlleuse, chaque pas en avant lui était un sujet d'admiration.

— Ce sont de bonnes paroles que vous venez de prononcer, monsieur Géraud! poursuivait cependant Robert; je ne peux pas vous dire combien elles m'ont réjoui l'âme! Ah! si le pauvre Penhoël était seulement là pour les entendre!

L'honnête figure de l'aubergiste devenait toute pâle d'émotion.

— De quel Penhoël parlez-vous donc, monsieur? murmura-t-il d'une voix tremblante.

— De celui qui est loin de la Bretagne, à cette heure.

— De l'aîné? reprit le père Géraud, dont la voix trembla davantage; de M. Louis?... Il n'est donc pas mort!

L'Américain eut un gros rire joyeux et franc.

— Pas que je sache, répliqua-t-il.

— Et vous le connaissez?

— Mon digne monsieur Géraud, repartit Robert en clignant de l'œil, pourquoi toutes ces questions? Depuis deux minutes, vous avez deviné que je vais au château de la part du pauvre Louis de Penhoël.

Blaise se mit à tisonner le feu pour dissimuler son enthousiasme.

Une larme roula sur la joue du père Géraud.

III

L'ABSENT

Robert, dit l'Américain, était un de ces fils du hasard qui naissent on ne sait où et ne tiennent à rien sur la terre. Etait-il Français d'origine ou étranger? Personne n'aurait pu le dire. Son accent était celui des Parisiens de Paris, mais Paris, tout grand qu'il est, ne peut accepter la paternité des aventuriers innombrables qui s'y arrangent une patrie. Ils viennent là, de près, de loin, de partout, attirés par un irrésistible instinct. Puis, de ce centre héroïque où le talent et l'audace sont dans l'atmosphère, où les expédients se respirent, où chacun peut devenir valet de comédie rien qu'à laisser ses pores absorber le vent d'intrigue, on s'élance, armé de toutes pièces, à la conquête de l'innocente province.

Car, pour briller à Paris même, il faut être de première force.

Robert de Blois avait son mérite, mais il n'était point pourtant un de ces étincelants sujets qui éblouissent de temps en temps la capitale, et qui portent au bagne de grosses épaulettes avec des titres de duc. Il y a des degrés dans la profession. Robert ne pouvait guère prétendre qu'à la bonne bourgeoisie dans la hiérarchie aigrefine.

Ce n'est pas qu'il fût dépourvu de qualités très éminentes, seulement, il n'était pas complet.

Pour faire en quelques mots son bilan moral, il avait, à son actif, une sécheresse de cœur extrêmement désirable, un grand tact et beaucoup de cette adresse crochue qui sait harponner un secret au fond de l'âme la mieux close. Il avait, en outre, du sang-froid, de l'esprit et de l'élégance. A son passif, il faut placer en première ligne une irrésolution native qui ne se guérissait qu'en face des situations extrêmes. La faim lui donnait du génie.

Mais, dès qu'il avait quelque chose à perdre, son audace se changeait en mollesse. Il s'arrêtait à moitié chemin par une trop grande frayeur de se voir enlever le bénéfice déjà conquis.

En somme, c'était un aventurier d'ordre évidemment secondaire, mais dangereux outre mesure, et capable d'atteindre, à ses heures, l'habileté suprême du genre.

Il avait déjà dix ans de service, ayant pris de l'emploi dans quelque pendable troupe dès le commencement de sa quinzième année.

Depuis lors, Dieu sait qu'il avait travaillé tantôt soldat, tantôt capitaine, tantôt pauvre, tantôt riche, exploitant parfois l'intrigue de haute comédie, tantôt descendant aux tours de l'escroquerie vulgaire, et risquant sa liberté pour quelques francs.

Il se formait, cependant, et prenait des idées rassises. Son but était de voler assez pour jouer à l'honnête homme dans un bon château lui appartenant, avec une femme aimable et bien apparentée.

Car Robert détestait le petit monde.

Blaise et lui s'étaient accolés ensemble à Paris, par suite de relations communes avec un recéleur du nom de Bibandier, qui, peu de temps auparavant, était allé au bagne de Brest expier son obligeance. Blaise était un coquin à la douzaine, moins endurci que Robert peut-être, moins peureux de nature, mais n'ayant pas non plus ce courage factice et à l'épreuve que l'Américain s'était donné par la force seule de sa volonté.

Ils avaient gagné tous les deux leurs surnoms à la bataille, comme Scipion l'Africain et le prudent Fabius.

Tous les deux avaient, sinon inventé, du moins perfectionné notablement des genres de vol qui sont tombés, de nos jours, à la portée de tout le monde. Pour comprendre le sens spécial des deux sobriquets : l' «Américain » et l' « Endormeur », il suffit d'avoir lu la « Gazette des Tribunaux » trois fois en sa vie.

Aujourd'hui, Robert était en une heure de vaillance. Sa poche vide et la famine menaçante le poussaient. Mais la lutte s'annonçait rude, et Robert ne se souvenait point d'en avoir affronté jamais de plus malaisée. En ce moment, ses manières libres et sa physionomie sereine cachaient le plus énergique effort qu'il eût fait peut-être de sa vie.

C'était un travail de tous les instants, un sourd combat sans trêve ni relâche. Il était là, guettant, derrière son sourire, chaque parole du bon aubergiste, interprétant chaque geste et prodiguant son adresse consommée à se faire un levier de la moindre circonstance.

On ne peut dire qu'il eût agi dès l'abord sans réflexion. Tout ce qu'il. avait osé était le résultat d'un calcul; mais il est certain que sa position extrême l'avait jeté, trop brusquement, à son gré, dans cette périlleuse épreuve. C'était une partie que l'on pouvait gagner à la rigueur; mais qui, considérée de sang-froid présentait mille chances de perte.

Ces parties-là s'amendent parfois entre les mains d'un joueur habile; une manœuvre savante peut forcer le sort. A mesure que l'entrevue avançait, Robert se sentait grandir et prendre de la force. Sa tentative, absurde et impossible, se faisait presque raisonnable, tant il avait tourné habilement les premières difficultés.

Il n'était plus déjà ce fou qui voit le nom d'un homme par hasard, et qui s'écrie étourdiment : A moi cette proie! La porte close de la maison de Penhoël s'entr'ouvrait pour lui peu à peu.

Il avait la moitié d'un secret!

Bien des choses pouvaient encore déranger son plan fragile et réduire à néant l'échafaudage de ses mensonges; mais, jusqu'à présent, il avait marché droit dans les ténèbres, et son pied prudent avait trompé tous les obstacles de la route inconnue.

A voir ce début inespéré, Blaise se croyait déjà hors d'affaire. L'Américain, lui, n'avait pas encore le temps de se réjouir. Il lui restait tant de choses à deviner!

Il fallait savoir. Que voulait dire, par exemple, cette larme qui coulait silencieusement sur la joue du bonhomme?

Robert attendit quelques secondes, puis, il avança son siège et prit sans mot dire la main de l'aubergiste, qu'il serra entre les siennes.

— Vous l'aimiez, dit-il d'une voix contenue et qui jouait admirablement l'émotion.

Le père Géraud tourna la tête pour cacher ses yeux humides.

— Tonnerre de Brest! murmura-t-il, je ne suis pas un pleurnicheur, pourtant! Mais c'est que M. Louis était presque mon enfant! Je l'ai fait sauter si souvent sur mes genoux, quand

le commandant venait en congé au château. J'ai servi vingt
ans sous les ordres du père des jeunes gens, monsieur; et
quand on l'avait vu comme moi, le commandant, deux ou trois
douzaines de fois, debout sur son banc de quart, démolissant
l'Anglais en grand costume de capitaine de vaisseau, on lui
aurait donné son corps et son âme, voyez-vous bien! Et si bon!
avec cela.

— J'ai entendu parler du commandant de Penhoël, interrompit Robert.

— Je crois bien! qui n'en a pas entendu parler! Ah! c'était
un bon temps! mais il est mort, et celui de ses fils qui lui ressemblait le mieux a quitté un beau jour notre Bretagne pour
n'y plus revenir... l'autre...

— L'autre n'est-il pas digne de son père? demanda l'Américain.

— Si fait! s'écria vivement le père Géraud. Dieu me garde
d'avoir rien dit qui puisse vous faire penser cela, monsieur : le
cadet de Penhoël est un digne jeune homme. Mais notre Louis...

L'aubergiste s'interrompit et poussa un gros soupir.

Blaise se disait en remuant les cendres :

— Il paraît que le brave vicomte aux quarante mille livres de
rentes n'a pas tout à fait soixante ans, comme nous l'avions
pensé!

— Notre Louis! poursuivit l'aubergiste, on ne trouverait pas
un autre cœur comme le sien. Mais vous qui venez de sa part,
monsieur, pouvez-vous me dire où il est et ce qu'il fait?

— Il est aux Etats-Unis, répondit l'Américain, sans hésiter,
lieutenant-colonel dans l'armée du Congrès.

— Ah! fit l'aubergiste : le brave enfant! et est-il heureux?

— Non, répliqua Robert.

Le père Géraud leva les yeux au ciel.

— Il n'a dit son secret à personne, murmura-t-il; mais on
ne s'exile pas ainsi sans souffrir. Que Dieu le protège!

Il y eut un silence, dont Robert profita pour mettre de l'ordre
dans ses batteries.

— Voyons! reprit-il tout à coup en feignant de secouer sa
prétendue mélancolie; il ne s'agit pas seulement de s'attendrir.
Moi, je passerais ma journée à parler de ce cher et bon Louis!
mais je crois qu'il vaut mieux faire ses affaires.

— S'il y a une lettre de lui à porter au manoir, dit l'aubergiste, je monte ma jument grise et je pars tout de suite.

Robert secoua la tête.

— Est-ce qu'il a écrit depuis son départ? demanda-t-il.

Cette question, si importante pour lui, fut faite de ce ton grave qui pose les prémisses d'un argument.

— Une seule fois, répondit l'aubergiste; et c'était une année après son départ.

— Eh bien! père Géraud, il faut supposer qu'il a eu ses raisons pour se taire si longtemps. Pourquoi écrire après quatorze ans de silence?

— C'est juste, murmura le bonhomme; et pourtant il aimait si tendrement son frère! Ah! il y a là dedans bien des choses que je ne comprends pas!

Il s'arrêta et passa la main sur son front, en homme qui recueille involontairement ses souvenirs.

— Jamais on ne vit deux enfants s'aimer comme cela! reprit-il. — Et l'Américain, cette fois, n'eût garde de l'interrompre. — Depuis le jour de leur naissance jusqu'à l'âge de vingt ans, on ne les avait jamais vus l'un sans l'autre. On eût dit qu'ils n'avaient à eux deux qu'un seul cœur. Et puis tout à coup, du vivant même du vieux monsieur et de la vieille dame, qui sont maintenant un saint et une sainte dans le ciel, un mystérieux vent de malheur passa sur le manoir. Il y avait une jeune fille belle comme les anges...

L'aubergiste s'interrompit encore et poussa un gros soupir.

L'Américain était tout oreilles.

— On ne sait pas ce qui eut lieu, poursuivit le père Géraud. Vers ce temps, les Pontalès furent reçus au manoir. Et quand Pontalès serre la main de Penhoël, le diable rit au fond de l'enfer!

Une question se pressa sur les lèvres de Robert, qui fit effort pour garder le silence.

Le bonhomme reprit :

— C'est l'eau et le feu! Les Pontalès avaient autrefois une petite maison sur la lande. Mon père a vu des sabots à leurs pieds. A présent, la forêt est à eux, la forêt et le grand château! Mais que disais-je? Mademoiselle Marthe était la plus belle fille du pays. On croyait qu'elle aimait M. Louis... Ah! cela étonna bien du monde! M. Louis partit, et ceux qui le rencontrèrent en chemin virent bien qu'il avait des larmes dans les yeux. Ce fut René, le cadet, qui épousa mademoiselle Marthe... et depuis lors, au manoir, on ne prononce plus guère le nom de M. Louis, ce nom qui est au fond de tous les bons cœurs à dix lieues à la ronde!

Si l'Américain avait eu sa bourse bien garnie, il aurait payé cher cette courte histoire.

— Louis m'avait parlé de ces Pontalès, dit-il, mais j'étais loin de les croire si riches.

— Trois fois riches comme Penhoël, s'écria le père Géraud avec colère; et quatre fois aussi pour sûr! Ah! le vieux Pontalès est un fin Normand avec sa figure de brave homme! Il y a plus de ruse sous ses cheveux blancs que dans un demi-cent de têtes bretonnes. Heureusement que monsieur l'a encore une fois chassé du manoir, car il y a bien assez de mauvais présages comme cela autour de Penhoël!

Il se tut. Un instant Robert attendit, espérant d'autres détails sur Louis de Penhoël; mais l'aubergiste gardait le silence, et l'on pouvait voir clairement qu'il n'en savait pas davantage.

Aussi Robert reprit :

— Père Géraud, je vous prie en grâce de ne plus me parler de Louis. Je vous écoute. voyez-vous, c'est plus fort que moi, et cependant le temps me presse. Dites-moi plutôt ce qui se passe maintenant au manoir. Si Penhoël n'écrit pas, il veut qu'on lui écrive, et le moindre détail sera pour lui bien précieux.

L'aubergiste n'en était plus à la défiance. Il eût mis ce qu'il avait de plus cher sous la garde de cet homme, qui lui apportait des nouvelles du fils aîné de son maître.

— Au manoir, répondit-il, je crois qu'on est heureux. En quinze ans on peut oublier bien des choses quand on a la volonté de ne plus se souvenir! Le cadet a recouvré une bonne part des biens de la famille vendus pendant la Révolution. Si ce n'est pas la maison la plus riche du pays à cause des Pontalès, qui ont acheté en 93 le vieux château, la forêt du Cosquer et bien d'autres terres de la famille, c'est encore, malgré ce qui a pu se passer, la maison la plus respectée. Quand vous lui écrirez, monsieur, vous lui direz que la fille de son frère, la petite demoiselle Blanche de Penhoël, est si belle et si douce que les bonnes gens l'appellent l' « Ange », depuis Carentoir jusqu'à la montée de Redon! Madame n'a point perdu sa beauté, bien qu'il y ait depuis longtemps un voile de pâleur sur son visage. Elle ne se montre guère aux fêtes des châteaux voisins, mais les pauvres la connaissent et prient pour elle, car elle est la providence du malheureux. Monsieur est bon mari et bon père, quoique certains aient dit dans le temps qu'il jetait parfois des regards étranges vers le berceau de la petite demoiselle Blanche. Il sert l'Eglise, il aime le roi et sa porte est toujours ouverte; c'est un Penhoël, après tout! Mais ce qui réjouirait le cœur de l'aîné, j'en suis sûr, ce serait de voir les deux filles de l'oncle Jean!

— Le brave oncle! interrompit Robert, qui cherchait l'occasion de continuer son rôle et de paraître au fait.

— L'oncle en sabots! s'écria Géraud; je parie qu'il vous a parlé de l'oncle en sabots?

— Plus de cent fois!

— Il l'aimait tant! Oh! celui-là ne l'a pas oublié! Quand je parlais du neveu Louis, combien de fois n'ai-je pas vu sa tête blanche s'incliner et une larme venir sous sa paupière! Si vous écriviez à notre jeune maître, il faudra lui dire tout cela, et lui dire encore que les deux filles de l'oncle sont plus jolies, s'il est possible, que Blanche de Penhoël. Leur gai sourire réchauffe l'âme; il semble que le malheur ne pourrait point entrer sous le toit qu'elles habitent, et pourtant...

Il s'interrompit et ajouta en baissant la voix involontairement :

— M. Louis vous a-t-il parlé quelquefois de Benoît Haligan?

Robert fit semblant de chercher dans sa mémoire.

— Benoît, le passeur, reprit l'aubergiste.

— Attendez donc! Benoît?...

— Benoît le sorcier!

— Mais certainement! un drôle de corps!

— Il y en a qui rient de lui; mais moi je sais qu'il connaît d'étranges choses!

Le père Géraud secoua la tête, et baissa la voix davantage :

— Il ne faudra pas en parler à M. Louis, quand vous lui écrirez, murmura-t-il; mais Benoît dit que le manoir perdra bientôt ses douces joies. Elles s'en iront toutes à Dieu, toutes ensemble! l'Ange et les deux filles de l'oncle : Cyprienne, la vive enfant, et Diane, la jolie sainte...

— Quelle folie!

— Benoît les voit en songe, vêtues de longues robes blanches comme des Belles de nuit. Mais Benoît se sera trompé peut-être une fois dans sa vie! Dieu le veuille! et puissent mes pauvres yeux se fermer avant de voir cela!

La tête de l'aubergiste se pencha sur sa poitrine. Il semblait rêver. Au bout de quelques secondes, un sourire triste vint à ses lèvres.

— Les chers enfants, reprit-il d'une voix émue, mais vous verrez l'Ange, monsieur; vous verrez Diane et Cyprienne, les perles du pays, avec leurs jupes en laine rayée et les petites coiffes de paysannes qui couvrent leurs nobles chevelures. Car, bien qu'elles soient du plus pur sang de Penhoël, elles n'ont rien en ce monde, et l'oncle Jean, leur père, veut qu'elles soient

habillées comme les pauvres filles du bourg... mais vous les
couvririez de haillons qu'il faudrait bien encore les saluer
quand elles passent. On dirait des petites reines, monsieur! Et
comment ne seraient-elles pas belles entre toutes? ajouta le bon
aubergiste en souriant tristement : elles lui ressemblent trait
pour trait.

— A qui?

— A l'aîné de Penhoël.

— Oh! Oh! fit Robert; ce pauvre oncle en sabots!

La voix du père Géraud prit un accent sévère :

— C'est une famille sainte, monsieur! dit-il, et notre Louis
respectait la mère des deux jeunes filles comme sa propre mère.

L'Américain avait déjà mis de côté son sourire égrillard.

— Enfin, poursuivit l'aubergiste, quand vous lui aurez dit
tout cela, et le reste, s'il y a encore une petite place et que
vous daigniez prononcer le nom d'un pauvre homme, dites-lui
qu'il y a sur le port de Redon un vieux serviteur de la famille
qui donnerait pour lui son sang jusqu'à la dernière goutte.

— Il y aura toujours de la place pour cela, mon brave monsieur Géraud, répliqua Robert de Blois : mais m'avez-vous
nommé tous les hôtes du manoir?

— Pas encore. Le vieil oncle a un fils plus âgé que Diane
et Cyprienne. Il s'appelle Vincent : c'est, jusqu'ici, le seul héritier mâle du nom de Penhoël, un brave enfant, un peu rude
et sauvage, mais le cœur sur la main. Il y a enfin le fils adoptif,
qui a nom Roger de Launoy. C'est une tête vive et folle, capable de bien des étourderies; mais je l'aime pour l'amour sincère qu'il porte à madame.

— Et combien y a-t-il au juste d'ici jusqu'au château?

— Deux fortes lieues.

— La route est-elle bonne?

— Affreuse, mais toute droite jusqu'au bac de Port-Corbeau.

Robert regarda par la fenêtre et sembla mesurer la hauteur
du soleil.

— Il faut que nous partions sur-le-champ, dit-il.

— A présent, s'écria l'aubergiste, il n'y a pas plus d'une
heure de jour. C'est impossible.

— Cependant, puisque la route est toute droite...

— Droite, oui, mais défoncée par les dernières pluies et
coupée de fondrières en plus de trente endroits.

— Avec de bons chevaux, dit Robert, on a raison des fondrières.

— Pas toujours, répliqua l'aubergiste. Et puis les chevaux ne peuvent rien contre les uhlans.

— Les uhlans?

— Une bande de coquins, venant on ne sait d'où, et qui se moquent de la gendarmerie. Il y a tant de trous maudits dans nos landes!

— Ce serait bien le diable, dit l'Américain, si les uhlans nous guettaient justement au passage!

— Il y en a bien d'autres, murmura l'aubergiste, qui ont parlé comme vous, et qui s'en sont repentis! Mais, j'y songe! vous arriverez de nuit au bas de Port-Corbeau, et les gens du haut pays disent que l'Oust est débordée.

— Quel danger, une fois qu'on est averti?

— Vous venez de la part de l'aîné, répondit le père Géraud, et je m'intéresse à vous comme à un ami. Ne partez pas à cette heure, monsieur, je vous en prie, car si le « déris » (inondation) vous prenait là-bas, sous Penhoël, vous n'auriez plus qu'à recommander votre âme à Dieu!

L'Américain réfléchit. L'Endormeur, que cette longue énu-mération des dangers de la route affriandait médiocrement, avait bonne envie de venir en aide à la prudence du père Géraud, mais il n'osait pas, parce que Robert venait de conqué-rir vis-à-vis de lui une position tout à fait supérieure. Il sentait que son rôle était de se taire, et il se taisait.

L'Américain se leva.

— Peut-être resterons-nous bien longtemps à Penhoël, dit-il; mais, dans telles circonstances données, il faut que nous en puissions repartir demain avec le jour. D'un autre côté, mon message est de nature à n'être confié à personne. Vous devez sentir cela, père Géraud, ajouta-t-il en baissant la voix. Il ne s'agit pas seulement pour moi de voir le maître de Penhoël.

— Vous avez à parler à madame, peut-être? murmura l'au-bergiste d'un air timide, et comme s'il craignait d'exprimer trop clairement sa pensée.

Robert fit un signe de tête affirmatif. L'aubergiste leva les yeux au ciel et cessa d'interroger. Sa dernière question avait été comme le complément des détails précédemment fournis. Elle ouvrit à Robert tout un horizon nouveau, et il en savait à cette heure plus peut-être que le brave aubergiste lui-même.

— Quelle que soit l'issue de notre excursion, dit-il, vous me reverrez demain, monsieur Géraud, à moins que vos uhlans ne nous mangent en route. Il faut, en effet, que je passe à Redon, soit pour prendre des bagages assez importants que j'ai laissés au bureau des voitures, soit pour continuer mon voyage, au cas où j'aurais mes raisons pour ne point abuser de l'hospitalité de Penhoël. Pour le moment, il me reste à vous prier de faire seller deux bons chevaux.

— Vous êtes donc bien déterminé à partir?

— Très déterminé. L'heure avance, et plus tôt les chevaux seront prêts, plus je vous aurai de reconnaissance.

Ceci fut d'un ton qui n'admettait point de réplique.

Le maître du « Mouton couronné » sortit.

Quand il eut passé la porte, Blaise repoussa son siège et fit une cabriole.

— Enlevé! s'écria-t-il. Vrai, je ne donnerais pas ma part de l'affaire pour mille écus!

— Tout n'est pas dit, murmura l'Américain dont le front restait pensif; nous avons encore plus d'un obstacle à tourner.

— Les uhlans? commença Blaise.

Robert haussa les épaules.

— Au contraire, répliqua-t-il, c'est ce qui me fait partir ce soir. Les uhlans sont placés là tout exprès pour expliquer l'absence de notre bagage.

— C'est pourtant vrai, dit l'Endormeur. Je ne sais pas si tu as ton pareil sous la calotte des cieux, monsieur Robert.

IV

A trois lieues et demie de Redon, ce qui fait deux bonnes petites lieues de pays, tout au plus, un peu à droite de la route de Vannes, la rivière de l'Oust coupe en deux une haute colline pour arriver dans les marais de Glénac. Entre les deux moitiés de la colline, il n'y a d'autre vallée que le cours étroit de la rivière : cela semble tranché de main d'homme.

A l'orient de la double rampe, le pays est montueux et présente un aspect sauvage. Vers le nord-ouest, au contraire, la vallée s'élargit brusquement, au sortir même de la gorge creusée par l'Oust, et forme une assez vaste plaine. Cette plaine s'étend à perte de vue, entre deux rangées de petites montagnes parallèlement alignées.

En été, c'est un immense tapis de verdure où l'œil suit au loin les courants de l'Oust et de deux ou trois autres petites rivières qui se rapprochent, qui s'éloignent, qui s'enroulent, semblables à de minces filets d'argent. L'hiver, c'est un grand lac qui a ses vagues comme la mer, et où le pêcheur de macres poursuit son butin chanceux.

L'été, aussi loin que le regard peut s'étendre, on voit, paissant le gazon vert, des troupeaux de petits chevaux poilus, de génisses folles qui secouent en frémissant leur garde-vue de bois, et de moutons nains dont la chair est fort tendrement appréciée par les gourmets d'Ille-et-Vilaine.

Tous les bourgs et les hameaux environnants envoient leurs bestiaux à ce pacage commun. Le pays est pauvre; chacun profite de l'aubaine, et il y a tel mois de l'année où l'innombrable troupeau s'étend sans interruption depuis la gorge de l'Oust qui a nom Port-Corbeau, jusqu'aux environs de la Vilaine. Les marais de Glénac et de Saint-Vincent, transformés en riantes prairies, présentent alors l'aspect d'une Arcadie fortunée. On ne voit que bergers couchés sur l'herbe et bergères filant la blonde quenouille. Il y a de longs flageolets qui valent presque des pipeaux, et, d'une rivière à l'autre, les couplets alternés de quelque rustique chanson bien souvent vont et viennent.

L'hiver, les chalands glissent où paissaient les troupeaux. C'est à peine si quelques îlots de verdure tachent, à de longs intervalles, la plate uniformité du grand lac, où les oiseaux d'eau, rassemblés par troupes innombrables, remplacent les bestiaux affamés.

Au lieu de cette vie sereine qui animait cette vallée, c'est une solitude silencieuse et morne, au centre de laquelle, par les froides matinées, se dresse le fantôme colossal de la « Femme-Blanche » (1).

La configuration même des lieux fait que ce changement se produit presque toujours avec une surprenante rapidité. Il suffit de quelques heures parfois pour transformer complètement le paysage, et jamais il ne faut plus d'une nuit.

C'est par la tranchée du Port-Corbeau qu'arrivent les principaux affluents de la petite mer : l'Oust et la Verne réunies.

L'Oust est une tranquille rivière dont le cours se déroule en anneaux de serpent et qui semble copier les méandres de la Seine, mais la Verne, qui descend du haut pays, s'enfle à la moindre pluie et change son mince filet d'eau, chaque automne, en un torrent redoutable.

A partir de l'étang où elle prend sa source, à quelques lieues de là, jusqu'à Port-Corbeau, la nature montueuse du terrain défie l'inondation; mais, une fois passée la double colline, toute défense cesse et l'eau victorieuse ne trouve plus un seul obs-

---

(1) Vapeur qui s'élève vers le milieu des marais de Glénac, au-dessus du dangereux tournant de Trémeulé. Les bonnes gens voient dans cette brume épaisse la forme d'une femme de taille colossale. Il y a dans le pays une longue légende à ce sujet, et la mort de tous les malheureux engloutis par le gouffre passe sur le compte de la *Femme-Blanche*.

tacle. L'Oust et la Verne franchissent en bouillonnant la gorge trop étroite et s'élancent dans la plaine, où les troupeaux fuient devant elles.

A l'heure de ces crues périodiques et si rapides, un messager à cheval part des sources de la Verne et devance au grand galop la marche de l'inondation. Il court le long des rives de la petite rivière, et arrive jusqu'à la porte du marais, où sa trompe lugubre annonce de loin l'eau menaçante.

Une demi-heure après que la trompe a sonné, un grand bruit se fait dans la gorge et une nappe d'écume s'élance sur la route de Redon, qui disparaît sous l'eau la première.

Du haut de la colline, coupée en deux par le Port-Corbeau, le paysage est toujours admirable, soit que l'Oust et la Verne coulent endormies dans leurs lits sinueux, soit que le « déris » étende à perte de vue sa nappe bleuâtre. Du côté du marais, c'est un encadrement de collines boisées, sur la croupe desquelles s'étagent au loin les maisons de quelques bons bourgs, dominées par le clocher aigu et gris de la paroisse. Dans la direction de Vannes, on aperçoit la ligne noire de l'antique forêt de Penhoël, au-devant de laquelle se dresse le beau château qui portait autrefois le même nom, et qui, à l'époque où se passe notre histoire, appartenait à M. de Pontalès.

De l'autre côté des deux collines, vers le nord et l'orient, c'est une lande énorme, rase comme velours, et qui va rejoindre, à trois lieues de là, les bourgs de Renac et de Saint-Jean. On l'appelle la Lande-Triste. Aussi loin que le regard peut se porter, on aperçoit le rose mélancolique de ses bruyères, où tranche, çà et là, la voile blanche d'un moulin à vent.

Au bord même de l'Oust et sur la rive opposée à la route de Redon, se trouve une petite cabane couverte en chaume, à demi-cachée par les plants de châtaigniers qui tapissent la montée. C'est la cabane du passeur du Port-Corbeau, dont le bac est amarré à la sortie de la gorge.

Au-dessus de cette cabane et le long de la gorge même court une mauvaise muraille en maçonnerie, vieille comme les plus vieilles traditions du pays. La muraille descend en biais, robuste encore et sans lézardes sous son vêtement de lierre, jusqu'à une vingtaine de pieds de l'eau. A son extrémité orientale s'élève un petit donjon à moitié ruiné que les paysans connaissent sous le nom de la Tour-du-Cadet.

C'est là tout ce qui reste d'un château fort appartenant aux sires de Penhoël, et qui servait sans doute à garder le passage de l'Oust

La massive muraille soutenait autrefois une ligne de fortifications dont la Tour-du-Cadet faisait partie et qui dominait toute la contrée.

En 1817, ces formidables fondements n'avaient plus déjà leur couronne de remparts crénelés, et ne supportaient plus qu'un petit manoir moderne, construit vers la fin du règne de Louis XV.

C'était là qu'avaient habité jusqu'à la Révolution les cadets de la riche famille de Penhoël, tandis que les aînés demeuraient au grand château, possédé maintenant par les Pontalès.

Le manoir était en parfait état de conservation et bâti dans un style assez gracieux; mais, posé comme il l'était au-dessus d'un véritable précipice et sur l'extrême rebord d'une plateforme nue, il prenait un air de tristesse et d'abandon.

Sa façade, composée d'un petit corps de logis et de deux ailes en retour, était tournée vers le marais et semblait regarder mélancoliquement, par de là les verts coteaux de Glénac, le château antique où résidait jadis l'aîné des Penhoël. Malgré la distance, on pouvait distinguer encore la fière architecture du château qui se dressait, superbe, au sommet de la plus haute colline des environs et entouré d'une magnifique ceinture de futaies.

La nuit était tombée depuis quelque temps déjà, c'était environ deux heures après que M. Robert de Blois et son domestique avaient quitté l'auberge du « Mouton couronné », sur le port de Redon. L'Oust coulait, silencieuse, entre les deux rampes de la gorge, et, malgré l'obscurité croissante, on voyait encore les divers cours d'eau, disséminés dans l'étendue du marais, trancher en blanc sur le gazon noir.

La partie de la route de Redon qui descendait au Port-Corbeau était parfaitement sèche, et les petits flots tranquilles qui clapotaient doucement à l'arrivoir éloignaient jusqu'à l'idée du danger. Cependant, une personne du pays même, et connaissant les coutumes des alentours, aurait senti d'instinct l'approche d'une crise imminente. Le marais restait en effet bien plus silencieux que d'habitude à cette heure. Les bestiaux étaient évidemment rentrés, et Dieu sait que d'ordinaire les petits chevaux bretons ne craignent point de passer les nuits d'automne à la belle étoile! Ce soir, le marais était une solitude.

Un autre symptôme d'alarme non moins significatif se présentait sous l'espèce d'une petite lueur, brillant parmi les châtaigniers, devant la cabane du passeur.

Ce n'était pas Benoît Haligan, batelier de Port-Corbeau, qui eût allumé ainsi sans nécessité une lanterne à sa porte.

A part cette lueur, on n'apercevait absolument rien dans la campagne, et pour rencontrer une autre lumière, il fallait que le regard s'élevât jusqu'au faîte de la colline, où brillaient faiblement les fenêtres du manoir.

Au manoir, la famille de Penhoël était rassemblée dans un salon d'assez vaste étendue, dont les ornements modestes accusaient néanmoins le style fleuri du dix-huitième siècle. Au fond de la grande cheminée en marbre brun brûlait un bon feu de souches, dont la flamme vive éclairait la chambre presque autant que la terne lumière des chandelles.

Nous eussions trouvé là, réunis et tuant les heures lentes qui précèdent le souper, tous les personnages mentionnés par maître Géraud dans le précédent chapitre.

A l'un des angles du foyer, autour d'une petite table carrée, se tenaient le maître de Penhoël, l'oncle Jean et deux hôtes du manoir, engagés dans une partie de cartes.

René de Penhoël était un homme de trente-cinq ans à peu près, robuste de corps, pouvant prétendre au titre de beau cavalier. Ses traits réguliers se chargeaient seulement d'un peu trop d'embonpoint et les boucles de ses cheveux châtains tombaient sur un front où manquait l'énergie. L'aspect général de son visage peignait une humeur paresseuse et lourde.

L'oncle Jean était un vieillard. Impossible de voir une figure plus vénérable et plus digne. La bonté sans bornes se réflétait dans ses grands yeux bleus, baissés presque toujours timidement. Son front, large et un peu fuyant, avait une couronne de cheveux blancs, légers et fins. Son sourire était rêveur et beau comme le sourire d'une femme.

Il parlait peu : quand il parlait, on s'étonnait d'ouïr la voix douce et musicale qui tombait de cette bouche sexagénaire.

Il portait la veste de futaine des paysans du Morbihan et sa chaussure consistait en gros sabots, bourrés de peau de mouton.

Les deux autres joueurs n'étaient rien moins que le père Chauvette, maître d'école au bourg de Glénac, et maître Protais Le Hivain, jurisconsulte rustique, chargé de cultiver le goût des procès à cinq ou six lieues à la ronde.

. La Bretagne aime les procès presque autant que la basse Normandie; il y a des bourgades trop pauvres pour entretenir un médecin et qui jouissent de leur homme de loi.

Cela ressemble à ces petits arbres indigents, maigres, où se prélasse quelque grosse et laide chenille.

Le père Chauvette était un petit homme gras, simple d'esprit, paisible de mœurs et content de tout le monde, excepté de M. Le Hivain, son ennemi naturel. L'homme de loi avait une figure étroite, sèche, bilieuse, qui essayait perpétuellement de sourire. Malgré sa gaieté humble et grimaçante, on devinait en lui l'esprit envieux et méchant. Sa longue tête osseuse, couronnée de cheveux plats et noirs, lui avait fait donner, par le père Chauvette, le sobriquet scientifique de Macrocéphale, et chaque fois que le bon maître d'école se livrait à cette plaisanterie, il ajoutait en manière de note : « Genre d'insectes coléoptères, dont le nom est tiré du grec et qui ont la tête longue comme M. Le Hivain. »

La table dressée entre les quatre joueurs supportait, outre les cartes et les chandelles de suif, cinq petits paniers remplis de fiches et une pancarte imprimée contenant les règles du « boston de Fontainebleau ».

L'autre angle de la cheminée était occupé par un groupe plus nombreux où dominait l'élément féminin. Tout auprès du foyer, une femme, jeune encore, et dont le visage régulièrement beau avait un caractère de douce dignité, s'asseyait, renversée, dans une immense bergère à ramages. Elle tenait entre ses bras une enfant de douze ans, dont la tête blonde s'appuyait sur son sein.

C'était la vicomtesse Marthe de Penhoël et sa fille Blanche, que les bonnes gens du pays entre Carentoir et Redon avaient surnommée l' « Ange ».

Les hommes de la campagne sont poètes. On disait que l'Ange de Penhoël était trop bonne et trop jolie pour cette terre, et que Dieu la voudrait bientôt dans son paradis.

Comme pour confirmer cette croyance, il y avait souvent une maladive pâleur sur le front de Blanche, et dans son idéale beauté on devinait la faiblesse et la mélancolie.

En ce moment, elle semblait reposer. On ne voyait point l'azur céleste de ses grands yeux et ses longs cils retombaient sur sa joue. Les formes enfantines, mais toutes gracieuses de son corps, s'affaissaient sur les genoux de sa mère, qui la tenait entre ses bras et dont le regard abaissé était empreint d'une tendresse passionnée.

La mère et la fille formaient ainsi un tableau charmant, tout plein d'abandon et d'amour.

De temps à autre, le maître de Penhoël quittait des yeux

la partie engagée, et jetait vers sa femme une œillade rapide.
C'était comme à la dérobée qu'il la contemplait ainsi, et l'on
eût difficilement défini le vague sentiment de malaise qui assombrissait alors son visage.

Son sourire, ébauché dans la joie, se teignait d'amertume.
Il posait son jeu sur la table et versait une rasade d'eau-de-vie
dans un petit gobelet d'argent placé auprès de lui sur un gué-
ridon.

Il y avait dans la salle une autre personne qui regardait
l'Ange bien plus souvent encore, c'était un jeune homme de
dix-huit ans, portant une veste de drap grossier et des culottes
de toile écrue. D'énormes cheveux, d'un brun fauve, se sépa-
raient au sommet de son front et retombaient jusque sur ses
épaules. Ses traits étaient taillés fièrement, et son teint, bruni
par le soleil, annonçait la vigueur précoce. Il était beau, malgré
le feu sombre et presque sauvage qui brûlait au fond de son
œil. C'était Vincent, le fils du pauvre oncle Jean, et le seul héritier mâle du nom de Penhoël.

Sa prunelle, large et ardente, semblait fixée sur sa cousine
par une force qui ne dépendait point de lui. Blanche, toute
enfant qu'elle était, avait inspiré déjà un amour fougueux et
poussé jusqu'à l'enthousiasme. Dans cet amour, il y avait de
l'admiration, du respect, de l'extase. C'était un culte.

Et il y avait de la douleur aussi, car la robuste nature du
jeune homme semblait plier parfois sous de navrantes pensées.

Il se tenait un peu à l'écart, entre les deux groupes, la tête
appuyée sur sa main, qui se perdait dans les masses incultes
de sa grande chevelure. Il gardait le silence; son immobilité
complète eût pu faire croire au sommeil, sans le brûlant éclat
dont rayonnait toujours sa prunelle.

Derrière la vicomtesse, que nous appellerons « Madame »,
pour nous conformer aux mœurs du manoir, une petite société,
composée d'un jeune garçon et de deux jeunes filles, chucho-
tait et riait tout bas.

Le garçon, qui se nommait Roger de Launoy, était de l'âge
de Vincent à peu près : un joli cavalier au visage étourdi, à
la tournure leste et dégagée, un vrai page, pris à la veille du
jour fatal où l'amour rend les pages langoureux.

Ses deux compagnes, qui pouvaient avoir quatorze ou quinze
ans, étaient bien les deux créatures les plus mignonnes que
l'imagination d'un peintre puisse rêver.

Elles étaient habillées toutes deux en paysannes, suivant la
volonté de l'oncle Jean, leur père; mais il y avait dans leurs

costumes une si délicieuse coquetterie, que plus d'une belle
dame eût porté envie à leurs toilettes. Leurs longs cheveux
d'une nuance pareille, tenant le milieu entre le châtain sombre et le brun, s'échappaient en boucles abondantes des bords
étroitement serrés de leurs bonnets collants. A chaque mouvement qu'elles faisaient, on voyait ces riches chevelures
ondoyer et se jouer autour de leur cou blanc, où tranchait une
petite ganse noire, supportant une croix d'or. Leurs tailles,
souples et fines, étaient emprisonnées dans des corsages de laine
brune, autour desquels s'attachaient de courtes jupes rayées.
Il ne leur manquait ni le tablier ni les souliers à boucles
d'étain de la paysanne.

Elles étaient grandes toutes les deux, et de taille à peu près
égale. Là s'arrêtait la parité.

Vous avez vu souvent deux jeunes filles, dont les traits dif-
fèrent essentiellement et que rapprochent néanmoins de mystérieux rapports; elles ont, comme on dit, un air de famille;
elles ressemblent toutes deux à leur mère commune et ne se
ressemblent point entre elles.

Ainsi étaient Diane et Cyprienne de Penhoël. Seulement le
terme commun auquel on eût pu comparer leurs gracieux visages manquait; leur mère était morte depuis bien des années,
et rien en elles ne rappelait la grave et douce physionomie de
l'oncle Jean, leur père.

Ceux qui se souvenaient du frère aîné de monsieur, absent
du pays depuis quinze ans, prétendaient que leurs sourires rappelaient son sourire; mais la mémoire de Louis de Penhoël était
adorée dans le pays, et quand on songe aux absents aimés, on
se fait, comme cela, bien souvent des idées.

Cyprienne et Diane étaient venues au monde alors que Louis
de Penhoël avait quitté déjà le grand manoir de ses pères.

Cyprienne avait de grands yeux noirs, des traits d'une finesse
extrême, dont l'ensemble indiquait une gaieté mutine. Les yeux
de Diane étaient d'un bleu obscur. Il y avait sur son visage
quelque chose de pensif et à la fois d'intrépide. Quand sa physionomie, plus sérieuse que celle de sa sœur, s'éclairait tout à
coup par le sourire, c'était comme le ciel ouvert.

On ne voyait jamais l'une des sœurs sans que l'autre fût
bien près. L'amour des bonnes gens de la contrée ne les séparait point, et il semblait à tous que la rencontre des deux jeunes
filles présageait du bonheur. Leurs caractères différaient et se
ressemblaient comme leurs visages, mais elles n'avaient, à deux,
qu'un seul cœur.

Elles étaient la gaieté de la maison de Penhoël. Leurs innocentes et vives joies combattaient la monotone tristesse du manoir.

Ce qu'elles aimaient le plus au monde avec leur père, le bon oncle Jean, c'était madame; pour madame toute seule, elles domptaient la pétulance de leur nature. Elles auraient passé leur vie heureuse à servir madame et à l'adorer.

Marthe de Penhoël, si bonne pour tout le monde, était, chose étrange, sévère et froide vis-à-vis des deux sœurs, à genoux devant elle. On eût dit souvent qu'elle s'impatientiait de leur caressante tendresse. D'autres fois, il est vrai, mais bien rarement, son œil s'attendrissait à les contempler si jolies, et une mystérieuse émotion semblait monter de son cœur à son visage. Diane et Cyprienne comptaient chèrement ces heures, où le baiser de madame s'appuyait sur leurs fronts, long et doux, presque maternel.

Hélas! ces heures étaient lentes à revenir! Madame semblait regretter ses caresses, comme si on lui eût dérobé par surprise une part de l'amour passionné qu'elle portait à sa fille.

Diane et Cyprienne, loin d'être jalouses, étendaient à Blanche, leur cousine, le tendre dévouement qu'elles portaient à madame.

Tout en causant et en riant, le petit groupe, composé des deux sœurs et de Roger de Launoy, prenait grand soin de ne pas faire de bruit et respectait le sommeil de l'Ange. De temps en temps Roger se penchait pour baiser la main de madame, dont il était le favori. Un peu de mélancolie venait alors attrister le sourire des deux jeunes filles, qui se sentaient moins aimées et qui n'osaient pas demander la même faveur.

Autour du tapis vert, le boston de Fontainebleau allait son train paisible et ne nuisait en rien à la conversation.

— Prussiens! disait maître Le Hivain, l'homme de loi, pourquoi seraient-ils Prussiens?

— Leur nom de « uhlans »... commença le père Chauvette.

— Leur nom de uhlans ne prouve rien! J'ai vu les Prussiens à Rennes, et c'étaient de braves militaires, malgré leur accent. Il ne manque pas d'anciens soldats de Bonaparte.

— Prussiens ou soldats de Bonaparte, interrompit le maître d'école, ils ont brûlé la belle ferme de Pontalès, là-bas, de l'autre côté de Glénac.

— C'est bien fait! dit rudement René de Penhoël; si le diable brûlait Pontalès comme les uhlans ont brûlé sa ferme, ce serait mieux fait encore! Je demande six levées à trèfle.

L'oncle Jean ne parlait point, il suivait le jeu avec distraction et semblait combattre une pensée pénible. L'oncle Jean était
bien pauvre : personne ne faisait grande attention à lui.

— Petite misère, dit le père Chauvette.

— Huit levées! répliqua M. de Penhoël; ces coquins de Pontalès sont-ils au château, monsieur Le Hivain?

— Ils sont revenus à cause de la ferme brûlée, et le vieux
Pontalès a dit qu'il ferait la garde lui-même avec son fusil
autour de ses métairies, puisque les gendarmes ne sont bons
à rien!

Penhoël eut un sourire sec et dédaigneux.

— Si les uhlans n'ont que lui à craindre, dit-il, ils engrais-
seront cet hiver. Pontalès est un lâche! comme son père! comme
son grand-père! comme tout ce qui est de son sang et de son
nom.

Le maître d'école baissa les yeux, et l'homme de loi approuva
du bonnet.

L'oncle en sabots n'avait pas entendu.

Penhoël but un grand verre d'eau-de-vie.

— On prétend là-bas, du côté de Rennes, murmura La Hivain
d'un ton doucereux, que le petit M. Alain de Pontalès est un
gentil garçon tout de même. Vous me devez quatre fiches, monsieur de Penhoël.

Celui-ci avait du sang dans les yeux. Depuis qu'on avait
prononcé le nom de Pontalès, une sourde colère contractait sa
lèvre et pâlissait sa joue. Le bon maître d'école se creusait la
tête pour trouver un moyen de changer de conversation, mais
c'était en vain. L'homme de loi, au contraire, éprouvait un
méchant plaisir à chauffer le courroux de son hôte.

L'oncle Jean se taisait toujours. Son œil bleu, d'une douceur
presque féminine, regardait à peine ses cartes et se perdait à
chaque instant dans le vide. Quand son regard tombait sur
ses deux filles, par hasard, il se baissait tout à coup chargé
d'une mystérieuse tristesse.

— Vous aviez un jeu à nous faire boston sur table, monsieur
Jean, reprit Le Hivain; mais du diable si vous n'avez pas mar-
tel en tête! Quand à Pontalès, on dit qu'il a fait le voyage de
Paris. Il a rapporté la décoration du Lis, et il aura l'an prochain la croix de Saint-Louis.

— Ce n'est pas vrai, gronda Penhoël, dont la joue devint
écarlate : le roi ne peut pas donner la croix de Saint-Louis à
un voleur!

— Je répète ce qui se dit dans le bourg. Une chose certaine, c'est qu'il est noble maintenant.

— Coquin de Macrocéphale! pensa le maître d'école.

Il fit signe à l'homme de loi de se taire, celui-ci ne voulut point comprendre et poursuivit :

— Noble comme Rieux ou Rohan, par ma foi! Il nous faudra l'appeler désormais M. le marquis de Pontalès.

— Et il prendra pour écusson, grommela monsieur entre ses dents serrées, un pichet de cidre et un bouchon de huis, en souvenir de son grand-père, qui était cabaretier à Carentoir! J'enlève votre Piccolo, papa Chauvette. Grande misère d'écart!

Ces dernières paroles furent prononcées d'un ton qui ferma péremptoirement la bouche à maître Le Hivain. Le jeu se poursuivit en silence durant quelques minutes. Mais René buvait à chaque instant de l'eau-de-vie, ce qui est un mauvais moyen pour recouvrer le calme perdu. L'impression produite par les paroles de l'homme de loi ne s'effaçait point, et il y avait toujours un nuage sombre sur le front du maître de Penhoël.

Cependant, la distraction de l'oncle Jean devenait un fait remarquable. Depuis plus d'une demi-heure, il n'avait pas prononcé une parole, et son jeu allait à la grâce de Dieu. Penhoël était dans cette situation d'esprit où l'on cherche instinctivement une victime sur. qui décharger sa colère. Il avait accueilli les premières fautes de l'oncle en grondant sourdement.

Maître Le Hivain, dit Macrocéphale, se chargea, comme toujours, de mettre le feu à la mine.

— Voilà trois fois que vous mettez du cœur sur du carreau, monsieur Jean, dit-il de sa voix sèchement doucereuse : c'est signe d'orage!

René de Penhoël jeta ses cartes sur la table et se croisa les bras.

— Il paraît que l'oncle est décidément trop grand seigneur pour faire la partie de pauvres gens comme nous! prononça-t-il avec amertume.

La raillerie était d'autant plus rude que le pauvre vieillard, cadet de famille sans héritage et sans patrimoine, vivait à peu près à la charge de son neveu. Il tressaillit et leva vers ce dernier un regard tout plein de tristesse, où se peignait la douce patience de son âme.

— Je vous prie de m'excuser, Penhoël, dit-il.

René haussa les épaules. Il eût voulu quelqu'un pour lui tenir tête.

— Vous avez donc des pensées bien intéressantes? reprit-il sans rien perdre de sa mauvaise humeur.

L'oncle Jean ne répondit point et sa paupière se baissa.

— Nous ferez-vous la grâce de nous dire, poursuivit René de Penhoël, quel est le sujet de vos méditations?

L'oncle Jean ne répondit point et sa paupière était humide.

— C'est que je me souviens, moi! dit-il d'un voix basse et presque solennelle.

— Et de quoi vous souvenez-vous?

L'oncle Jean croisa ses bras sur sa poitrine.

— Il y a aujourd'hui quinze ans, mon neveu, murmura-t-il, que Louis de Penhoël a quitté la maison de son père, pour n'y plus revenir.

Ce nom tomba au milieu du silence.

Le maître de Penhoël tressaillit et devint pâle.

Tous les hôtes du manoir étaient muets.

V

CHANSON BRETONNE

On eût dit que ce nom de l'aîné de la famille, jeté ainsi à l'improviste, avait évoqué un fantôme. Un voile de tristesse était sur tous les visages. Cet intérieur tout à l'heure si calme et au bonheur duquel on ne pouvait supposer d'autre ennemi que l'ennui monotone de la vie campagnarde se montrait tout à coup sous un autre aspect.

Il y avait un secret dans cette maison. Naguère encore, avant que le nom de l'aîné eût été prononcé, rien n'expliquait dans la physionomie du manoir les demi-mots et les mélancoliques réticences du père Géraud, l'honnête aubergiste de Redon.

C'était une famille paisible : deux époux, jeunes encore, qui s'aimaient de la tendresse calme du mariage.

Maintenant, les paroles de l'aubergiste prenaient un sens. Sous cette paix, on découvrait une sourde souffrance, et le mystère d'un drame de famille se montrait à demi derrière le rideau soulevé.

Madame était devenue pâle comme une statue d'albâtre, et ses yeux baissés ne regardaient plus l'Ange, qui dormait toujours.

Le maître de Penhoël, qui avait jeté d'abord sur l'oncle Jean un coup d'œil de reproche, examinait maintenant sa femme avec une attention sournoise. Ses sourcils se fronçaient, et des rides se creusaient sous ses cheveux.

L'oncle Jean appuyait sa tête blanche sur sa main. Le passé l'absorbait, il semblait se perdre dans de lointains souvenirs, où il y avait de la joie et des larmes.

Cyprienne et Diane, vaguement effrayées, avaient perdu leur sourire. Elles regardaient, à la dérobée, tantôt le sombre visage du maître, tantôt la pâle figure de madame, et leur cœur se serrait.

Le reste de l'assemblée était immobile et muet.

Au dehors, il y avait tempête. Le vent hurlait dans les fentes des croisées et la grêle battait contre les carreaux.

Deux personnes dans le salon restaient à l'abri du malaise général : c'était Blanche qui était gardée par son sommeil, et c'était Vincent de Penhoël qui, perdu dans la contemplation de Blanche, n'entendait ni ne voyait rien.

Tandis que ses deux sœurs et Roger de Launoy subissaient de plus en plus l'effet de cette tristesse morne qui oppressait les hôtes du manoir, Vincent se prit à sourire parce que l'Ange souriait à son rêve.

Durant quelques secondes, la pure beauté de l'enfant s'éclaira d'un rayon de joie. Une teinte rose vint colorer sa joue et sa bouche s'entr'ouvrit comme pour murmurer de caressantes paroles.

Vincent avait les mains jointes et retenait son souffle.

Puis le sourire de Blanche se voila peu à peu; un nuage douloureux descendit sur son front. Elle s'agita faiblement contre le sein de sa mère.

Puis encore, éveillée par le silence, peut-être autant que par son rêve, elle se dressa, effrayée, en poussant un faible cri.

En voyant s'ouvrir ses yeux bleus, doux comme l'amour d'un enfant, on eût compris pourquoi la poésie des bonnes gens de Bretagne l'avaient surnommée l'Ange.

Elle jeta autour d'elle un regard où il y avait un reste de crainte; puis elle étendit ses jolis bras demi-nus pour se pendre au cou de sa mère.

— Oh! dit-elle tout bas, comme cela m'a fait peur! je l'ai vu! je l'ai vu!

Dans le silence contraint qui pesait sur la salle, sa voix arrivait aux oreilles de chacun.

— Sais-tu de qui je parle, reprit-elle, voyant que sa mère

ne l'interrogeait pas. Tu m'as dit souvent combien il était beau et bon! je l'ai bien reconnu tout de suite.

La pâleur de madame devint plus mate. Sa paupière n'osait point se relever. Il y avait dans les yeux du maître de Penhoël un feu étrange et sombre.

— Tu ne veux pas me dire que tu devines, reprit Blanche avec un reproche enfantin, et pourtant, tu sais bien de qui je parle, toi qui me fais prier le bon Dieu tous les soirs pour mon oncle Louis!

La respiration du maître de Penhoël s'embarrassa dans sa poitrine. Il passa le revers de sa main sur son front que mouillaient quelques gouttes de sueur. Madame restait immobile et froide en apparence.

— Je l'ai vu, reprit Blanche, et j'ai été bien heureuse, car il m'a prise dans ses bras en me disant : Conduis-moi vers ta mère. Oh! mère! s'interrompit-elle, comme il avait l'air de nous aimer toutes les deux!

René de Penhoël se leva d'un mouvement violent et se prit à parcourir la chambre à grands pas. Au bruit de sa marche, les yeux baissés de madame s'ouvrirent, chargés d'une tristesse profonde, mais fiers et calmes.

L'Ange ne prenait point garde et continuait :

— Comme j'allais le mener vers toi, mère, le beau soleil qui brillait s'est caché derrière la montagne : il a fait nuit tout à coup. Mon oncle Louis est devenu pâle... son corps s'allongeait!... il avait de grands bras maigres. Il s'est couché sur la terre, et j'ai vu qu'il était couvert d'un drap blanc.

Penhoël venait de s'arrêter en face de sa femme, les sourcils contractés et les bras croisés sur sa poitrine. Ses lèvres tremblaient comme s'il eût retenu des paroles prêtes à s'élancer.

Blanche se taisait, pressée contre sa mère. On entendit la voix de l'oncle Jean étouffée et lente qui disait :

— Qu'as-tu vu encore, ma fille? Dieu parle parfois dans les rêves des enfants.

Blanche eut un frisson de peur.

— Oh! je ne voudrais pas revoir cela! murmura-t-elle. Comme il était étendu par terre, je me suis penchée au-dessus de lui. Où donc était son beau sourire? Ses yeux ne remuaient plus. Je l'ai touché... Il était froid comme du marbre.

La voix de l'oncle Jean rompit encore le silence.

— Dans tes prières du soir, ma fille, prononça-t-il lentement, tu diras désormais : Mon Dieu! prenez pitié de l'âme de mon pauvre oncle Louis.

Depuis que le jeu de boston avait été interrompu, pas une parole n'était tombée de la bouche du maître de Penhoël. Ses traits, dont la régularité lourde n'exprimait d'ordinaire que l'apathie et la paresse de l'intelligence, reflétaient maintenant d'énergiques émotions.

On eût suivi, sur sa physionomie violemment agitée, les traces successives de la colère, de la jalousie, de la douleur poignante, et peut-être aussi du remords.

Il avait bu la moitié du flacon d'eau-de-vie. L'alcool se joignait à la passion excitée pour fouetter la pesanteur épaisse de son sang.

Un instant, son regard allumé enveloppa sa femme et sa fille dans une menace muette, mais terrible.

Ce ne fut qu'un instant. A la voix de l'oncle Jean, ses traits se détendirent et sa paupière se baissa comme pour contenir une larme.

Il cacha son visage entre ses deux mains.

— Mensonge! murmura-t-il. Je suis le maître ici, et je défends à qui que ce soit de dire que mon frère Louis est mort.

Personne ne répliqua. Un sanglot souleva la forte poitrine de Penhoël.

— Louis! mon frère Louis! reprit-il à voix basse : tout le monde sait comment je l'aimais! Il n'est pas mort! Dieu m'aurait envoyé des songes à moi aussi. Je suis son frère. Qui donc a le droit ici de l'aimer plus que moi?

A ces derniers mots, son œil eut encore un éclair farouche, et son regard fit le tour de la chambre comme pour chercher un contradicteur. Il ne rencontra que des visages mornes et dociles, sa colère tomba.

Il s'approcha de sa femme et lui baisa la main d'un air qui demandait pardon; puis il prit Blanche entre ses bras et la pressa passionnément contre son cœur, tandis que le regard jaloux de Vincent suivait tous ses mouvements.

On eût découvert dans les yeux de madame un sentiment analogue à celui de Vincent. Elle aussi semblait inquiète, comme si l'enfant n'eût pas été en sûreté dans les bras de son père.

Tout cela eût paru bien bizarre à l'étranger qu'on aurait introduit pour la première fois dans la maison de Penhoël. Il y avait dans la conduite du maître une énigme inexplicable. L'élan de tendresse qui l'entraînait maintenant s'adressait à sa femme autant qu'à sa fille, et contredisait énergiquement ce sombre regard dans lequel il les enveloppait naguère.

Une chose non moins étrange, c'était la froideur égale avec

laquelle madame accueillait les colères, puis le repentir de son mari.

Il y avait pourtant sur la noble et belle figure de Marthe tous les indices d'un cœur dévoué.

Chacun cependant restait silencieux. Roger de Launoy, Cyprienne et Diane détournaient leurs regards avec une sorte de respectueuse pudeur. L'oncle rêvait toujours. Le maître d'école battait machinalement les cartes pour se donner une contenance, et l'homme de loi, lorgnant à la dérobée le flacon d'eau-de-vie à moitié vide, y trouvait évidemment l'explication de l'incohérente conduite de l enhoël. Un seul être parmi les hôtes du manoir aurait pu l'expliquer autrement et mieux : mais c'était une âme discrète et loyale dans laquelle mouraient les secrets confiés.

Penhoël s'était assis auprès de sa femme et caressait les cheveux blonds de l'Ange, qui lui souriait doucement.

— Marthe, disait-il d'une voix basse et tremblante d'émotion, je suis un fou! j'ai trop de bonheur! et Dieu me punira, car je suis ingrat envers sa miséricorde.

Il pressait la main de madame contre ses lèvres, et son regard, voilé par un reste d'égarement, la parcourait avec adoration.

— Sais-je pourquoi je souffre tant? reprit-il. Oh! Marthe! je vous en prie, dites-moi que vous m'aimez.

— Je vous aime, murmura madame avec une tranquille docilité.

Le charitable maître Le Hivain, surnommé Macrocéphale, se disait avec une conviction de plus en plus arrêtée :

— Il est ivre comme la monture du diable.

La physionomie de Penhoël s'était encore une fois transformée, tandis qu'il poursuivait d'un accent triste et découragé :

— Comme vous me dites cela, Marthe! Oh! vous avez un bon cœur... et vous ne voulez pas me désespérer!

Blanche perdait son sourire à voir le nuage sombre qui voilait de nouveau le front de son père. La voix de celui-ci se fit rude, et ses sourcils rapprochés couvrirent le feu de son regard.

— Madame! reprit-il, j'ai beau me dire que je suis fou, le passé me répond : tu es sage. Je me souviens! et je crois que vous vous souvenez mieux encore!

Et repoussant d'un geste brutal la pauvre Blanche effrayée, il regagna la table de jeu, où il se versa, sans reprendre son siège, une large rasade d'eau-de-vie.

Blanche tremblait, pâle et faible, contre le sein de sa mère. Dans la salle, personne n'osait faire un mouvement.

René leva son verre plein et l'avala d'un trait.

Il se redressa : une rougeur épaisse couvrit sa joue, et ses yeux eurent un sourire hagard.

— Qu'avons-nous donc? s'écria-t-il en interrogeant de l'œil tour à tour chacun de ses hôtes : on dirait un soir d'enterrement. Ne rit-on plus, morbleu! au bon manoir de Penhoël?

— J'ai peur... murmura l'Ange, qui frissonnait.

Les délicates couleurs de sa joue avaient fait place à la pâleur. Sa mère l'entourait de ses bras, comme pour la protéger, et de loin Vincent la contemplait avec plus d'inquiétude encore que sa mère et autant d'amour.

La voix du maître criait dans l'obstiné silence :

— Petites filles, prenez vos harpes et chantez-nous gaiement un air breton! C'est pitié! la cloche du souper n'a pas encore sonné, et déjà tout le monde s'endort.

Cyprienne et Diane se levèrent obéissantes. Dans un coin du salon il y avait deux harpes à main, montées sur leur petit piédestal en bois doré. Avec l'aide de Roger, Cyprienne et Diane les approchèrent de la cheminée.

— Que voulez-vous entendre? demanda Diane.

— Un air à boire, répondit Penhoël. Mais vous n'en savez pas. Chantez ce que vous voudrez.

— Ma chanson! murmura l'Ange.

Les deux filles de l'oncle Jean n'avaient jamais rien refusé à Blanche de Penhoël.

Quelques notes tristes et douces vibrèrent. L'Ange ferma les yeux, et l'on vit errer autour de sa bouche comme un reflet effacé de son joli sourire.

Les harpes poursuivaient le simple et mélodique prélude de la chanson bretonne.

Puis deux voix jeunes et pures se mêlèrent aux accents voilés des harpes. Cyprienne et Diane chantaient :

> Anges de Dieu qui souriez dans l'ombre,
>   Blanches étoiles, vierges, fleurs,
> Vous qui des nuits semez le manteau sombre,
>   Anges aimés, pour guérir nos terreurs...

C'était un de ces airs trouvés dans la veille triste par les bardes de Bretagne, quelques notes lentes, des larmes chantées qui savent le chemin du cœur.

Le vent glacé qui pesait sur toutes les poitrines s'attiédit.

Une expression de repos se répandit sur le charmant visage de Blanche. Madame et Vincent de Penhoël qui la regardaient eurent comme un contre-coup de ce soudain bien-être. L'oncle Jean avait rejeté ses cheveux blancs en arrière; ses yeux se perdirent au ciel; il semblait parler à Dieu.

Le maître du manoir lui-même subissait à son insu l'effet bienfaisant de cette mélodie; ses sourcils se détendaient, et sa tête, appuyée sur sa main, n'exprimait déjà plus de colère.

Quant à Roger de Launoy, il contemplait tour à tour les deux chanteuses, cherchant la plus jolie, et s'étonnant à compter les vagues battements de son cœur.

Elles ravissaient l'œil et l'oreille. Elles étaient belles comme la poésie naïve et suave du peuple le plus poète qui soit sur la terre, et le simple chant de Bretagne prenait une harmonie sainte en passant par leurs bouches d'enfants.

Les harpes marièrent quelques accords, puis les deux jeunes filles dirent le premier couplet :

> Belle de nuit, fleur de Marie,
>   O fleur chérie!
> Toi que le vent prit aux semis
>   Du paradis,
> Le frais parfum de ta corolle
>   Monte et s'envole
> Aux pieds du Seigneur, dans le ciel,
>   Comme un doux miel.

La tête de l'Ange se renversa parmi ses grands cheveux blonds, sur le sein de sa mère. Les deux jeunes filles chantèrent encore :

> Belle de nuit, pourquoi ce voile,
>   Petite étoile
> Que le grand nuage endormi
>   Couvre à demi?
> Montre-nous la flamme éternelle
>   De ta prunelle,
> Qui semble au bleu du firmament
>   Un diamant.

— Laquelle voudra m'aimer? se demandait Roger de Launoy.

Penhoël avait repoussé son flacon d'eau-de-vie.

Cyprienne et Diane reprirent :

> Belle de nuit, ombre gentille,
>   O jeune fille!
> Qui ferma tes beaux yeux au jour?
>   Est-ce l'amour?

> Dis, reviens-tu sur notre terre
>   Chercher ta mère,
> Ou retrouver le lieu si doux
>   Du rendez-vous?
>
> C'est bien toi qu'on voit sous les saules,
>   Blanches épaules,
> Sein de vierge, front gracieux
>   Et blonds cheveux.
> Cette brise, c'est ton haleine,
>   Pauvre âme en peine !
> Et l'eau qui perle sur les fleurs,
>   Ce sont tes pleurs (1).

Les notes de la ritournelle vibrèrent, puis moururent. Le silence se fit.

Blanche entr'ouvrait maintenant sa jolie bouche. Le chant avait bercé sa fatigue : elle dormait. Madame baissait les yeux, comme si ce chant eût éveillé au fond de son cœur des émotions nouvelles.

— Voilà qui est bien, mes filles, dit Penhoël. Chantez-nous quelque chose de plus gai, maintenant.

Les harpes résonnèrent de nouveau; pendant que Cyprienne et Diane préludaient, René de Penhoël, sur qui la musique avait produit l'effet d'un véritable calmant, tendit la main à l'oncle Jean.

— Vous n'êtes pas fâché contre moi, notre oncle? demanda-t-il.

Le vieillard sembla s'éveiller d'un songe.

— A quoi diable pensez-vous donc? reprit gaiement Penhoël.

— Je songeais, reprit l'oncle Jean, de sa voix pénétrante et douce, à la première fois que nous entendîmes ce chant. Vous souvenez-vous, René? Ce fut notre Louis qui nous l'apporta du pays de Vannes.

Sous la paupière baissée de madame, une larme furtive se cachait.

— C'était, en ce temps-là, une heureuse famille que celle de votre père, mon neveu René, reprit l'oncle; comme Louis vous

------

(1) Les bonnes gens de la campagne morbihannaise confondent, sous le nom de *belles de nuit*, les fleurs que nous appelons ainsi, les étoiles et les jeunes filles, mortes avant le mariage. Cette romance, œuvre de quelque troubadour indigène, n'est qu'une imitation insuffisante du chant original en langue bretonne. Nous citons tout au long, la traduction litté-

aimait tendrement! et qu'il faisait bon vous voir ensemble tous deux, beaux, forts, joyeux!

Le poing fermé du maître de Penhoël, frappant la table avec violence, fit danser cartes et jetons.

— Encore! s'écria-t-il : veut-on me donner la fièvre chaude? Taisez-vous, petites filles! votre musique me fait mal!

Cyprienne et Diane obéirent aussitôt. On n'entendit plus dans le salon que le bruit de la tempête qui grandissait au dehors. La porte s'ouvrit, et un domestique, en costume de paysan, parut sur le seuil.

— Notre monsieur, dit le domestique, c'est le petit du meunier des Houssayes qui est venu en courant depuis le barrage.

— Que veut-il? demanda Penhoël.

— Il dit que l'eau descend du haut pays. On n'a jamais vu un « déris » pareil! Les pieux du pont tremblent, et ils ont grand'peur là-bas de voir leur maison emportée.

Penhoël repoussa son siège précipitamment. L'observateur le moins clairvoyant eût découvert que cette diversion ne lui déplaisait point.

---

rale de ce chant, d'autant plus volontiers qu'elle ne se trouve point dans l'admirable recueil des poésies bretonnes publié par M. Théodore de La Villemarqué.

LES BELLES DE NUIT

—

« Petite fille, petite étoile, petite fleur !
« La belle de nuit est la fleur aimée de la Vierge Marie.
« La petite fleur plus rose que la rose, plus blanche que le lis, bleue
« comme l'azur du paradis.
« La petite fleur qui se penche, au matin, semblable à la chrétienne
« qui prie. »

—

« La belle de nuit est la petite étoile, pur diamant du ciel.
« L'étoile qui donne du courage quand on chemine avant le soleil
« par tous les sentiers froids, encore pleins de fantômes. »

—

« La belle de nuit est la jeune fille morte, la jolie et la douce ! morte
« d'amour.
« La pauvre fille pâle, qui pleure le long de l'eau et que les cœurs
« tristes écoutent. La douce et la jolie qui avait seize ans, hélas ! quand
« nous la couchâmes sous l'herbe...
« Le soir elle est derrière les saules, tout habillée de blanc comme une
« fiancée. Ce vent qui se plaint dans les branches, c'est son haleine.
« Cette perle que le soleil du matin fait luire sur la feuille tombée,
« c'est une larme de ses pauvres yeux.
« Petite fille, petite étoile, petite fleur ! »

— Que le petit s'en retourne, dit-il, je vais aller voir ça.

— Par le temps qu'il fait? murmura madame.

Penhoël haussa les épaules.

— Par le temps qu'il fait, répéta-t-il durement, ce qui pourra m'arriver de pis, ce serait de rester au fond de l'eau... et je suis à me demander le nom de ceux qui me regretteraient, madame!

— Ah! René! dit Marthe avec reproche.

— Personne ne m'aime! poursuivit Penhoël; personne!

Il allait vers la porte. Madame fit un signe à Roger et à Vincent.

— Nous irons avec vous aux Houssayes, dirent-ils en même temps.

— Vous resterez ici! répliqua Penhoël : je vous défends de me suivre!

Il passa par-dessus ses habits une veste à capuchon en peau de loup, qui pendait auprès de la porte, et sortit sans prononcer un mot de plus.

— Il est bon, murmura l'oncle Jean, comme en se parlant à lui-même; et son cœur entend encore l'appel des malheureux.

La grêle fouettait les carreaux. Le vent et le tonnerre grondaient. René de Penhoël venait de franchir seul la porte du manoir. Le petit garçon du moulin courait déjà sous la pluie au bas de la montagne.

René descendait à pas lents la rampe escarpée. Il avait rejeté en arrière le capuchon de sa peau de loup et ressentait une sorte de bien-être à livrer sa tête nue aux torrents de pluie que rendait l'orage. Sous ce déluge son front restait brûlant.

Il allait la tête baissée, relevant de temps en temps d'un geste machinal ses cheveux ruisselants qui l'aveuglaient. Et il murmurait sans savoir : — Louis!... Louis!... mon frère!

La nuit était sombre; seulement, à de longs intervalles, un éclair déchirait le ciel noir. On voyait alors, pendant une seconde, le marais, immense prairie, où serpentaient de minces filets d'eau et les collines lointaines qui surgissaient pour se replonger soudain dans les ténèbres.

Penhoël laissa derrière lui le logement de Benoît Haligan, le passeur, à la porte duquel brûlait toujours une petite lanterne. Il avait à sa droite le Port-Corbeau, à sa gauche, cette antique muraille féodale qui semblait étayer la colline et qui se terminait par la Tour-du-Cadet.

Le moulin des Houssayes était situé à un quart de lieue de là, en amont. A cet endroit, l'Oust coulait encore lente et tranquille entre ses hautes rives.

Avant de tourner l'angle de la muraille, Penhoël jeta un regard vers le sommet de la colline où brillaient faiblement les croisées du manoir. Ses deux mains pressèrent ses tempes ardentes.

— Ma femme et ma fille! murmura-t-il d'une voix découragée : sais-je si je suis heureux ou misérable?

Il demeura un instant immobile, puis il reprit :

— Je les aime! Je n'aime qu'elles en ce monde! et Marthe songe toujours à l'absent. Oh! toujours! et parfois je me demande si Blanche...

Il s'interrompit. La nuit cachait la pâleur livide de son visage. Une pensée affreuse venait de lui traverser le cœur.

— Louis! mon frère! prononça-t-il encore en reprenant sa marche vers le haut pays.

On n'eût point su dire si l'émotion qui faisait trembler sa voix était l'angoisse de la tendresse qui regrette ou un amer mouvement de colère jalouse. Durant quelques secondes, il marcha d'un pas rapide, puis il s'arrêta tout à coup.

Le son lointain d'une trompe se faisait entendre en avant de lui, dans la direction du cours de la Verne. Des cris, dont il devinait la signification connue, arrivaient faibles et mouraient à son oreille.

— L'eau!... l'eau!... l'eau!...

Quand le vent cessait de mugir, il entendait un bruit sourd, semblable à un tonnerre.

C'était l'inondation qui arrivait.

Penhoël s'éveilla de sa navrante rêverie et se souvint du motif qui l'avait fait sortir du manoir. Il allait se hâter vers le moulin des Houssayes, lorsque des voix s'élevèrent derrière lui, de l'autre côté de l'Oust.

— Holà! le passeur! disaient-elles, au bac!

Ces voix étaient gaillardes et gaies. Elles sonnèrent à l'oreille du maître de Penhoël comme un cri d'agonie. Son cœur battit avec force.

Le son de la trompe se rapprochait, ainsi que ce grand murmure ressemblant aux roulements du tonnerre.

Et l'on entendait aussi, plus proche, la voix qui criait :

— L'eau!... l'eau!... l'eau!...

VI

DEUX PROPRIÉTAIRES

Ce qui faisait battre le cœur de René de Penhoël, ce n'était ni la trompe lugubre, jetant ses notes rauques dans les ténèbres, ni les cris annonçant de loin l'inondation, ni la tonnante menace de l'eau luttant contre ses rives; c'étaient ces voix joyeuses et insouciantes qui demandaient le bac, de l'autre côté de la rivière.

Il y avait là des hommes qui ne se doutaient de rien, et dans quelques secondes le sol où s'appuyaient leurs pieds allait disparaître sous le « déris ». La mort allait les saisir à l'improviste.

Penhoël éprouvait cette angoisse qu'on aurait à voir un malheureux aller, souriant et sans crainte, tandis que derrière lui, dans l'ombre, s'élève la main armée d'un meurtrier.

Sa première idée fut de les avertir du danger. Il se fit un porte-voix de ses deux mains et lança quelques paroles; mais le vent qui fouettait violemment son visage ne lui laissa point de doute sur l'inutilité de cet expédient. Ce même vent qui apportait si nettes les paroles criées sur l'autre rive, opposait à la voix du maître de Penhoël une infranchissable barrière.

Il hésita. Le fracas de l'orage redoublait, et l'on n'entendait plus le son de la trompe ni le bruit de l'eau.

— J'aurai le temps! pensa-t-il; le messager est loin encore.

Revenant aussitôt sur ses pas, il longea de nouveau la muraille et se dirigea en courant vers la loge de Benoît Haligan, dont la petite lanterne jetait ses lueurs faibles à travers les branches dépouillées des châtaigniers.

Les voyageurs inconnus, arrêtés sur la route de Redon, semblaient s'impatienter fort et criaient :

— Holà! le passeur! au bac!

La route était difficile; la pluie, qui tombait toujours à torrents, détrempait la terre et rendait la pente glissante. Penhoël n'était pas encore à moitié chemin lorsque, pendant une seconde de calme où l'orage semblait reprendre haleine, il crut ouïr derrière lui le galop pesant d'un cheval du pays. Presque au même instant, la trompe sonnait à vingt pas de lui, éclatante et criarde.

Il vit un cavalier glisser dans l'ombre au-dessous de lui.

— Messager! cria-t-il.

— C'est vous, notre monsieur? répondit le cavalier qui s'arrêta; que Dieu vous bénisse! vous allez voir passer tout à l'heure les roues de votre moulin des Houssayes.

— Combien as-tu d'avance sur le « déris »?

— Il va plus vite que mon cheval! et si je ne suis pas arrivé avant lui au bourg de Glénac, on ouvrira plus d'une fosse neuve dans le cimetière.

Le cheval reprit sa course, tandis que le cavalier jetait à pleins poumons sa clameur sinistre :

— L'eau!... l'eau!... l'eau!..

Penhoël atteignit la loge du passeur, qui était fermée en dedans.

— Benoît! dit-il; Benoît Haligan! debout!

A l'intérieur, une voix creuse répondit :

— J'ai mis deux amarres neuves au grand bac et une chaîne au petit. Vous n'avez rien à craindre pour ce qui est à vous, Penhoël.

— Ouvrez-moi, reprit celui-ci : il y a des hommes de l'autre côté, sur la route de Redon...

— Oui, oui! grommela tranquillement le batelier; je ne suis pas encore sourd et je les entends bien faire leur tapage. Mais j'ai entendu aussi la trompe du messager. Il faudrait être possédé du démon, notre monsieur, pour démarrer le bac à cette heure!

L'oncle Jean avait raison : René de Penhoël était bon au

fond de l'âme, et l'appel des malheureux trouvait en lui le chemin de son cœur.

Il secoua la porte de la loge avec colère.

— Ouvre! répéta-t-il d'un ton impérieux; si tu as peur, donne-moi la clef du petit bac et j'irai les sauver moi-même.

— Quant à ça, répliqua le batelier, dont la voix baissa jusqu'au murmure, j'aimerais mieux oublier le « Pater » et l' « Ave ». Voyons, soyez sage, Penhoël! vous voyez bien que ce sont des étrangers, puisqu'ils restent là sur le bord à crier comme des possédés après le son de la trompe, au lieu de se sauver à toutes jambes. Les étrangers, c'est la ruine du pays!

— Au bac! au bac! disaient les voyageurs impatients sur la route de Redon.

Penhoël entendit à l'intérieur la voix creuse qui murmurait :

— Patience! pour vous, désormais, la nuit ne sera pas bien longue. Mais, Jésus! quel orage!

Ce que Benoît entendait était bien en effet l'orage qui redoublait de fracas, mais c'était aussi l'eau qui arrivait du haut pays, mugissante et furieuse.

L'éclair qui venait d'arracher au batelier sa dernière exclamation avait en quelque sorte pétrifié Penhoël. L'éclair lui avait montré d'un côté les deux inconnus, debout sur la rive et sans défiance encore, tandis que leurs chevaux, les jarrets tendus, les naseaux au vent, semblaient flairer de loin le péril; de l'autre, un flux écumant et plus blanc que la neige qui se précipitait impétueusement dans la gorge.

L'instant d'après, les deux voyageurs poussèrent à la fois un grand cri de détresse. Penhoël prit un élan terrible et jeta en dedans la porte du passeur.

L'intérieur de la loge était éclairé faiblement par la lueur d'une mince résine, qui brûlait en crépitant contre le mur. Il n'y avait pour meubles qu'un grabat, surmonté d'un petit crucifix en os, et un bahut où séchait un carrelet de pêche.

Benoît Haligan était debout au milieu de la chambre.

C'était un grand vieillard, maigre et osseux, dont les yeux hagards avaient quelque chose d'inspiré. Les longues mèches de ses cheveux gris étaient éparses sur son front. La fièvre des marais avait creusé sa joue pâle, mais il se tenait droit encore, et sa haute taille avait une sorte de théâtrale majesté.

Benoît Haligan exerçait, entre Glénac et le bourg de Bains, la triple profession de passeur, de « reboutoux » (rebouteur, chirurgien) et de sorcier. Suivant la renommée, le don de seconde vue existait de père en fils dans sa famille, depuis des siècles.

On ne savait trop s'il était bon chrétien, ou serviteur du méchant esprit, mais il inspirait une grande confiance et une crainte plus grande encore.

Il avait été chouan du temps des guerres.

Quand les bonnes gens revenaient de Redon, après la brune, et qu'il leur fallait passer le bac à Port-Corbeau, la peur les prenait une demi-heure à l'avance, et tout le long du chemin, par prudence, ils récitaient leurs meilleures prières.

Mais, à tout prendre, c'était un vrai Breton, qui avait donné de son sang à son roi et à ses maîtres.

En voyant sa porte tomber, brisée, Benoît ne bougea pas et garda ses bras croisés sur sa poitrine.

— La clef! s'écria Penhoël, en s'élançant vers lui.

— La porte de la maison de votre père a été brisée comme cela une fois, du temps des Bleus, dit le passeur d'un ton de reproche froid; mais j'étais derrière pour la défendre.

— La clef! répéta Penhoël haletant d'émotion; n'entends-tu pas leurs cris d'agonie? C'est être un assassin que de laisser mourir ainsi des chrétiens sans secours!

— J'entends leurs cris, répliqua Benoît, et je prie Dieu de prendre leurs âmes.

De temps en temps, la voix des malheureux arrivait parmi les mille fracas du dehors

Ils disaient :

— Au secours!

Le maître de Penhoël secouait le vieillard, qui demeurait immobile.

— Je te promets dix écus si tu me donnes la clef, reprit-il d'une voix étouffée; vingt écus!... trente écus!...

Benoît Haligan hocha la tête avec lenteur.

— Je n'ai ni femme ni enfants, répliqua-t-il : que m'importe votre argent! Dieu ne veut pas que les étrangers viennent dévorer le pauvre pain de la Bretagne!

René roulait ses yeux avec fureur, et ses doigts crispés menaçaient le cou du vieillard.

— Penhoël, reprit ce dernier d'une voix adoucie, vous pouvez me tuer, vous savez bien que je ne me défendrai pas contre vous; mais je ne laisserai pas le fils de votre père aller à son malheur! N'y a-t-il donc pas assez de menaces dans l'air autour de vous, notre monsieur? De vos fenêtres, là-haut, ne pouvez-vous pas voir le château de votre nom habité par un ennemi mortel? Vous êtes jeune, voilà vos doigts forts qui s'enfoncent dans les chairs d'un pauvre vieillard! Brisez ce bras qui vous a servi soixante ans, Penhoël, vous n'empêcherez pas Benoît Haligan de parler.

— Mais, misérable! s'écria René, tu n'as donc pas d'entrailles?

— Votre fille était toute pâle ce matin, Penhoël! Voilà bien longtemps que je l'ai dit pour la première fois : avant de mourir. vous les verrez, toutes trois, glisser, la nuit, sous les saules : trois pauvres petites saintes, notre monsieur! Blanche, Cyprienne et Diane! Oh! ça fera trois Belles de nuit de plus au bord de l'eau...

— Tu ne veux pas me donner la clef? cria René menaçant.

— Et qui sait, reprit le passeur avec sa tristesse calme, qui sait si ce n'est pas leur mort qui vient là-bas du côté de la ville? Ecoutez-moi, Penhoël, ajouta-t-il d'un ton sentencieux et plein d'emphase : Quand la main de Dieu est sur un étranger, prenez garde! laissez mourir l'étranger ou il vous prendra le salut de votre âme et la vie de votre corps!

Les cris s'entendaient encore, mais à chaque instant plus faibles.

— Une dernière fois, dit René, dont les paroles avaient peine à passer entre ses dents serrées, la clef! ou gare à toi!

Et comme le passeur n'obéissait point encore, Penhoël le saisit à la gorge et le terrassa.

L'instant d'après il se relevait tenant à la main la clef conquise, et s'élançait précipitamment au dehors.

Benoît Haligan se dressa sur ses pieds à son tour et sortit de la loge.

— Penhoël! criait-il, mon bon maître! n'allez pas! au nom de Dieu! Nos pères le disaient avant nous. L'étranger qu'on sauve nous prend le salut de notre âme et la vie de notre corps!

René ouvrait le cadenas qui retenait le bac fixé au tronc d'un arbre. Les eaux avaient une violence terrible. Il lui fallut toute son habileté d'homme robuste et jeune pour sauter dans le bateau qu'emportait déjà le courant.

Et cependant, quand il se retourna pour saisir la perche, le vieux Benoît Haligan était debout près de lui.

— J'ai mangé pendant soixante ans le pain de Penhoël, murmurait-il avec une sombre résignation; que Dieu me garde seulement le salut de mon âme. Je puis bien donner au fils de mon maître la vie de mon pauvre vieux corps!

———

Il restait une heure de jour environ, quand le jeune M. Robert de Blois et son écuyer Blaise quittèrent l'auberge du « Mouton couronné ». Maître Géraud, chapeau bas et la pipe dans la

poche, leur fit la conduite jusqu'à cinquante pas de son établissement.

— Nous règlerons notre petit compte demain, dit Robert.

— Pour ça, répliqua l'aubergiste, demain ou dans un an...
quand vous voudrez!

L'aubergiste fit un beau salut; et tandis que Robert et Blaise
remontaient la grande rue, le brave homme leur criait encore
de loin :

— Surtout, gare aux fondrières! et aux uhlans! et au « déris »!

Robert et Blaise mirent leurs chevaux au trot et sortirent de
la ville.

Quand ils se trouvèrent en pleine campagne, le jour commençait à baisser. Il faisait un temps magnifique, mais le soleil
se couchait dans un lit de nuages sombres aux franges empour-
prées, et de temps en temps de brusques bouffées de vent
secouaient les feuilles sèches sur les branches des arbres.

Robert réfléchissait, mais sa méditation était joyeuse, et un
triomphant sourire relevait sournoisement les coins de sa lèvre.
Blaise ne se sentait pas d'allégresse. Pendant que son compagnon rêvait, il se prélassait sur son gros cheval et prenait des
poses dignes du Cirque olympique. Une seule chose le molestait,
c'était le silence.

— Ah ça, dit-il enfin d'une voix soumise et caressante, on
ne peut donc pas causer, monsieur Robert?

— Cause, si tu veux.

— A la bonne heure! Eh bien! mon fils, je te dirai que cette
fois-ci je suis content... mais là, en grand! Paris ne vaut pas
deux sous : vive la Bretagne!

Robert pensait toujours. Blaise reprit avec un enthousiasme
croissant :

— Bonne affaire, saperlotte! Je n'ai jamais vu entamer une
histoire comme ça! Pendant que tu parlais au vieux Géraud,
monsieur Robert, j'avais envie de t'embrasser. Désormais, je
n'ai pas d'inquiétude. Tu vas me tourner tous ces campagnards-
là en deux temps. Ils n'y verront que du feu!

— Ne chantons pas trop tôt victoire, murmura Robert.

— Et de la modestie aussi! s'écria l'Endormeur attendri.
Vrai, c'est encore de l'honneur pour moi que d'être ton domestique! Nous sommes en veine, c'est clair, et si l'affaire de
Penhoël manquait, par impossible, il nous resterait toujours
une centaine d'écus ou deux dans la poche!

— Comment cela? demanda Robert avec distraction.

— Nous sommes propriétaires de deux bons chevaux, répliqua

Blaise en riant de tout son cœur, et le père Géraud a poussé la précaution jusqu'à mettre des pistolets dans nos foutes. Tout ça peut se vendre.

— C'est juste, dit Robert, qui ne put s'empêcher de sourire; tu as, toi aussi, tes talents, mon ami Blaise... mais laissons cela! nous avons du travail pour notre route, sans compter même les fondrières, les uhlans, et cætera. Tous ces renseignements que nous a donnés l'excellent père Géraud forment notre catéchisme : n'en perdons pas un seul!

— Diable! murmura Blaise, et tu comptes sur moi...

Robert lui coupa la parole.

— Pendant qu'on préparait les chevaux, dit Robert en tirant un calepin de sa poche, j'ai fait mes petites provisions. Voyons cela pendant qu'il reste encore un peu de jour.

Il leva le calepin à la hauteur de ses yeux et se prit à lire :

« Louis de Penhoël (l'aîné), parti depuis quinze ans, colonel « au service des Etats-Unis d'Amérique.. »

— Vois-tu, dit-il en s'interrompant, j'ai noté mes propres paroles tout aussi bien que celles de notre hôte. Oublier ce que disent les autres, c'est malheureux; mais oublier ce qu'on a dit soi-même, c'est terrible!

Blaise écoutait avec l'attention respectueuse d'un écolier qui se nourrit de la parole de son maître.

— Ce Louis de Penhoël, poursuivit Robert, est évidemment l'aigle de la famille, une manière de héros de roman! Il y a dix à parier contre un qu'il est mort : ce personnage-là, vois-tu, me semble une véritable trouvaille. Je n'ai point noté ce qui a trait à lui et à la femme du maître de Penhoël. On n'oublie que les détails, et ceci est le fond même de notre affaire!

Il tourna la page de son calepin et reprit, mêlant à sa lecture les observations qu'il s'adressait à lui-même :

— « Famille de Pontalès, haine héréditaire... » Cela peut nous servir énormément! Quand on veut des armes contre Montaigu, on se fait l'ami de Capulet.

— Qui sont ces gens-là? demanda l'Endormeur.

— Des Penhoël et des Pontalès de l'ancien temps, répondit Robert; maintenant : « L'oncle en sabots... » Quelque fossile! C'est peu intéressant! « Monsieur et Madame de Penhoël... » Connus! « La petite Blanche, leur fille (l'Ange)... » On ne sait pas... Une enfant fade et blonde... enfin, nous verrons! « Les deux filles de l'oncle en sabots et leur frère Vincent, le sauvage... le fils adoptif, Roger de Launoy. » Je n'aime pas tout ce petit monde-là! ce sera gênant... et puis ça fera bien des bouches inutiles!

— Tu plaisantes! interrompit Blaise, est-ce que nous garderons tout cela?

L'imagination de l'Endormeur avait travaillé, il se croyait sincèrement et du fond de l'âme l'un des maîtres de Penhoël.

— Le fait est, dit Robert, que ça deviendrait ruineux! Sans ces quatre jeunes gens, le manoir semblait fait tout exprès pour nous. Mais, pendant que j'y pense, il me manque un nom ici. Le père Géraud me reparlera peut-être de ce brave camarade qui lui a sauvé la vie dans la rade de Brest.

— Et à qui j'ai servi de garçon de noce, dit Blaise.

— Précisément! Je ne me souviens pas du tout.

L'Endormeur se gratta le front et fit semblant de chercher.

— Est-ce que c'est bien important? demanda-t-il.

— Très important!

— Eh bien, mon bonhomme, s'écria Blaise en se frottant les mains, ça me fait plaisir! En ce cas-là, je vais sauver la patrie, car je m'en souviens, moi! Notre nouveau marié s'appelle Gauthier.

Robert écrivit ce nom sur son calepin, qu'il remit ensuite dans sa poche.

La nuit tombait rapidement, et à mesure que l'obscurité venait, les grands nuages noirs où s'était couché le soleil montaient lentement à l'horizon. Ils couvraient déjà le tiers du ciel du côté de l'occident, tandis qu'à l'orient et au nord les étoiles commençaient à briller.

Les rafales devenaient de plus en plus rares, et, bien qu'on fût à la fin de l'automne, l'atmosphère lourde semblait chargée d'électricité.

La route, qui avait suivi jusqu'alors les sommets d'une petite chaîne de collines, s'enfonçait au loin dans une vallée sombre et boisée. Nos deux voyageurs descendirent la côte au trot de leurs chevaux. Ils gardaient maintenant tous deux le silence et se perdaient à plaisir dans des rêves charmants.

Après bien des traverses, la fortune leur souriait enfin. Adieu les jours de misère! Plus jamais d'inquiétude pour le pain du lendemain. Ils allaient devenir des gens paisibles et honorés, des propriétaires!

Chacun d'eux, suivant sa nature, bâtissait ses châteaux; Blaise hésitait franchement entre la bonne vie de la campagne et les plaisirs de la ville. Robert songeait à utiliser son influence, il faisait manœuvrer ses capitaux. D'après le succès de ses spéculations habilement combinées, la popularité ne pouvait lui faire défaut, et pour qu'on lui refusât la députation, il eût fallu supposer une ingratitude qui, certes, n'est point dans les mœurs bretonnes...

Une fois député, avec de l'adresse et de la prudence, on a devant soi une vaste carrière. Robert n'était point gêné par ces convictions politiques qui sont un embarras et un obstacle. C'était un homme sans préjugés. En conscience, l'avenir lui appartenait, et il ne savait point assigner lui-même la limite où s'arrêterait son essor.

Ils songeaient ainsi. Leur route se poursuivait sans ennui et sans fatigue. Ils ne s'apercevaient même pas que tout autour d'eux avait changé d'aspect.

Le chemin étroit et fangeux courait maintenant tout au fond de la vallée; la nuit était noire : les grands nuages s'étaient élargis comme un voile sombre sur toute l'étendue du ciel. Des deux côtés de la route encaisée, deux taillis épais arrêtaient le regard.

— Ce qui est affligeant, dit Blaise, répondant à ses propres pensées et avec un gros soupir, ce sont ces coquins d'impôts!

— J'y songeais, répliqua Robert; cinq mille francs pour nos pauvres quarante mille livres de rente!

— C'est absurde!

— Les gouvernements ne comprendront jamais que leurs appuis naturels sont les propriétaires du sol.

— Cela nous écrase!

— Cela nous ruine! Avec les réparations et les non-valeurs, c'est à peine si nous toucherons une trentaine de mille francs tous les ans!

Robert prononçait ces paroles avec une conviction triste et profonde. Avant que Blaise lui eût donné la réplique, une voix éclatante et gaillardement timbrée s'éleva dans la nuit :

— Halte-là! dit-elle.

Puis elle ajouta d'un accent impérieux, en s'adressant à des personnages invisibles :

— Vous autres, attention s'il vous plaît!

A ce commandement, il se fit un bruit soudain dans le taillis, parmi les feuilles sèches. Robert et Blaise, brusquement éveillés de leur songe, regardèrent autour d'eux avec effroi.

A travers les ténèbres épaisses ils aperçurent un homme debout au milieu de la route. A droite et à gauche, d'autres hommes stationnaient immobiles. Et le bruit de feuilles sèches continuait dans le taillis.

Robert et Blaise n'essayèrent même pas de se le dissimuler : la menace du père Géraud s'accomplissait. Ils étaient cernés de tous côtés par les terribles uhlans.

VII

LES RESSOURCES DE BIBANDIER

Le réveil de nos deux voyageurs fut d'autant plus rude que leur rêve avait été plus séduisant. Ce coup tombait sur eux à l'improviste. Néanmoins, ils n'en furent point trop abattus. Malgré le nombre imposant des bandits, Blaise eut même une velléité de résistance.

— Si nous essayions les pistolets du père Géraud? murmura-t-il.

Le chef des brigands l'entendit, car il s'écria précipitamment :

— Martin! Michel! Pierre! Jean! et tous les autres! ne bougez pas. Mais si ce monsieur-là fait mine d'armer son pistolet, fusillez-le-moi comme un lièvre!

Personne ne répondit. Seulement le bruit de feuilles sèches augmenta dans le taillis.

— C'est bien, mes fils, reprit le chef; pas un mot! c'est la consigne! Quand on parle, les voix se reconnaissent, et il en revient toujours quelque chose à la cour d'assises.

Tandis que le chef bavard des bandits taciturnes faisait à ses subordonnés cette leçon de morale, Robert avançait la tête par-dessus le cou de sa monture et tâchait d'apercevoir ses traits; mais la nuit était trop profonde.

Le uhlan reprit en s'adressant aux deux voyageurs :

— Ah! ah! mes pauvres messieurs! vous n'avez que quarante mille livres de rente et le gouvernement n'a pas honte de vous demander des impôts? savez-vous bien que c'est épouvantable!

Il s'interrompit pour crier à sa troupe, toujours immobile :

— Vous autres, ne bougez pas!...

Robert tendait l'oreille et regardait de tous ses yeux. Il eût payé dix louis un rayon de lune, sur son aisance future.

— Allons, mes bons amis, poursuivit le bandit, je ne serai pas si méchant que le gouvernement, moi. Je ne vous demande rien, sinon ce que vous avez dans vos poches.

Il arma le fusil qu'il tenait à la main et ajouta :

— Vous autres, mes enfants, ne bougez pas, mais tenez-vous prêts à faire feu.

Ses soldats, modèles de discipline militaire, ne firent pas un mouvement.

Robert et Blaise ne répondaient pas.

— Eh bien! s'écria le uhlan d'une voix terrifiante : pour avoir votre bourse, faudra-t-il prendre votre vie?

Un bruyant et franc éclat de rire accueillit cette sanglante menace. Blaise ne comprenait point. Quant aux brigands subalternes, ils gardaient imperturbablement leur immobilité grave.

— Ah! Bibandier! mon pauvre Bibandier! s'écria enfin Robert, comme tu es volé!

— Bibandier! répéta Blaise stupéfait. Pas possible!

Le général en chef des brigands avait tressailli à ce nom.

— Il me semble que je connais cette voix-là, grommela-t-il. Ah! satané pays, on y trouve jusqu'à des amis!

Plus il parlait, plus Robert riait de tout cœur. Le brigand posa son fusil par terre et tira son briquet de sa poche.

— Ah çà! mon brave, reprit Robert, dis un peu à tes hommes que nous sommes des camarades.

— Vous autres, ne bougez pas! commanda Bibandier, qui alluma une petite lanterne de poche.

Il en éclaira successivement le visage des deux voyageurs.

— L'Endormeur! s'écria-t-il, et ce diable d'Américain! Ah çà! vous croyez peut-être que je suis content de vous voir!

— Une poignée de main, mon bonhomme, dit Robert.

— Quand je pense que je les suivais depuis dix minutes. grommela Bibandier, et que je les entendais parler de leurs rentes!

— Et de ces coquines d'impositions, dit Blaise, que la gaieté de Robert gagnait enfin.

— Ah çà! s'écria Bibandier, vous jouez donc la comédie pour vous tout seuls?

— Il y a une chose certaine, mon brave, répliqua Robert, c'est que nous ne parlions pas à ton intention. Nous te croyions à Brest.

— J'en viens.

— Eclaire-toi donc un peu que nous te regardions.

Bibandier retourna complaisamment l'œil rond de sa petite lanterne, et nos deux voyageurs virent son visage, qui exprimait en ce moment le désappointement le plus douloureux.

C'était un homme de trente-cinq à quarante ans, maigre et long comme une gaule. D'énormes favoris, taillés à la Cartouche, essayaient en vain de lui donner une physionomie féroce. Il avait eu beau mêler sa barbe et ses cheveux d'une façon sauvage, c'était évidemment un brigand assez débonnaire.

— Mon pauvre Bibandier, dit Robert, comme te voilà triste! Il me semble pourtant que quand on a la clef des champs et une troupe superbe...

Bibandier poussa un gros soupir.

— Je mange du pain noir et je bois de l'eau répliqua-t-il d'un accent plaintif; depuis un mois que je suis dans ces affreuses landes, je n'ai pas vu une seule pièce d'argent blanc... je regrette le bagne!

— Que dis-tu là?

— Ah! Paris! Paris! s'écria Bibandier avec attendrissement, une heure de faction dans n'importe quelle rue, après minuit sonné, vous donne de quoi passer joyeusement la quinzaine. C'est pour retourner à Paris que je travaille... et si vous saviez comme je me donne du mal! Ce soir, en vous voyant arriver, je me disais : au moins, ceux-là ne sont pas de ces rustres du bourg de Bains, du bourg de Glénac et du bourg de Saint-Vincent, portant de lourds bâtons pour défendre la demi-douzaine de gros sous qu'ils ont dans leurs poches. Quand je vous ai entendus parler de vos rentes, mon cœur a battu; j'ai revu Paris, mon garni de la Chapelle! J'ai senti l'odeur de la cuisine bourgeoise où nous dînions ensemble quand les eaux étaient basses. Mais non! la déveine est la déveine! et je commence à croire que je mourrai de faim dans mon trou!

— Y a-t-il encore de l'eau-de-vie dans la gourde? demanda Robert.

— Le père Géraud l'a remplie, répondit Blaise.

— Alors descends. Il est de bonne heure, et on peut fumer une pipe avec un ancien.

Nos deux voyageurs mirent pied à terre et attachèrent leurs montures aux branches du taillis. Les feuilles sèches cependant ne remuaient plus. L'armée de Bibandier gardait son immobilité modèle et semblait attendre un ordre du chef pour rompre les rangs.

Un grand chien, maigre comme son maître, était sorti du bois et tournait autour des chevaux, la queue basse et d'un air affamé.

— Ah çà! mon brave, dit Robert, en présentant la gourde à Bibandier, je ne te comprends pas! il n'y a pas un pays au monde où une douzaine de bons garçons ne pussent se tirer d'affaire. Que diable fais-tu donc de tous ces grands gaillards?

Le pauvre bandit but une énorme lampée d'eau-de-vie. Cela parut lui rendre un peu de cœur et il reprit en essayant de sourire :

— Cela fait donc de l'effet, tout de même?

Robert et Blaise regardèrent les silencieux brigands.

— Un effet superbe! répondit Blaise.

— Avec ça, ajouta Robert, on aurait de quoi arrêter une caravane!

Le sourire de Bibandier se changea en un bon gros rire.

— Oh! oh! oh! fit-il, je ne suis pourtant pas en train de folâtrer! Ne bougez pas, vous autres! Ah! dame, c'est bien obéissant... et puis ça ne coûte pas cher de nourriture.

Il remit la gourde dans sa bouche, puis il ajouta en secouant la tête :

— Martin, Michel, Jean, Bonaventure et les autres sont des manches à balai dévoués que j'habille comme je peux.

— Bah! firent en même temps Blaise et Robert, nous les avons entendus remuer dans le taillis.

— Ici, Médor! cria Bibandier.

Le chien maigre s'approcha en rampant.

— C'est Médor qui est chargé de ce rôle, reprit le malheureux brigand : il fouille les feuilles sèches avec ses pattes et il est dressé à se démener comme un diable quand je crie : Attention! vous autres!

Robert prit la lanterne et alla reconnaître les bandits subalternes, qui étaient en effet des piquets de bois plantés le long de la route et affublés de guenilles.

— Et ne pas gagner sa vie avec une imagination comme cela! murmura Blaise: il y a des gens qui n'ont pas de chance!

— Eh bien! dit Robert, j'aurais cru que le pays était bon pour ce genre de commerce... on m'a tant parlé des uhlans.

— C'est moi qui suis les uhlans, répondit Bibandier; moi et Médor... c'est-à-dire, il y en a bien d'autres, là-bas, au delà des marais de Giénac, mais ce sont des poules mouillées qui ne savent rien de rien! J'ai voulu m'enrôler parmi eux, pas moyen! et maintenant ils me cherchent partout pour m'étrangler, sous prétexte que je leur fais une mauvaise réputation. Je ne tue personne, pourtant, car mon fusil lui-même n'est qu'une trique de châtaignier.

— Bourre ta pipe, mon pauvre Bibandier, dit Robert, et asseyons-nous un petit instant.

— Attendez, répliqua le chef des uhlans, l'herbe est mouillée et je vais vous prêter mes hommes pour vous asseoir.

Il arrangea en effet les haillons de ses prétendus soldats sur le talu, déposa son prétendu fusil contre un arbre, et prit place à côté de nos deux voyageurs.

D'après les choses qui se disaient dans cette réunion, il eût été facile de comprendre que Blaise et même le jeune M. Robert de Blois avaient mené récemment à Paris une vie peu exemplaire. On se rappela en commun d'assez bons tours. Nos deux voyageurs et Bibandier faisaient un trio d'excellents compagnons. La gourde se vidait rondement. Bibandier ne tarissait pas sur les traverses qu'il avait éprouvées depuis son évasion du bagne de Brest.

— Vous voyez bien pourtant que je fais de mon mieux, disait-il avec mélancolie; je ne demande qu'à travailler honnêtement; mais je crois que je serai forcé un beau jour, pour éviter la famine, de manger mon pauvre ami Médor.

— Triste rôti! fit observer Blaise.

Médor hurla plaintivement.

— Avec mes hommes et mon industrie, reprit l'infortuné bandit, je ne gagne pas cinq sous par jour. Médor m'apporte parfois une poule étique que je mets au pot. Ce sont les jours de fête. Nous mangeons cela en famille. Le reste du temps il faut jeûner.

— Où demeures-tu? demanda Robert.

— Pour ça, je ne suis pas trop mal logé. Il y aura bien où nous mettre tous trois, si vous voulez vous associer à mon commerce. J'ai un vieux moulin à vent pour moi tout seul, et l'on y est très bien, excepté les jours de pluie.

— La toiture est trouée?

— Non pas, il n'y a plus de toiture. Mais parlez-moi donc un peu de vous, mes anciens! Que venez-vous tramer par ici?

Robert se leva au lieu de répondre, et secoua les cendres de sa pipe.

— Il me semble que je sens des gouttes de pluie, dit-il.

— Ce ne sera rien, mon fils. Tu ne veux donc pas me dire...?

— J'espère bien que nous nous reverrons! Mais, du diable si ce n'est pas un orage! Allons, Blaise, en route!

— En route pour quel pays? demanda encore Bibandier; voulez-vous m'emmener?

Robert se mit lestement en selle.

— Nous voulons faire mieux, répliqua-t-il; quant à moi, je ne peux pas digérer l'idée de te laisser dans la misère. Il nous reste sept francs cinquante...

— Et tu vas partager? s'écria Bibandier attendri.

— Je te laisse tout!

Bibandier n'eût que la force de tendre la main, tant il resta abasourdi devant cet excès de magnanimité.

— Mais... voulut dire Blaise.

— Tais-toi! répliqua Robert : il entrait dans mon plan d'être dévalisé.

— Voilà un ami! s'écriait cependant le famélique uhlan avec componction; y avait-il longtemps que je n'avais palpé de ces pièces blanches! Américain! tu es un vrai! donne-moi ton adresse et j'irai te voir au bout du monde!

Robert allongea un coup de boussine au cheval de Blaise, et ils partirent tous les deux au grand trot.

Bibandier fit un paquet de ses camarades et les emporta sous son bras. Grâce aux largesses de Robert, il avait de quoi nourrir toute sa troupe pendant une semaine.

— Voilà pourtant ce qu'on peut devenir, disait le jeune M. de Blois à son domestique, quand on n'a pas de tenue! Ce garçon-là aurait pu faire quelque chose, mais quelles manières! Si nous gagnons la partie, je lui donnerai de quoi retourner à Paris... à moins qu'il n'y ait à faire quelque besogne désagréable, auquel cas je lui promets la préférence.

Blaise était occupé à relever le collet de sa blouse pour se défendre contre le vent qui lui envoyait de larges gouttes de pluie au visage.

— Ça s'annonce drôlement bien! grommela-t-il; nous allons en voir de rudes!

La tempête avait, en effet, éclaté avec violence soudaine. A peine étaient-ils à trois ou quatre cents pas de l'endroit où ils avaient fait halte, que déjà leurs habits ruisselaient de pluie. Le vent grondait furieusement dans les taillis. De temps en temps un éclair s'allumait dans l'obscurité profonde, et leur montrait la route fangeuse qui s'allongeait à perte de vue.

Blaise grelottait et se plaignait. Robert, au contraire, gardait son imperturbable bonne humeur.

— Bravo! disait-il; j'aurais commandé cet orage qu'il ne serait pas tombé plus à propos. Au moins arriverons-nous à Penhoël dans un état convenable.

Une demi-heure se passa. La tempête semblait redoubler de rage. Tout à coup les deux chevaux s'arrêtèrent en même temps. Robert voulut pousser le sien, mais l'animal ne bougea pas.

— Il y a de l'eau là, devant nous, dit l'Endormeur.

Un éclair se chargea de confirmer son assertion. Durant le quart d'une seconde, ils virent le cours tranquille de l'Oust, la double colline et la silhouette du manoir de Penhoël.

— Nous sommes au bout de nos peines! dit Robert. Ah çà! voici un ruisseau qu'on sauterait à pieds joints. Cette fameuse inondation dont on nous parlait tant ressemble un peu aux terribles uhlans, résumés dans la personne de notre ami Biban-dier.

— C'est le pays des bâtons flottants, répartit Blaise, ranimé à l'espoir prochain d'un bon gîte; si nous appelions le passeur?

— Au bac! au bac! cria Robert.

Personne ne répondit sur l'autre rive. Ils répétèrent leur cri, et pendant deux ou trois minutes, ils s'enrouèrent à l'unisson.

— En définitive, dit Robert, que rien ne pouvait entamer, il ne serait peut-être pas mauvais de passer ce ruisseau à la nage. Les uhlans, la tempête, et, pour finir, un bain... avec cela on peut se présenter tout nus!

Blaise criait :

— Au bac! holà, le passeur! au bac!

Ils avaient mis pied à terre tous les deux. Depuis quelques minutes, ils entendaient derrière les collines le son rauque d'une trompe et des clameurs lointaines dont ils ne saisissaient point le sens.

Blaise était vaguement effrayé.

— Ecoute! murmura-t-il : la trompe se rapproche.

— C'est un homme à cheval, répliqua Robert.

— Que diable signifie tout cela?

En ce moment le messager passa au grand galop sur l'autre rive, en jetant son cri :

— L'eau!... l'eau!... l'eau!

Blaise eut un frisson.

— Rebroussons chemin, prononça-t-il d'une voix déjà effrayée.

Robert haussa les épaules.

— Quand le ruisseau croîtrait d'un pied, dit-il, nous en aurions jusqu'au genou. La belle affaire!

Un fracas sourd se faisait derrière les collines. Bientôt une masse blanche et phosphorescente se précipita dans la gorge avec un mugissement.

Les deux chevaux se dressèrent sur leurs jarrets et reniflèrent bruyamment; puis ils firent en même temps un bond en arrière et s'enfuirent au grand galop.

— Nous sommes perdus! balbutia Blaise, qui essaya de s'enfuir à son tour.

Mais il sentit un froid subit à ses pieds, puis tout le long de son corps : il perdit plante.

Il y avait six pieds d'eau à l'endroit où Robert et lui étaient debout naguère, et l'inondation furieuse les entraînait avec une violence inouïe.

Ils ne voyaient rien dans les ténèbres profondes, sinon cette phosphorescence faible qui est à la surface de l'eau bouillonnante.

Ils criaient au secours de toutes leurs forces, mais il leur semblait que ces cris impuissants devaient se perdre parmi les mille bruits qui les entouraient.

Ils luttaient, mais sans espoir. C'était l'heure de la mort.

VIII

LE DÉRIS

Le bac où René de Penhoël venait de monter en compagnie de Benoît Haligan, le sorcier, était un lourd et grossier chaland qui avait fait un long service, et dont les ais mal joints donnaient passage à l'eau. Le courant l'entraînait rapidement dans la direction des marais de Glénac. La perche de René, trop courte, touchait à peine le fond du lit de l'Oust. Le chaland tournait sur lui-même et allait à la grâce de Dieu. Benoît Haligan se tenait debout et immobile au centre du bateau, comme s'il lui eût suffi, pour l'acquit de sa conscience, de partager le danger de son maître.

Depuis que René de Penhoël se trouvait au milieu de l'inondation, le travail désespéré auquel il se livrait et les mille bruits qui l'entouraient, l'empêchaient de reconnaître la direction des cris de détresse. Il les entendait bien encore, mais faiblement, et ces cris, loin de se rapprocher, semblaient s'éloigner sans cesse.

Le maître de Penhoël faisait des efforts incroyables pour arrêter ou changer la marche du bateau, mais il était toujours dans le lit de l'Oust et le fond lui manquait.

Le premier éclair qui ouvrit les nuages lui montrait Penhoël

et la double colline déjà dans le lointain. Autour de lui l'inondation étendait une vaste nappe d'eau. Il cessa de percher et
prêta l'oreille. Les cris de détresse ne parvenaient plus jusqu'à
lui.

Alors il jeta la perche au fond du chaland et s'assit découragé, sur le bord. La sueur inondait son front, ses pensées se
mêlaient, confuses, et il n'avait plus de force.

— Notre monsieur, dit auprès de lui la voix tranquille du
passeur de Port-Corbeau, nous allons comme ça tout droit au
tournant de la « Femme Blanche ».

Penhoël releva la tête et sentit comme un superstitieux mouvement de frayeur, en voyant auprès de lui la haute et sombre
stature de Benoît Haligan. Il ne croyait point aux sorciers, mais
on n'est pas pour rien fils des campagnes bretonnes. Une heure
vient où l'homme fait se rappelle les terribles histoires qui ber-
cèrent son enfance. La fibre du merveilleux, cette mystérieuse
corde tendue au fond du cœur de tout Breton et qui ne s'agite
qu'à la pensée des choses de l'autre monde, peut rester muette
bien longtemps et vibrer tout à coup dans la conscience étonnée.

Penhoël avait un voile sur la vue, au travers duquel il pensait
apercevoir l'énorme fantôme de la « Femme Blanche », planant
au-dessus du gouffre avide.

— Les pauvres malheureux y sont arrivés peut-être avant
nous! murmura-t-il en frissonnant.

— Non, répondit le passeur.

Sa voix, que la vieillesse brisait d'ordinaire, semblait ferme
et grave en ce moment solennel. Un sentiment, dont Penhoël
n'aurait point su se rendre compte, l'empêchait d'implorer l'aide
de son lugubre compagnon.

— Savez-vous donc où ils sont? demanda-t-il enfin pourtant.

— Oui, répliqua Benoît.

— Eh bien! pourquoi ne prenez-vous pas la perche?

— Parce que vous ne l'avez pas ordonné.

— Qu'est-il besoin?

Le passeur l'interrompit.

— Penhoël, dit-il d'un ton triste, je n'ai pas beaucoup de
jours à vivre désormais; mon corps est à vous, mais je veux
garder mon âme. Je vous ai donné un bon conseil, c'est tout
ce qu'un serviteur peut faire. Voulez-vous encore sauver les
étrangers, au risque de votre vie sur cette terre et de votre salut
dans l'autre monde.

— Je le veux, prononça Penhoël à voix basse.

— Eh bien! donnez-moi vos ordres tout haut, afin que Dieu

et le démon les entendent. Je sais bien que je ne sauverai pas mon corps; ces gens me tueront : c'est la loi mystérieuse. Mais la Vierge aura pitié de ma pauvre âme!

— Et moi? murmura involontairement Penhoël.

— Vous? avant de vous tuer, ils vous damneront!

Il y eut un silence dans le bateau qui fuyait toujours, emporté par l'eau bouillonnante. René de Penhoël eut honte de lui-même.

— Folie que tout cela! s'écria-t-il; prends la perche et travaille.

— Vous m'ordonnez de les sauver? dit le vieux Benoît d'une voix lente et emphatique.

— Je te l'ordonne!

— Une fois...

— Oui!

— Deux fois...

— Oui!

— Trois fois...

Penhoël frappa de son pied les planches vermoulues du chaland.

— Cent fois! s'écria-t-il; c'est en laissant mourir des chrétiens sans secours qu'on livre son âme à Satan : marche!

Le passeur prit dans un coin du bac la pelle à épuiser l'eau et s'en servit comme d'une rame pour quitter enfin le lit de la rivière, où sa perche n'aurait point trouvé le fond. La lourde barque céda lentement à l'effort, tourna une dernière fois sur elle-même et entra dans des eaux plus tranquilles.

Haligan saisit alors la perche et trouva aisément le fond. Le chaland nageait au-dessus de ces grandes prairies que nous avons vues naguère couvertes de troupeaux.

— Prends garde de faire fausse route, dit Penhoël : nous devons être bien loin!

— Nous sommes en face du bourg de Glénac, répliqua le passeur, juste à moitié chemin du Port-Corbeau et de la « Femme Blanche ». Si je peux tomber sur un contre-courant, nous ne mettrons pas plus de temps à monter que nous n'en avons mis à descendre.

Tout en parlant, il perchait avec zèle. La nuit était si profonde qu'on n'apercevait absolument rien autour du bateau, et pourtant nulle hésitation ne se trahissait dans la manœuvre de Benoît le sorcier. Il allait, suivant dans les ténèbres une route directe et invisible. Nul autre que lui n'aurait pu reconnaître les indices vagues et mystérieux qui lui servaient de boussole. Penhoël, debout au milieu du bateau, tremblait de froid et dévorait son impatience.

— Depuis le temps que nous marchons, murmura-t-il, nous devrions entendre leurs cris.

— Ça ne va pas tarder, répliqua le passeur; je sais où je vais comme s'il faisait grand soleil, et je sais où ils sont comme si je les voyais. Ecoutez!

Penhoël tendit l'oreille avec avidité, mais il ne saisit d'autre bruit que le lourd fracas de l'orage.

— Il y a trois choses possibles, reprit le passeur : ils sont entraînés vers le tournant; ils ont gagné l'autre rive à la nage; ou bien ils sont accrochés aux grands saules qui bordent la prairie sur la route de Redon. S'ils sont dans les saules, nous allons les entendre tout à l'heure. Ecoutez encore!

Cette fois, un cri faible et perceptible à peine arriva jusqu'aux oreilles de Penhoël.

— En avant! s'écria-t-il, éveillé tout à coup par cette voix de la détresse.

Ses mains tâtaient le fond du chaland pour chercher une seconde perche.

— Vous pouvez bien patienter quelques minutes, murmura le vieillard, car vous aurez toute votre vie pour regretter notre besogne de cette nuit!

— En avant! en avant!

Le passeur n'en travaillait ni moins, ni davantage. Il allait, tantôt à droite, tantôt à gauche, se couchant sur sa perche flexible et louvoyant avec une adresse incroyable au milieu des mille courants qui se croisent sur l'étendue des marais. Le vent portait. On entendait maintenant, distincts et fatigués, les cris des malheureux en souffrance. Penhoël se faisait un porte-voix de ses deux mains pour leur répondre.

Deux ou trois minutes encore et le chaland touchait les branches baignées des saules.

Robert et Blaise étaient dans l'eau jusqu'aux aisselles. Ils s'accrochaient des deux mains aux troncs chancelants des deux plus grand saules, et sentaient le niveau de l'inondation monter lentement le long de leurs poitrines.

Quand la voix de René de Penhoël arriva jusqu'à eux pour la première fois, leur agonie durait depuis bien longtemps. Leurs bras tendus faiblissaient, et ils sentaient venir avec désespoir le moment prochain où il leur faudrait lâcher prise.

— As-tu entendu? demanda Robert, qui n'osa point croire au témoignage de ses oreilles.

— Oui, répondit Blaise, mais vont-ils nous trouver?

Ils prirent haleine et poussèrent ensemble un appel retentissant. Çet appel eut comme un écho, faible encore, mais distinct.

— Ils viennent! dit Robert avec un élan de joie; si Dieu nous sauve, Blaise, il faudra faire pénitence et vivre en chrétiens!

— Pour ma part, je le promets, dit Blaise, du fond du cœur.

— Et moi, je le jure!

La voix du sauveur invisible se rapprochait.

— Holà! disait-elle; courage! tenez-vous ferme!

— Au secours; répliquèrent à l'unisson Robert et Blaise.

Ils commençaient à entendre le bruit de la perche frappant contre les bords du chaland.

— Oh! oui, reprit Robert, je veux changer de vie! plus de mensonges!

— Plus de mauvais coups! dit l'Endormeur repentant et pénétré.

— Une vie honnête!

— Qu'importe la pauvreté, quand on a une bonne conscience?

L'eau montait toujours et passait par-dessus leurs épaules. Ils parlaient bien sincèrement.

Quelques secondes s'écoulèrent. Robert distingua le premier dans l'ombre la forme noire du chaland. Cette bienheureuse vision porta une notable atteinte à son esprit de pénitence.

— Attention, murmura-t-il; tout est peut-être pour le mieux... et nous allons arriver à Penhoël par la bonne porte.

— Est-ce que tu penses encore à ça dit Blaise, qui gardait son accent contrit.

— Regarde! reprit Robert.

L'Endormeur aperçut le chaland à son tour.

— Ah diable! fit-il, c'est différent!

Benoît Haligan poussa le bateau jusqu'au saule où se retenaient nos deux voyageurs, puis il planta sa perche à l'arrière et se tint le plus loin possible des étrangers. Le maître de Penhoël opéra tout seul le sauvetage.

Robert et Blaise cependant ne voyaient point leur sauveur et le prenaient pour quelque fermier du pays. Robert, en touchant du pied le bateau, avait repris son rôle avec un sang-froid héroïque.

— Que Dieu vous récompense, mon brave ami! dit-il en s'asseyant, épuisé, sur l'un des bancs. Vous avez sauvé la vie à un homme qui, ce matin encore, aurait pu vous récompenser royalement et faire de vous le métayer le plus riche de la contrée; mais à l'heure qu'il est me voilà plus pauvre qu'un mendiant.

— Mon malheureux maître! soupira Blaise en domestique fidèle et dévoué.

— Ne murmurons point, reprit Robert, le ciel pouvait aussi nous prendre nos vies.

— Vous avez perdu quelque chose? demanda le maître de Penhoël, tandis que Benoît Haligan perchait en silence dans la direction de Port-Corbeau.

— J'ai perdu de bien grosses sommes, mon brave ami, répondit Robert tristement; et pour les remplacer il me faudra attendre longtemps, car mon pays est au-delà de l'Océan. Mais, pour ce qui vous regarde, j'espère que vous ne perdrez pas tout, et que M. le vicomte de Penhoël me viendra en aide pour payer cette dette sacrée.

— Vous connaissez le vicomte de Penhoël? demanda René avec étonnement.

Benoît Haligan se prit à écouter de toutes ses oreilles. Un faux pas pouvait perdre ici à tout jamais le jeune M. Robert de Blois et son écuyer fidèle. Mais sa bonne étoile le servit.

— Je suis étranger, répliqua-t-il, et je n'ai jamais vu le vicomte de Penhoël. Mais je venais dans cette partie de la Bretagne pour une affaire qui le regarde, ainsi que sa famille; j'avais lieu de penser qu'il serait mon obligé. Désormais les rôles sont intervertis, et je vais être contraint d'implorer son hospitalité, qui est ma seule ressource.

Une foule de questions se pressaient sur la lèvre de René, mais il les contint pour répondre seulement :

— L'hospitalité de Penhoël ne manque à personne, monsieur; nous allons vous conduire au manoir.

Le chaland touchait l'arrivoir du Port-Corbeau. René de Penhoël aida successivement les deux voyageurs à débarquer.

— Prenez mon bras, dit-il à Robert : la côte est rude; Benoît, soutiens l'autre étranger.

— Pas pour tout l'or de la terre! répondit le passeur, qui s'éloigna de Blaise comme on eût fait d'un homme atteint de la peste.

Il gagna sa loge située à une centaine de pas de là et décrocha la petite lanterne suspendue au-dessus de la porte; puis il revint vers Penhoël et ses deux hôtes qui montaient lentement la colline. Il porta la lumière de sa lanterne sur le visage de Robert, puis sur celui de Blaise, et les examina quelques secondes en silence.

— Penhoël! Penhoël! dit-il ensuite de sa voix creuse et pleine d'emphase, vous l'avez voulu! que Dieu vous pardonne.

Une de ses mains touchait l'épaule du maître, l'autre désignait Robert de Blois.

— C'est lui! ajouta-t-il plus bas. La ruine et le crime sont là! Je suis bien vieux, mais je verrai trois Belles de nuit de plus sous mes saules avant de mourir. Trois nobles filles! Penhoël! Penhoël! le malheur est sur votre maison! prenez garde!

Robert n'avait pu s'empêcher de tressaillir en apprenant ainsi à l'improviste le nom de son sauveur. René, que la surprise avait tenu d'abord immobile, se tourna vers le passeur avec colère; mais celui-ci se dirigeait à grands pas déjà vers sa loge.

Et tout en marchant il grommelait :

— Le malheur est sur lui! et le malheur est sur moi! Mais moi, la sainte Vierge aura pitié de mon âme!

Il rentra dans sa cabane et replaça tant bien que mal la porte sur ses gonds. Quand Penhoël et ses hôtes passèrent devant le seuil, la loge était solidement barricadée.

IX

UN HOTE CHARMANT

Il y avait une demi-heure environ que Robert de Blois et son domestique Blaise avaient franchi le seuil du manoir de Penhoël. La famille et ses hôtes étaient rassemblés dans la salle à manger autour d'une grande table en bois de chêne, dont la nappe couvrait à peine une moitié. On était en train de souper sur le haut bout de cette table. L'autre extrémité demeurait nue et déserte.

Sur la nappe d'une blancheur éclatante, il y avait abondance de mets. Aux quatre coins, de hautes et belles cruches en faïence brune, pleines de cidre nouveau, avaient encore leur couronne de mousse. Le « benedicite » avait été prononcé par madame; les assiettes étaient pleines; on mangeait d'excellent appétit.

Robert de Blois s'asseyait à la droite du maître de Penhoël; il avait à sa gauche madame, qui, dans les jours froids de l'hiver, abandonnait volontiers son poste d'honneur au centre de la table, pour se rapprocher de la cheminée. Derrière Robert, se tenait Blaise, à qui l'on avait donné, comme à son maître, un habillement sec.

L'Endormeur faisait son apprentissage de valet de chambre. Il y allait de bon cœur, et se trouvait assurément mieux là qu'entre les branches de son saule. Néanmoins son œil comptait avec mélancolie les excellents morceaux dévorés par Robert.

Il se demandait peut-être si c'était un présage, et, si, en toutes choses, lui, Blaise, à cause de la position qu'il avait acceptée, ne serait point contraint à vivre sur les restes de Robert.

Celui-ci, tout en mangeant d'un merveilleux appétit, employait son temps le mieux qu'il pouvait. Grâce aux renseignements du père Géraud, il avait mis un nom, dès le premier coup d'œil, sur chacune des figures inconnues. La description de l'aubergiste, exacte et complète, lui était un garant de l'exactitude des autres détails, puisés à la même source.

Et pourtant, si l'on passait des personnes à l'ensemble de l'intérieur campagnard, les notes fournies par maître Géraud semblaient tourner un peu à l'exagération. Robert, qui travaillait de l'œil presque autant que de la mâchoire, cherchait en vain autour de lui ces symptômes annoncés de drame latent et intime, qui lui eussent donné tant de facilité pour pêcher en eau trouble.

Toutes les figures lui semblaient d'un calme désespérant. Il ne voyait là qu'une jeune mère, heureuse entre son mari et son enfant. Le reste de l'assemblée, l'oncle Jean, ses filles, Vincent et Roger complétaient pour lui une de ces belles et bonnes familles, dont la félicité uniforme, et légèrement ennuyeuse, ferait l'effroi de nombre de gens malheureux dans nos villes.

Le lecteur, resté sous l'impression de la scène du salon de Penhoël, aurait lui-même éprouvé, pour un peu, la surprise de Robert. L'aspect avait, en effet, changé. Ce n'était plus ce sombre silence, pesant naguère sur les hôtes du manoir et coupé, à de rares intervalles, par des paroles de triste augure.

L'arrivée d'un étranger, qui est toujours un événement dans ce coin reculé de la Bretagne, empruntait ici aux circonstances qui l'avaient accompagnée une émotion d'intérêt et de curiosité. Il ne faut pas entrer brusquement dans le ruisseau dont on veut scruter le cours tranquille. L'eau se trouble, le poisson se cache, et ce luisant caillou que vous vouliez voir de plus près a disparu sous la vase soulevée par votre pied imprudent. Robert se faisait écran à lui-même.

En outre, il faut bien le dire, à l'heure où nous avons pénétré pour la première fois dans le manoir, René avait auprès de lui un flacon d'eau-de-vie à moitié vide. Or, Penhoël à jeun était un mari confiant et doux, mais il avait l'ivresse farouche et l'alcool changeait en noires visions les souvenirs douloureux qui étaient au fond de son âme.

L'expédition sur le marais avait entièrement dissipé les fumées de l'eau-de-vie.

Seul, parmi les convives qui entouraient la table, l'oncle Jean avait gardé la mélancolie que nous avons vue naguère sur son vénérable visage. Seul il songeait encore à celui dont le nom, prononcé à l'improviste, avait produit une sensation si pénible, une heure auparavant, parmi les hôtes de Penhoël.

Tout le reste de l'assemblée s'occupait énormément de l'étranger. L'homme de loi et le bon maître d'école le considéraient avec cette attention curieuse que nos badauds de Paris mettent à lorgner un Ethiophien ou un O-jib-be-was. Les jeunes filles admiraient sa tête expressive et belle. Roger voyait, à tout hasard, en lui un héros de roman. Vincent, au contraire, éprouvait, à le contempler, un sentiment hostile, et tâchait en vain de s'expliquer à lui-même cette instinctive aversion.

Ses yeux allaient incessamment de l'étranger à Blanche de Penhoël, comme s'il eût redouté pour l'enfant un danger inconnu.

— A votre santé, mon cher hôte! dit Robert en portant son verre à ses lèvres; et, pour la centième fois, recevez mes actions de grâces. Sans vous, Dieu sait où je serais à cette heure.

— Je n'ai fait que mon devoir, répliqua le maître de Penhoël.

— Ce n'était pas ainsi que l'entendait votre sombre pilote! reprit Robert en souriant.

— Benoît Haligan est un digne cœur, dit madame; il a sauvé bien des malheureux en danger de mort; mais son esprit est faible, et nos campagnes ont des préjugés un peu sauvages.

Robert s'inclina respectueusement.

— C'est un pays heureux et béni, madame, murmura-t-il, que celui où Dieu a mis dans le cœur des puissants le remède à l'ignorance du pauvre.

Bien que nous ayons vu Robert en parfait compagnonnage avec le gros Blaise et Bibandier, il n'avait pas été sans fréquenter probablement meilleure compagnie; car, à l'occasion, il savait prendre les manières élégantes et courtoises. Peut-être, dans un de ces salons-modèles qui font la gloire de nos aristocratiques faubourgs, les habiles eussent-ils distingué quelques taches légères dans son jeu : — nous disons peut-être; — mais à Penhoël, son ton semblait exquis, et chacune de ses paroles, en quelque sorte, le piédestal de sa supériorité.

— On m'avait bien dit, reprit Robert, ce que je trouverais à

Penhoël; mais certaines gens ont le bonheur d'être ainsi faits que, pour eux, la renommée est toujours au-dessous de la vérité. Peut-être ne dois-je pas rester en France bien longtemps désormais... quoi qu'il en soit, j'aurai vu ce que d'autres cherchent en vain parfois toute leur vie : la maison d'un vrai gentilhomme!

Penhoël rougit d'orgueil.

Robert tendit son assiette vide par-dessus son épaule et Blaise la prit en poussant un gros soupir. Robert se retourna vivement.

— Comment! s'écria-t-il avec une bonté charmante, c'est toi qui est là, mon pauvre garçon?

— J'ai voulu servir monsieur... commença Blaise.

— Va-t'en bien vite! interrompit Robert. Madame, veuillez me pardonner, je vous prie, mais Blaise est un domestique comme on n'en voit guère. J'ose réclamer pour lui une part des bontés dont vous voulez bien me combler.

Tout le monde, à commencer par le maître de Penhoël et madame, sut gré à Robert de ce bon mouvement. Ce n'était pas seulement un homme d'une distinction rare, c'était encore un généreux cœur.

On éprouve un plaisir véritable à découvrir ainsi des qualités sérieuses chez l'homme qui a su plaire au premier aspect. Les jeunes filles et madame remercièrent l'étranger du regard, et Blaise reconnaissant gagna l'office.

Le souper durait depuis vingt minutes, et il y avait bien une heure que Robert était entré à Penhoël, néanmoins, et malgré cette circonstance que Robert avait parlé, dans le bateau, d'une mission dont il était chargé pour le maître du manoir, aucune question ne lui avait été adressée. C'était, à coup sûr, de la fine fleur d'hospitalité; mais Robert ne l'appréciait point : il eût préféré un empressement indiscret et curieux, parce qu'il avait son histoire toute prête.

Voyant, cependant, que la question ne venait point, il se résigna à prendre la parole.

— Vicomte, dit-il en tendant la main au maître de Penhoël avec un laisser-aller tout aimable, il ne me convient pas de me prévaloir de votre réserve et je veux que vous sachiez, à tout le moins, le nom de l'hôte que le hasard vous envoie. Je m'appelle Robert de Blois.

Penhoël s'inclina.

— C'est un vieux nom breton, dit-il : vous devez connaître cela, mon oncle!

L'oncle Jean, comme presque tous les vieux gentilshommes de campagne, était un vivant armorial.

— Certes, répliqua-t-il, nous avons plusieurs familles, et sans parler de la maison ducale dont un membre porta ce nom, il y a les de Blois de Quimper et les de Blois de Moncontour...

— Ma famille était, en effet, originaire de basse-Bretagne, reprit Robert; mais je ne puis prétendre qu'à une parenté bien éloignée avec les races honorables dont vous me parlez, monsieur, car mes pères habitent l'Amérique depuis fort longtemps déjà.

L'oncle Jean murmura en recueillant ses souvenirs :

— J'y suis! ce doit être cela! Un chevalier de Blois, du nom d'Emery, fut contraint d'émigrer lors de l'édit de Nantes.

Robert regarda l'oncle avec admiration.

— Il est de fait, dit-il, que mon bisaïeul portait le nom d'Emery! Quoi qu'il en soit, j'ai quitté Boston, résidence de mon père, pour venir traiter en France des affaires considérables : une de ces affaires m'appelait dans ce pays. Depuis mon arrivée en France je n'avais pas eu d'aventures; Paris et ses filous m'avaient laissé ma bourse; ma chaise de poste avait roulé de nuit comme de jour, sans être arrêtée jamais par aucun de ces bandits classiques qui deviennent presque aussi rares que les revenants; mais aujourd'hui, je me suis dédommagé, je vous jure! Voici mon histoire en deux mots. Je suis arrivé ce matin à Redon, porteur de valeurs importantes : j'avais une mission à remplir dans l'intérieur du pays. Le bon aubergiste de Redon, maître Géraud, ne m'a pas laissé ignorer les dangers de la route; mais je n'y voulais point croire, et d'ailleurs je tenais essentiellement à remplir moi-même mon message. Je suis parti; à une lieue de Redon, j'ai rencontré des bandits qui m'ont dévalisé.

— Les uhlans! murmura-t-on à la ronde.

— Je ne saurais pas vous dire le nom au juste; c'était une armée entière de coquins à mines épouvantables!

— Et ils vous ont tout pris? demanda madame.

— Tout mon argent. Mais ces brigands ne me paraissent pas arrivés à un degré très avancé de civilisation, car ils laissèrent dans ma valise mon portefeuille bourré de bank-notes.

— Ah! fit-on avec contentement autour de la table.

— Permettez! je n'en suis pas beaucoup plus riche. Ma valise et tous les papiers qu'elle contenait sont maintenant bien loin, si votre infernale rivière a continué de courir le même train.

— C'est vrai! le « déris! » murmura l'assemblée, qui prenait au récit et à l'homme un intérêt de plus en plus vif.

Les deux charmantes filles de l'oncle Jean oubliaient de

manger pour le regarder. Elles écoutaient bouche béante, et ne détachaient point de l'étranger leurs yeux hardis à force de candeur. Au nom de Paris, elles avaient échangé un rapide regard et un éclair s'était allumé dans leurs prunelles.

Blanche, timide enfant, se cachait à demi derrière sa mère et regardait à la dérobée. Roger admirait de tout son cœur : il n'avait jamais rien vu de comparable à ce brillant cavalier, égarant tout à coup sa fine élégance au milieu des landes bretonnes. Quant à Vincent, il gardait toujours sa physionomie rude et sombre.

Le maître d'école et l'homme de loi, placés côte à côte au bas bout de la table, avaient surtout envie de savoir ce que contenait d'argent la fameuse valise.

— On a retrouvé plus d'une fois sur le gazon du marais, dit le père Chauvette avec modestie, des objets perdus dans le trajet de Port-Corbeau.

— Je promettrais de grand cœur mille louis, s'écria Robert vivement, à celui qui me rapporterait ma valise!

L'homme de loi prit note de cet engagement et fit dessein d'aller le lendemain de grand matin à la pêche. Robert poursuivit en souriant :

— Mais il ne faut jamais compter sur les miracles, et j'aurais mauvaise grâce à me plaindre du sort! Je ne puis pas dire que je ne regrette point les sommes perdues, car je suis loin de ma famille, et la position d'un étranger sans argent me paraît peu enviable; mais, en définitive, ce sont quelques milliers de louis en moins, voilà tout. Se laisser abattre pour si peu serait indigne d'un gentleman. Mon cher hôte, je bois à votre santé.

Ces derniers mots furent prononcés avec une franche bonne humeur. Cela indiquait d'abord une grande fortune, ce que personne ne dédaigne; en outre, ce qui faisait plus d'impression encore sur la plupart des convives, cela dénotait une véritable hauteur d'âme. On ne rencontre pas tous les jours un homme parlant avec gaieté d'une perte semblable. Robert gagnait à chaque instant dans l'estime des hôtes de Penhoël.

— Une chose dont je me console moins facilement, reprit-il, c'est de n'avoir plus entre les mains certaine correspondance qui m'avait été bien chèrement recommandée. Il y avait dans cette valise, monsieur de Penhoël, de quoi payer avec du bonheur la vie que vous m'avez rendue.

Une nuance de curiosité plus vive se peignit dans tous les regards. On ne comprenait point encore.

Robert paraissait attendre une question.

Le maître de Penhoël, au contraire, semblait craindre d'interroger.

— Là-bas, sur le chaland, dit-il enfin, cependant, je crois que vous avez parlé d'un message dont vous étiez chargé pour le vicomte de Penhoël.

— Cela est vrai, mon cher hôte. Un message qui venait de bien loin!

— D'où venait-il?

— De New-York.

Penhoël fit un geste de surprise. La belle et calme figure de madame exprima enfin un mouvement de curiosité.

— New-York? répéta Penhoël. Je ne connais personne à New-York.

La paupière du jeune M. de Blois se baissa. Son regard, furtif et rapide, fit à la dérobée le tour de la table.

— En êtes-vous bien sûr? murmura-t-il.

Il examinait à la fois madame, qui gardait son sourire doux et courtois, le maître du manoir et le vieil oncle Jean, dont la rêverie inclinait de nouveau la tête pensive. Avant que Penhoël eut répondu, Robert poursuivit d'une voix lente et basse :

— L'aîné de Penhoël serait-il oublié dans la maison de son père?

Si Robert avait voulu frapper un coup violent, il dut être satisfait de l'effet produit. Un nuage voila tous les fronts à la fois; tous les regards se baissèrent.

Penhoël, qui portait en ce moment son verre à ses lèvres, le laissa échapper et le verre se brisa.

Madame tremblait, immobile et pâle. L'oncle Jean ressemblait à un homme qui n'en croit pas le témoignage de ses oreilles.

Il s'était levé à demi et s'appuyait des deux mains à la table. Ses yeux bleus, timides et doux d'ordinaire, se fixaient maintenant sur l'étranger avec une inquiétude avide.

Robert mettait toute sa force à contenir l'expression de triomphe qui voulait envahir ses traits. A voir la tranquillité heureuse de la famille, il avait douté un instant de l'arme qu'il avait entre les mains. A présent, plus de doutes! l'arme était bonne et savait le défaut de tous ces cœurs! Il releva la tête. Son œil était sévère et froid comme celui d'un juge.

On entendait, dans le silence, les respirations courtes et oppressées.

— Ai-je bien entendu? dit enfin l'oncle Jean dont l'émotion étouffait la voix; a-t-on parlé de Louis de Penhoël.

— J'ai parlé de l'aîné de Penhoël, répondit Robert de Blois.

— Et vous avez prononcé le mot d'oubli? reprit le vieillard dont les yeux se mouillèrent de larmes! Oh! il y a ici plus d'un cœur qui garde son souvenir!

René l'interrompit : l'effort qu'il faisait pour parler était visible.

— Monsieur, dit-il en s'adressant à Robert, tout le monde ici aime le chef de la maison de Penhoël. Je ne suis que le cadet... et le jour où Louis voudra revenir, je lui rendrai avec joie la place de notre père.

L'oncle Jean avait quitté sa place et faisait d'un pas chancelant le tour de la table pour se rapprocher de l'étranger. On entendait le bois de ses sabots résonner contre les dalles, et les longs cheveux blancs qui couronnaient son front vénérable tombaient sur la bure grossière de sa veste de paysan.

— Bien parlé, mon neveu! dit-il en touchant la main de René, qui détourna les yeux; Dieu vous bénira, car vous êtes un digne fils de Penhoël. Moi, je ne suis qu'un pauvre vieillard, poursuivit-il en se tournant vers le jeune M. de Blois, mais j'aimais mon neveu Louis comme on aime le plus cher de ses enfants! Parlez, monsieur, est-ce une bonne nouvelle que vous apportez? ou bien me faut-il prendre le deuil jusqu'au dernier jour de ma vie?

Robert entendit un soupir d'angoisse soulever la poitrine de madame. Penhoël l'entendit aussi, peut-être, car il se pencha en avant, puis en arrière, pour interroger le visage de Marthe. Mais le jeune M. de Blois, soit hasard, soit bonne volonté, fit deux mouvements pareils, et le maître de Penhoël ne put rien voir.

Autour de la table on songeait au rêve de l'Ange qui avait vu l'aîné couché sur l'herbe et blême comme un mort.

Quand Robert de Blois reprit la parole, chacun retint son souffle pour écouter mieux.

— J'apporte de bonnes nouvelles, dit-il, et heureusement ma mésaventure n'y peut rien changer. Louis de Penhoël, qui est mon ami, m'a chargé d'embrasser son frère et m'a prié de lui envoyer des détails sur toute la famille.

L'observateur le plus clairvoyant n'aurait point su définir les sentiments contraires qui venaient en quelque sorte se heurter sur la physionomie du maître de Penhoël; d'abord un élan d'affection revenue, un mouvement vif et sincère de tendresse fraternelle; puis quelque chose de glacial : de la défiance et de la peine.

Le bon oncle Jean avait pris la main de Robert et la serrait

en pleurant, parce que Robert avait dit : « Je suis son ami. »
Ce fut lui qui fit ces questions obligées qu'on aurait voulu
entendre tomber de la bouche du maître du manoir : « Où est-il?
que fait-il? va-t-il nous revenir? pense-t-il à nous, lui qu'on aime
tant? Est-il toujours beau, noble, fort? Est-il heureux?... »

Autour de la table, les convives se rappelaient à voix basse
tout ce qu'on disait dans le pays sur l'absent. On parlait de lui
aux veillées, et son nom s'entourait du mystérieux respect que
les Bretons accordent aux héros de leurs légendes. Il était si
généreux!

L'amour que lui portaient les vieillards arrivait aux jeunes
gens à travers les merveilleux récits du coin du feu. Ce sont
des poètes, ces rustiques conteurs assis au foyer des chaumières
bretonnes, leurs regrets faisaient à l'absent un piédestal, et ceux
qui ne l'avaient pas connu se le figuraient sous des couleurs presque surnaturelles.

— C'est pourtant moi qui ai été son premier maître! murmura le père Chauvette attendri.

— Quel démon! grommelait l'homme de loi, je n'ai jamais
pu lui apprendre le latin!

— Il me semble que je le reconnaîtrais, disait Diane, tant
j'ai rêvé souvent de lui!

— Oh! pas plus que moi! répondait Cyprienne.

— Moi, s'écriait Roger, s'il ne revient pas, j'irai le chercher,
fût-il au bout du monde!

Et tandis que toutes ces paroles se croisaient émues, c'était
miracle de voir l'immobilité morne du maître de Penhoël et de
madame.

Robert reprit :

— Il fera jour demain, et je vous donnerai tous les détails.
Seulement, peut-être y avait-il dans les lettres perdues des choses
que je ne pourrai pas vous dire.

— Ces lettres étaient pour moi? demanda Penhoël.

— Il y en avait une pour vous, répliqua Robert.

— Et pour moi? demanda timidement l'oncle Jean.

— Une aussi.

— Et encore? dit Penhoël.

Robert sembla hésiter. Le souffle de madame s'arrêta dans
sa poitrine, jusqu'au moment où le jeune M. de Blois répondit
enfin :

— Il n'y avait que cela.

Un peu de sang revint alors aux joues pâles de Marthe de
Penhoël.

Robert poursuivit :

— Il est tard et je suis bien las. Mais je ne voulais pas me reposer sans savoir les sentiments que l'on gardait ici pour mon pauvre ami Penhoël. Ce que j'ai vu m'a réjoui le cœur. Et la lettre où je lui parlerai de son frère, de son oncle... de tout le monde, ajouta-t-il en se tournant légèrement vers madame, le rendra bien heureux! Maintenant, mon très cher hôte, je vous demande la permission de me retirer. Mais avant de monter à ma chambre, si ce n'est abuser de votre obligeance, je réclame quelques minutes d'entretien particulier.

Penhoël se leva vivement, comme si cette requête eût répondu chez lui à un secret désir.

— Je suis à vos ordres, dit-il.

Robert de Blois avait retrouvé son gracieux sourire. Il salua les convives à la ronde de la plus galante façon, et serra cordialement la main de l'oncle Jean. Mais ce qui enleva surtout les suffrages des jeunes filles et de Roger de Launoy, ce fut la respectueuse aisance qu'il mit à porter la main de madame à ses lèvres.

Pourtant ni les deux jeunes filles ni Roger ne pouvaient deviner le mérite de ce baisemain-là.

Robert, en effet, en effleurant de ses lèvres les doigts blancs de la châtelaine, avait prononcé quelques paroles d'une voix si basse que Marthe elle-même eut de la peine à en saisir le sens.

— Madame, avait-il murmuré, il y avait trois lettres.

Le visage de Marthe ne changea point, mais sa main devint froide, et longtemps après que Robert eut disparu avec le maître de Penhoël, Marthe restait encore sans mouvement et comme pétrifiée.

On attendit le maître du manoir d'abord sans impatience. Dix heures sonnèrent à la grande pendule, enfermée dans son coffre de noyer, puis onze heures. C'était une veille inusitée. Penhoël, cependant, ne reparaissait point, et les convives durent se séparer avant son retour.

Les jeunes filles, Roger et Vincent vinrent tendre successivement leurs fronts au baiser de madame, qui resta seule avec l'oncle Jean.

Le vieillard s'assit auprès d'elle, à la place occupée naguère par l'étranger. Ils demeurèrent longtemps ainsi sans échanger une parole. Les grands yeux bleus de l'oncle Jean, fixés sur sa nièce avec mélancolie, disaient une pitié profonde et un amour de père.

Au bout de quelques minutes, deux larmes silencieuses roulèrent sur la joue de madame. Le vieillard lui prit la main et la pressa contre son cœur.

— Marthe! murmura-t-il; que de bonheur perdu!

— Pour toujours, balbutia la jeune femme toute en pleurs.

Le vieillard sembla chercher une parole de consolation, mais peut-être n'y avait-il point de consolation possible. Il appuya son front découragé sur sa main.

— Et que de menaces encore dans l'avenir! reprit madame avec désespoir.

L'oncle releva son œil inquiet.

— Vous ne savez pas, reprit Marthe : cet homme me fait peur!

— Pourquoi?

— Il m'a parlé tout bas... et peut-être sait-il...

Le vieillard eut un sourire confiant.

— C'est un noble cœur que celui de notre Louis, dit-il, et il est des secrets qu'on ne dit qu'à Dieu seul!

Il était près de minuit lorsque le jeune M. Robert de Blois mit fin à son entrevue avec le maître de Penhoël, pour gagner la chambre qui lui avait été préparée. Dans un cabinet voisin de cette chambre, on avait dressé un lit à Blaise, qui dormait de tout son cœur.

Robert, au lieu de se coucher, se prit à parcourir la chambre à grands pas. Son esprit travaillait; les heures de la nuit s'écoulaient : il ne s'en apercevait point. Les premiers rayons de l'aube mirent des lueurs grises derrière les carreaux; la lumière de la lampe pâlit : le jour était venu...

Robert ne se lassait point de méditer.

Il fallut, pour le distraire de ses réflexions profondes, la riante visite du soleil matinier, qui vint se jouer dans les hauts rideaux de la croisée. Robert ouvrit la fenêtre : sa poitrine fatiguée respira l'air vif et frais avec avidité.

C'était une magnifique matinée d'automne. Robert avait devant lui le grand jardin de Penhoël, qui rejoignait de riches guérets, des bois, des prairies courant le long de la colline jusqu'au bourg de Glénac. Au bas du coteau, le marais étendait son immense nappe d'eau, qui était maintenant tranquille et unie comme une glace. Au loin, le soleil dorait les sommets des collines de Saint-Vincent et des Fougerays. Sur l'extrême pointe de la plus haute de ces collines, au milieu d'une vieille forêt majestueusement étagée, se dressait l'ancien château seigneurial de Penhoël, possédé maintenant par la famille de Pontalès.

La belle et fraîche lumière du matin inondait l'opulent paysage. Impossible de rêver un coup d'œil plus gracieux et plus riche à la fois.

Robert souriait : il comptait les guérets, les taillis, les prairies; et c'était un regard de conquérant qu'il promenait sur la contrée.

Il entra dans le cabinet de Blaise, qui dormait toujours comme un bienheureux.

— Lève-toi, dit-il en le secouant brusquement.

Le gros garçon se frotta les yeux et sauta sur le plancher.

— Diable! grommela-t-il, je rêvais que nous avions emporté l'argenterie du château et que Bibandier, habillé en gendarme, nous conduisait en prison.

Robert le prit par le bras en haussant les épaules, et l'entraîna jusqu'à la croisée.

— Regarde! dit-il d'un ton emphatique.

— Tiens, tiens! s'écria Blaise, dont les yeux étaient tombés tout d'abord sur les marais, ce n'était pas pour rire tout de même! et il y avait où nous noyer dans cet étang-là! Vois donc, monsieur Robert, on n'aperçoit presque plus les saules où nous étions accrochés. Tout de même, quelle bonne touche tu avais en promettant au ciel de devenir honnête homme!

Robert fit un geste d'impatience.

— Il s'agit bien de cela! dit-il; c'est par ici que je te dis de regarder.

— Une jolie campagne, ma foi!

— Oui, répéta Robert en lâchant la bride à son enthousiasme; une belle campagne, mon fils! Depuis le pied du manoir jusqu'à moitié chemin de ce village que tu aperçois là-bas, tout cela fait partie du domaine de Penhoël.

— Notre patrimoine, dit Blaise; c'est assez gentil. Mais ce beau château... ajouta-t-il en montrant du doigt la maison des Pontalès.

Robert hocha la tête d'un air mystérieux.

— Ce sont nos alliés naturels, répliqua-t-il, et la journée ne se passera pas sans que je fasse une visite à ces braves gens-là. En attendant, songeons à nos petites affaires.

Il tira de sa poche une longue bourse pleine d'or, et mit quelques louis dans la main de Blaise, ébahi.

— Où as-tu pêché cela? murmura ce dernier.

— Pendant que tu ronflais, je travaillais, mon bonhomme. Je t'expliquerai cela plus tard, si j'ai le temps. Tu vas te rendre à Redon, ce matin, afin de payer notre cher M. Géraud.

— De fait, répondit gaiement l'Endormeur, ce modèle des aubergistes nous a servi un dessert qui vaudrait bien cent écus.

Et, content de sa plaisanterie, il sortit en faisant sonner ses pièces d'or.

X

L'ÉRÈBE

Nous sommes aux confins de l'ancien monde, sur une rampe abrupte, jetant du haut de la falaise jusqu'à la grève les degrés gigantesques d'un escalier de roches. La mer est devant nous. A droite et à gauche, les côtes du Finistère découpent leurs bizarres festons de granit noir, sur lesquels tranche, comme une rangée sans fin de dents blanches, l'écume de l'Océan tourmenté.

Au sommet de la sombre falaise, il y avait un triple rang de curieux.

Les hommes, avec leurs longs cheveux incultes, les femmes, avec leurs coiffes blanches où se jouait le vent du large, regardaient de tous leurs yeux un spectacle qui ne ressemblait à rien de ce qu'on avait vu de mémoire d'homme, depuis Saint-Pol jusqu'à Douarnenez.

Entre la plage défendue par d'innombrables brisants et le soleil qui s'inclinait de plus en plus vers le niveau de la mer, mettant à la crête de chaque vague mille étincelles mouvantes, on apercevait quelque chose d'inconnu et d'inouï, — une sorte de monstre, nageant sans rames ni voiles au milieu de cette mer flamboyante, et laissant flotter derrière lui comme une énorme chevelure de fumée.

Les gens postés sur les falaises du continent voyaient cela confusément et de trop loin, mais les riverains d'Ouessant, plus rapprochés, pouvaient distinguer, quand le soleil se voilait à demi sous quelque nuage, le corps noir et bas d'un navire, — d'un vrai navire, courant par le calme avec une vitesse d'enfer.

Ses mâts, faibles et nus, avaient toutes leurs voiles carguées : ils ne présentaient pas un pouce de toile au vent.

Et pourtant il courait, il courait! Son flanc semblait vomir une longue traînée d'écume, et les rayons du soleil ne pouvaient point percer ce noir panache de fumée qui se déroulait au loin derrière lui.

Qu'était-ce? On se signait avec terreur sur les falaises et le long des rivages de l'île. On interrogeait les vieillards qui ne savaient point répondre. Et comme l'idée des choses de l'autre monde vient tout de suite aux esprits bretons, on se disait bien bas que ce navire inconnu, poussé par une force mystérieuse, était le fameux Vaisseau-Fantôme, dont les matelots parlent tant aux veillées et que personne n'a jamais vu.

C'était sans nul doute le présage d'un grand malheur. Celles dont les frères ou les fils étaient sur l'Océan, à la grâce de Dieu, s'agenouillaient et priaient.

Le navire cependant glissait sur la mer étincelante et semblait se jouer des mille écueils parsemés le long de sa route.

Il suivait une ligne presque parallèle au rivage, et sa marche sinueuse évitait les rochers sous-marins, comme si l'être qui tenait le gouvernail avait eu le don de voir clair au fond de l'eau.

De près, le mystérieux bâtiment présentait un aspect au moins aussi étrange que de loin; et si les gens de la côte avaient pu jeter un coup d'œil sur le pont, ils n'auraient point changé d'idée touchant la nature diabolique du navire.

C'était une embarcation assez grande, longue, effilée, noire. Le pont était propre et luisant comme le parquet d'un salon.

A l'avant et au pied du grand mât, dont la taille était tout à fait en désaccord avec les proportions du navire, quelques matelots travaillaient, et nul franc marin n'aurait su donner un nom à leur besogne. A l'arrière, outre le timonier, on ne voyait qu'un groupe composé de trois hommes d'un aspect véritablement extraordinaire.

Ils étaient abrités contre les rayons du soleil couchant par une manière de tente, dont chaque pan était formé par un grand châle de cachemire aux douces et chatoyantes couleurs.

L'un des trois hommes était couché sur une pile de coussins, et tenait entre ses lèvres le bout d'ambre d'une longue pipe indienne.

Les Anglais appellent nababs une sorte d'aventuriers, enrichis dans l'Inde et qui reviennent en Europe avec des fortunes pour la plupart du temps princières, qu'ils dépensent selon les mœurs asiatiques.

Notre inconnu n'était en réalité qu'un nabab; mais les bonnes gens de la côte l'auraient pris assurément pour le roi des enfers en personne.

C'était un homme jeune encore, d'une taille haute, à la fois robuste et gracieuse, mais que semblaient amollir des habitudes d'indolente paresse. Ses traits, merveilleusement fins et réguliers dans leur mâle ensemble, avaient subi l'influence du soleil des tropiques; mais la teinte de bronze qui couvrait son visage allait bien à ses yeux noirs, frangés de longs cils soyeux. Ses cheveux relevés se cachaient presque entièrement sous son bonnet de cachemire; sa barbe, taillée à la mode des Persans, tombait en masses flexibles et brillantes jusque sur sa poitrine. Il portait une robe de soie légère, qu'une ceinture lâche retenait autour de ses reins.

Il fumait lentement, aspirant çà et là une bouffée de son tabac à la cendre perlée, dont les vapeurs embaumaient la tente. Ses yeux nageaient dans le vide : on eût dit qu'un divin sommeil le berçait.

Dans la mollesse profonde de ce repos, il y avait de la force; sous cette rêverie lourde, on devinait l'intelligence et l'audace engourdies. Mais ce qui frappait surtout en cet homme, c'était sa beauté.

Loin de voiler cette beauté hautaine, la nonchalance où il s'endormait à plaisir lui était comme une de ces fières draperies qui, tout en recouvrant la ligne antique, l'accusent et en font saillir aux yeux les nobles perfections.

L'un de ses deux compagnons, agenouillé à ses pieds, entretenait le feu dans le fourneau sculpté de sa pipe et lui offrait, de temps en temps, une petite tasse du Japon pleine de sorbet glacé; l'autre, debout derrière les coussins, agitait au-dessus de son front un éventail de plumes.

Ils étaient noirs tous les deux comme des statues d'ébène, mais leurs traits ne présentaient point ces lignes obtuses et camardes qui distinguent les nègres de la côte de Guinée. C'étaient deux profils grecs, taillés dans du marbre noir, et sous le jais luisant de leur peau il fallait reconnaître le type pur de la race caucasienne.

Les matelots, disséminés sur le pont, semblaient craindre de franchir la ligne qui séparait en deux le navire. Le nabab et ses sombres serviteurs excitaient constamment l'attention curieuse de l'équipage, mais on ne jetait vers eux que des regards timides.

Le capitaine, gros Anglais à la figure honnête et froide, se promenait à pas comptés le long du plat-bord. De l'autre côté du navire, un jeune marin s'asseyait, les bras croisés, sur le bastingage. Il avait la tête contre sa poitrine, et sa figure disparaissait presque tout entière sous ses grands cheveux épars. Malgré ce voile, on sentait en quelque sorte sur ses traits pâles une douleur morne. Il y avait du désespoir dans cette pose insouciante et affaissée qui le penchait en équilibre au-dessus de l'abîme.

On ne faisait nulle attention à lui. Tous les regards étaient pour le nabab. Pour ne point troubler son repos, les ordres se donnaient presque à voix basse; on menait la manœuvre sans bruit et le navire creusait silencieusement son sillage.

Si quelque barque de pêcheur venait à couper la ligne blanche qu'il semait au loin derrière lui, l'équipage breton, enveloppé soudain dans un nuage de fumée, se signait en tremblant, comme les gens de la côte, et tâchait d'épeler sur la poupe de l'étrange navire les lettres d'or qui composaient le mot inconnu :

EREBUS

Mis à part toute idée superstitieuse, les pêcheurs de la côte et les paysans rassemblés sur le rivage voyaient là une des plus rares merveilles qu'il eût été donné à l'homme de contempler. De moins ignorants et de moins crédules eussent éprouvé à cet aspect une surprise pareille. L'œuvre hardie et miraculeuse du génie humain leur apparaissait à l'improviste. L' « Erèbe » était le premier bâtiment à vapeur qui eût coupé encore les vagues de l'Océan.

On niait en ce temps la vapeur non seulement parmi le peuple, mais dans les classes les plus éclairées, comme on pourrait nier, de nos jours, la possibilité des voyages aériens.

De toutes ces voix mariées en un concert impie pour nier tout et pour nier toujours, on sait que la voix des corps savants est la plus rogue et la plus obstinée.

L' « Erèbe » avait été essayé dans la Tamise, puis frété par notre nabab pour le trajet de Londres à Bordeaux. Il y a des hommes qui n'aiment point à enfourcher la selle, sinon sur des chevaux sauvages et fougueux, que nul écuyer n'a su dompter encore.

Ce nabab était un personnage remarquable; en dehors même de sa richesse et de ses mœurs bizarres, il méritait à plus d'un titre l'attention curieuse que lui portait l'équipage de l' « Erèbe ».

A bord on savait un peu son histoire. Il se nommait Berry-Montalt et portait le titre de major. Mais c'était de sa part pure modestie, car on n'ignorait point qu'il avait été général en chef des troupes de l'iman de Mascate, prince souverain de cet empire africain confinant à l'Asie, qui mesure plus d'étendue que la France réunie à l'Angleterre.

Il était arrivé à Londres six ou huit mois auparavant, accompagné d'une suite vraiment royale. Il avait acheté un de ces rares palais qu'exclut ordinairement la plate uniformité de Londres, et qui était situé au bout de Portland-Place, en face du parc du Régent.

Là son luxe avait étonné la ville qui ne s'étonne de rien. Dans cette lutte de magnificence effrénée qui commence tous les ans au mois de mars pour finir vers la fin de juin, et qu'on appelle la « saison », il avait vaincu les plus riches et les plus fous. En quelques jours, Londres avait su son nom, et connu ce visage indolent et hardi qu'on n'oubliait point après l'avoir regardé seulement une fois. A son insu, il avait été proclamé le roi de la mode, le lion, le dieu...

On parlait avec admiration de l'étrange roman de sa vie. Montalt avait gagné des batailles rangées et conquis des royaumes. Il ne manquait pas de gens pour citer les noms baroques de ses victoires, et suppléer ainsi au défaut absolu de journaux qui se fait sentir dans l'empire de l'iman de Mascate.

Avant de vaincre les hommes, il avait, dit-on, mené une existence solitaire et sauvage dans l'intérieur de l'Afrique. Il avait terrassé les grands tigres de Soudan et lutté corps à corps avec les lions de l'Atlas. C'était un héros. Sa gloire, méritée ou non, s'enflait sans relâche. L'invention s'additionnait avec la réalité pour lui faire une bizarre et romanesque renommée.

Et comme il passait, toujours insouciant et dédaigneux, au milieu de la foule, l'invention s'échauffait jusqu'à l'enthousiasme : car la foule, semblable à une femme coquette, prodigue ses faveurs à qui ne les veut point.

Montalt était beau, jeune, noble; il avait au plus haut degré ce prestige que donnent les aventures. C'en était assez, et pour-

tant ce n'était pas tout. Sa fortune atteignait en outre, au dire
des nouvellistes, des proportions inusitées, et ne consistait en
rien de ce qui constitue la fortune dans nos pays européens.

Il n'avait ni terres, ni châteaux, ni actions de mines, ni
créances sur le trésor. Sa richesse était excentrique comme lui-
même. Ses millions tenaient dans le creux de sa main.

Il possédait une boîte dont personne n'avait jamais vu le
contenu.

Cette boîte, que le roi George n'aurait pas pu acheter, était
en bois de sandal, incrusté de diamants, gros et petits, disposés
comme au hasard.

Il y avait des places vides sur le couvercle de la boîte; car,
aussitôt que l'or manquait dans sa caisse, Montalt arrachait un
des diamants les plus petits, et le vendait, comme un prodigue
aliène, l'une après l'autre, les terres de son héritage. Mais on
croyait qu'il en restait encore assez pour fatiguer la prodigalité
la plus folle, pendant la plus longue de toutes les vies.

Aussi ne se gênait-il point. Son hôtel de Portland-Place ressemblait au palais d'un souverain des « Mille et une Nuits ».
On disait qu'il avait cinquante chevaux sans prix dans son
écurie, et une armée d'esclaves.

Un volume ne suffirait pas à rapporter tout ce qui se disait
d'absurde ou de raisonnable sur le major Berry-Montalt. C'était
tantôt des louanges outrées, tantôt des calomnies folles. Ici on
exaltait sa charité prodigue qui répandait autour de lui l'or à
pleines mains; là on prétendait tout bas qu'un grand crime pesait
sur sa vie passée et que son opulence avait odeur de sang. Au
dire des uns, il était fier et réservé au point de refuser sa main
d'aventurier à un membre du haut parlement; au dire des autres,
on l'avait vu attablé dans quelque taverne des environs de
Covent-Garden, avec les boxeurs et les entraîneurs.

Les éclectiques concluaient que tout cela était vrai en masse.
Montalt était généreux et criminel comme les brigands de théâ-
tre; il était à la fois superbe et curieux des bizarres joies du bas
peuple. Aroun-al-Raschid et son vizir Giafar n'allaient-ils pas
jadis courir la prétentaine dans les cabarets de Bagdad? La
chose évidente, c'est que Montalt était le plus capricieux des
nababs.

Berry-Montalt quitta Londres comme il y était entré, à l'improviste et d'une façon éblouissante. Le jour de son arrivée, on
avait vu sa litière indienne, suivie de ses équipages dignes d'un
roi, monter lentement Regent-Street, au milieu d'une foule
innombrable de cokneys, pour gagner son palais de Portland-

Place. Le jour de son départ on vit sa magnifique voiture, entourée de ses noirs à cheval, se diriger vers la Tamise, où l'attendait l' « Erèbe » frété pour lui seul.

Quand les premiers flocons de fumée sortirent des cheminées du bateau, on ne voyait pas le pavé de London-Bridge, tant la foule des badauds était drue! Au moment où l'eau de la Tamise se blanchit sous les premiers tours de roues, il y eut de chaudes acclamations. On saluait à la fois le premier steamer affrontant les périls de l'Océan, et le roi des nababs.

Berry-Montalt était entré sous la tente du cachemire qui occupait l'arrière de l' « Erèbe ». Le navire s'ébranla. On aperçut quelques instants encore la noire crinière de fumée, déroulant au soleil ses masses changeantes, puis tout disparut dans la direction de Greenwich.

Londres était veuf de son nabab chéri, et retombait en proie à lord Chesterfield, au marquis de Waterford et à tous ces pauvres seigneurs qui se damnent, depuis des siècles, avec une tristesse héroïque, rossant le guet toujours, arrachant les marteaux des portes, ne se lassant jamais de boxer les porteurs de charbon et de boire en bâillant des tonneaux de xérès.

Il y avait quarante-huit heures que les matelots de l'« Erèbe » avaient perdu de vue les tours jumelles de Westminster; aucun accident n'avait signalé jusqu'alors le voyage; malgré les hésitations de manœuvres inséparables d'un premier essai, tout donnait à croire que la traversée serait complètement heureuse, et que l' « Erèbe » triomphant ferait le lendemain son entrée solennelle dans le port de Bordeaux.

La mer, calme et belle, semblait sourire à cet hôte nouveau qui venait tenter ses hasards. Les trois quarts des matelots étaient oisifs, et employaient leur temps à causer du nabab. Les uns croyaient fermement que Berry-Montalt était le bonheur du navire, les autres hochaient la tête en glissant une œillade craintive vers les deux noirs enfants de Madagascar, et disaient : Que Dieu nous protège!

Un seul matelot sur le pont de l' « Erèbe » restait complètement en dehors de ces préoccupations. C'était le jeune marin à longue chevelure, qui se tenait toujours à l'écart, appuyé contre le bastingage. Il ne voyait rien de ce qui se passait autour de lui, et, sans le tressaillement douloureux qui agitait parfois le bas de sa figure pâle, on aurait pu croire que le sommeil l'avait surpris.

Berry-Montalt avait accordé un coup d'œil au jeune marin, qui ne s'occupait point de lui. Par hasard, au moment où il regardait le jeune matelot, celui-ci avait rejeté en arrière son épaisse chevelure, découvrant tout à coup les traits pâles et tristes de son visage. L'œil de Montalt s'était un instant animé, et une nuance d'intérêt s'était fait jour sous sa nonchalance insouciance.

Ce visage inconnu faisait-il renaître en lui un lointain souciante.

Le soleil se couchait parmi les vapeurs rosées de l'horizon; l'air était tiède, le ciel limpide. L'œil de Montalt se perdit bientôt de nouveau dans le vide.

On avait doublé Ouessant, et l'île de Molène montra, au sud-est, sa côte rocheuse. Le nabab repoussa le tuyau de sa pipe et fit un geste de fatigue.

— C'est long! murmura-t-il en se parlant à lui-même; et il n'y a rien au bout du voyage!

Sa tête s'enfonça dans l'édredon des coussins, et ses yeux se fermèrent.

— Séïd! dit-il.

Le noir qui tenait l'éventail se dressa sur ses pieds et demeura immobile aux côtés de son maître.

— Appelle le capitaine, dit-il.

Séïd obéit silencieusement comme toujours. Le capitaine vint, le chapeau à la main.

— Où sommes-nous? demanda Montalt.

— Sur la côte du Finistère, s'il plaît à Votre Seigneurie, milord, répondit l'Anglais avec respect.

— La Bretagne! gronda Montalt; encore la Bretagne! Nous verrons donc toujours ce haïssable pays!

Le capitaine était un Anglais doux.

— Avec la permission de Votre Seigneurie, répondit-il, nous verrons les côtes de Bretagne jusqu'à la nuit, qui ne tardera pas à tomber, et demain nous entrerons dans la rivière de Bordeaux.

— C'est long, dit Montalt.

— Pas trop, surtout pour Votre Seigneurie qui a fait le tour de l'Afrique! Ce n'est pas commun, milord, de trouver des gens qui s'ennuient à regarder les côtes du Finistère. Voilà dix ans que je fais la traversée de Londres à Bordeaux deux fois par semaine, sur les anciens paquebots à voiles, et j'ai toujours vu les gentlemen s'extasier sur la beauté du paysage. Mais milord a peut-être ses raisons pour ne pas aimer la Bretagne.

Montalt se souleva sur le coude : ses sourcils étaient froncés.

— La Bretagne! répéta-t-il. Il y a des choses qu'on déteste

sans les connaître. Il me tarde de ne plus voir cette côte grise et aride que ne peuvent égayer le ciel bleu et le beau soleil.

Il jeta vers le rivage un regard où il y avait une véritable haine; puis ses yeux se tournèrent vers la haute mer.

— Tout ça dépend des goûts, murmura philosophiquement l'Anglais; moi, la Normandie, la Bretagne, la Vendée, la Guyenne, ça m'est égal.

En changeant de direction, l'œil du nabab avait rencontré le jeune matelot, toujours immobile à la même place.

— Qu'est-ce que c'est que cet enfant-là? demanda-t-il.

— C'est le Breton, répondit le capitaine.

Les sourcils de Montalt se froncèrent de nouveau.

— Encore! s'écria-t-il; c'est bien cela! on les trouve partout... comme les juifs qui ont renié Dieu!

— Décidément milord n'aime pas la Bretagne, dit le capitaine. La barre à tribord, toi! ajouta-t-il en s'adressant au timonier, et vous autres, chauffez! Milord, nous allons gagner un peu au large pour faire plaisir à Votre Seigneurie. Voici la brume qui s'élève du côté de la terre : dans vingt minutes nous ne verrons plus que le ciel et l'eau.

On entendit grincer les gonds du gouvernail et la cheminée vomit une vapeur plus noire. Le navire, changeant de direction, mit le cap sur la haute mer.

Mais au moment où il s'élançait dans cette ligne nouvelle, un fort craquement se fit entendre sous la hanche droite du navire, et chacun, sur le pont, éprouva une brusque secousse. Presque au même instant « l'Erèbe » tourna sur lui-même avec rapidité. La roue de gauche, mue par une vapeur plus intense, faisait jaillir l'eau écumante, mais la roue droite ne fonctionnait plus. L' « Erèbe » avait touché contre un de ces nombreux écueils à fleur d'eau qui défendent les abords d'Ouessant.

— Stop! cria le capitaine sans trop s'émouvoir.

La vapeur siffla dans la soupape, l' « Erèbe » cessa de tourner.

— Qu'y a-t-il donc? demanda Montalt.

— S'il plaît à Votre Seigneurie, répondit l'Anglais tranquillement, il y a que nous ne battons plus que d'une aile. Notre roue de tribord est brisée, et nous allons être forcés de relâcher dans le port de Brest.

— Je m'y oppose! dit sèchement Montalt.

L'Anglais salua.

— Milord, répliqua-t-il humblement, le navire est à ma garde, et c'est en virant de bord pour complaire à Votre Seigneurie...

— Jamais je ne mettrai le pied sur cette terre maudite! interrompit Montalt, dont le front pâlissait sous le bronze de sa peau; jamais vivant!

Il y avait sur son visage, tout à l'heure si froid, une émotion extraordinaire.

— Moi toucher le sol de la Bretagne! reprit-il avec une exaltation croissante; moi qui jette l'or à pleines mains, je verrais un Breton me demander l'aumône à genoux, sans lui donner un morceau de pain! Là! tenez... sous mes yeux, ajouta-t-il en montrant la mer avec un geste d'une énergie terrible, je verrais un Breton périr et je ne lui tendrais pas la main!

Aux yeux des hommes froids, ces colères soudaines, dont le motif ne se devine point, sont une grande preuve de faiblesse. Le capitaine se tourna vers le groupe des marins qui attendaient indécis, auprès de la machine, muette maintenant et immobile.

— Bordez les voiles, dit-il.

Les yeux noirs du nabab n'avaient plus déjà cet ardent éclat qui naguère illuminait sa prunelle, ce puissant courroux, qui semblait devoir briser tout obstacle, tombait peu à peu et s'affaissait sous le poids de sa paresse.

— Quand j'ai mis le pied sur le pont, dit-il pourtant, vous m'avez affirmé que j'y étais le maître; jusqu'à cette heure, je n'ai rien ordonné.

— Milord, répliqua l'Anglais, je réponds devant Dieu de votre vie et de celle de mes hommes.

Les deux noirs écoutaient et regardaient. Leurs sombres visages disaient naïvement la surprise qu'ils éprouvaient à voir une créature humaine résister à leur maître.

Le nabab avait remis sa tête sur les coussins.

— Si je vous donnais mille livres sterling, murmura-t-il, iriez-vous tout droit à Bordeaux?

— Mille livres! répéta l'Anglais; quand la peste serait sur les côtes de Bretagne, on n'en ferait pas davantage!

— Deux mille livres, dit le nabab, qui ferma ses yeux à demi.

— Impossible, milord.

Les sourcils de Montalt se rapprochèrent légèrement. Ce fut tout. Il donna congé au capitaine, d'un geste insouciant et ennuyé.

Puis, il ferma tout à fait les yeux et demanda sa pipe. Un nuage odorant s'éleva bientôt sous les tentures de cachemire, et, quelques secondes après, le nabab semblait replongé dans son indolence habituelle. On devait se dire que tout était mort en lui, excepté cette haine bizarre contre un pays inconnu : la Bretagne.

Depuis qu'il avait touché la terre d'Europe, son front basané ne s'était rougi qu'une fois : c'était à l'idée de mettre le pied sur cette côte de Bretagne!

La brune tombait. Les gens d'Ouessant n'avaient pu voir la métamorphose qui changeait le brillant steamer en une pauvre barque à voiles. L' « Erèbe » louvoyait avec lenteur parmi les écueils et les courants qui sont à l'ouest de Molène. Il gouvernait de son mieux vers la rade de Brest. Le soleil s'était couché au loin dans la haute mer; la nuit venait; il n'y avait point de lune au ciel, resplendissant d'étoiles.

Montalt, perdu dans un demi-sommeil, voyait glisser autour de lui les matelots comme autant d'ombres silencieuses. Tout à coup il lui sembla qu'une de ces ombres se dressait au-dessus des autres, à tribord, pour disparaître bientôt dans la nuit. La mer rendit un bruit sourd.

En même temps un cri s'éleva :

— Un homme à la mer!

D'autres disaient :

— Le Breton! c'est le Breton!

Montalt était sur ses pieds. C'eût été merveille pour ceux qui l'avaient vu, naguère, annihilé, pour ainsi dire, dans sa pesante inertie, d'admirer maintenant l'élastique vigueur de sa taille.

On eût dit un de ces beaux lions du désert qui, s'éveillant tout à coup de leur superbe paresse, s'élancent d'un seul bond, franchissant des espaces énormes.

Avant que le capitaine eût donné les ordres usités en pareil cas, le pied de Montalt touchait du premier saut la barre de fer du bastingage, et, l'instant d'après, il disparaissait sous les vagues.

En même temps que le bruit de sa chute, on entendit deux bruits pareils : c'étaient Séïd et son noir compagnon qui venaient de plonger à leur tour.

Par le calme qu'il faisait, on n'avait pas eu de peine à rendre le navire stationnaire. Deux minutes s'étaient à peine écoulées que Montalt, aidé de ses noirs, ramenait le jeune matelot breton, qui n'avait pas même perdu connaissance.

Le capitaine tendit la main à Montalt pour l'aider à remonter sur le pont. Il y avait sur les traits du brave Anglais une véritable émotion.

— Milord, voulut-il dire, Votre Seigneurie a-t-elle honte de son cœur généreux? Vous disiez tout à l'heure...

Montalt lui imposa silence d'un geste brusque et froid, puis il se dirigea vers sa cabine en donnant l'ordre qu'on lui amenât le jeune matelot.

On avait décoré avec un luxe exquis l'appartement que devait occuper le nabab pendant la traversée. Ce fut au milieu d'un petit salon, parfumé selon la coutume asiatique et tendu de soie du haut en bas, comme ces coffrets mignons, destinés à renfermer les objets précieux, qu'après avoir quitté ses vêtements trempés, le nabab vint s'asseoir ou plutôt s'étendre sur des coussins, en attendant le jeune matelot breton.

Celui-ci arriva bientôt, introduit par Séïd.

Il avait rejeté en arrière les mèches mouillées de sa chevelure. On découvrait maintenant son visage qui annonçait une grande jeunesse, bien qu'il fût amaigri déjà et pâli par la souffrance. C'était une physionomie pensive et hautaine, où se devinait un cœur droit, mais défiant, et comme une sauvage ignorance de la vie.

— Monsieur, lui dit Montalt, après avoir éloigné son noir du geste, répondez-moi franchement ou ne répondez pas du tout : c'est par l'effet de votre volonté que vous êtes tombé à la mer?

— Oui, répliqua le Breton, qui tenait la tête haute et les yeux baissés.

Montalt le considérait avec une attention croissante, et son regard arrivait à exprimer un degré d'intérêt extraordinaire.

— Vous êtes bien jeune, reprit-il, pour être fatigué déjà de la vie.

— J'ai plus de vingt ans, répliqua le matelot.

— Vingt ans! murmura Montalt, comme si ces mots se rapportaient à lui-même dans le passé.

Puis il ajouta :

— Pourquoi vouliez-vous mourir?

Le Breton garda le silence.

— Est-ce parce que vous êtes pauvre? poursuivit Montalt, dont la voix s'adoucissait jusqu'à devenir paternelle.

La joue du jeune matelot se couvrit de rougeur.

— Vous m'avez sauvé la vie, dit-il, comme pour excuser auprès de lui-même ce que pouvait avoir de blessant cet interrogatoire.

Ses yeux ne se relevèrent point, mais sa physionomie était un livre ouvert où s'écrivait visiblement sa pensée. Comme Montalt ne répétait point sa question, il répondit à voix basse :

— On ne se tue pas pour cela!

— C'est vrai, dit Montalt. Mais pourquoi?..

La tête du jeune matelot s'inclina sur sa poitrine. Montalt attendit un instant, puis il poursuivit encore :

— Vous êtes Breton?

— Oui.

— On dit que les Bretons aiment leur pays, et voilà bien peu de temps que la France est en paix avec l'Angleterre. Comment se fait-il que vous soyez sur un navire anglais?

Cette fois, le matelot répondit sans hésiter.

— Quand je quittai mon père, ce fut pour servir le roi. On me fit novice à bord d'une frégate; un des officiers m'insulta un jour dans le port de Brest : je le tuai.

— En duel?

— Je suis gentilhomme.

Le sourire amical du nabab eut une légère nuance d'amertume.

— Ah! fit-il, vous êtes gentilhomme! Moi je ne le suis pas! Et serait-ce le remords d'avoir commis un meurtre qui vous poussait au suicide?

Le Breton secoua la tête.

— Vous ne voulez pas vous confier à moi? reprit Montalt; c'est votre droit; le mien est de vous parler comme un père. Je n'aime ni votre race ni votre caste, jeune homme; mais votre figure est comme le miroir d'un brave cœur. A votre âge un malheur, si grand qu'il soit, ne peut être sans remède : il faut que vous me promettiez de vivre.

Le Breton releva sur Montalt son regard, où il y avait encore un peu de défiance farouche et beaucoup de gratitude.

— Depuis que j'ai quitté mon pauvre vieux père, murmura-t-il, je n'ai trouvé partout qu'indifférence et dureté. Merci, milord, je me souviendrai de vous. Quant à la promesse que vous me demandez, je me la suis déjà faite à moi-même : se tuer est, dit-on, l'acte d'un lâche et d'un impie; je suis chrétien (1) et j'ai du cœur.

(1) Le christianisme de Vincent, qui repousse le suicide, mais ne laisse pas d'admettre le duel chez un gentilhomme, à bon droit, étonnera le lecteur. Est-il besoin de le dire? Ce christianisme, qui n'est pas le vrai, n'est pas le nôtre. Avec l'Eglise nous croyons fermement que, folie devant les hommes, le duel est un crime devant Dieu. Ainsi que plusieurs autres personnages de ce récit, Vincent est un de ces hommes que le monde appelle honnêtes et qui croient rester chrétiens, tout en faisant un choix parmi les vérités que l'Eglise propose à leur croyance, comme parmi les règles qu'elle trace à leur conduite. Ces hommes sont dans l'erreur. On voudra bien nous pardonner, si au lieu de les représenter tels qu'ils devraient être, nous nous sommes contentés d'essayer de les peindre tels qu'ils sont.

Montalt avança involontairement sa main, que le jeune matelot toucha avec respect.

Il y eut un silence. L'émotion qui était sur le visage du nabab s'effaçait peu à peu, pour faire place à cette nonchalante froideur de l'homme qui ne croit plus et qui n'espère plus.

— J'avais vingt ans aussi... murmura-t-il enfin, sans savoir que ses paroles étaient entendues; je souffrais tant! je pensai à mourir... mais, moi aussi, j'étais chrétien et brave!

— Oh! s'écria le matelot avec effusion, je répondrais devant Dieu que vous êtes encore l'un et l'autre!

Le regard que lui jeta Montalt glaça son effusion et le fit presque repentir de ses paroles.

— Le sais-je? prononça le nabab d'un ton sec et froid, qui semblait couvrir un découragement profond.

Puis changeant d'accent avec brusquerie, il demanda tout à coup :

— Comment vous nommez-vous?

— Vincent.

— Vincent qui?

Tout à l'heure, le jeune matelot aurait répondu peut-être, mais le regard de Montalt lui avait rendu son ombrageuse défiance.

— Je suis le premier de ma famille, dit-il qui ait servi l'étranger. J'aurais honte de prononcer ici le nom de mon père.

Le nabab étouffa un bâillement, et ses yeux prirent cette expression de lassitude ennuyée qui semblait leur être devenue naturelle.

— Monsieur, dit-il, chacun est libre de placer comme il l'entend sa confiance : excusez-moi si je vous adresse une dernière question : puis-je faire quelque chose pour vous?

Ceci était dit d'un ton très froid, qui eût amené un refus sur la lèvre de tout homme d'une fierté même ordinaire. Pourtant le jeune matelot, dont la figure annonçait tant de hauteur, hésita un instant. Quand il prit enfin la parole, ce ne fut pas pour refuser.

— Milord, balbutia-t-il le rouge au front et les yeux fixés au plancher de la cabine, le capitaine m'a compté six livres sterling pour mes services durant la traversée de Londres à Bordeaux et retour; j'ai entendu dire que le bâtiment allait relâcher dans le port de Brest. Si je pouvais rendre les six livres au capitaine, je retournerais dans mon pays, que je n'aurais pas dû quitter peut-être, et où j'ai laissé tout ce que j'aime au monde.

Le nabab retrouva son sourire et tendit une bourse à Vincent avec toutes les marques d'une franche satisfaction.

— A la bonne heure! murmura-t-il.

Vincent, dont la rougeur devenait de plus en plus épaisse, prit la bourse qui contenait une trentaine de souverains, et fit glisser dans sa main six pièces d'or.

— Si vous voulez me dire où vous allez, murmura-t-il, j'acquitterai cette dette le plus tôt possible.

Montalt fronça le sourcil. Et comme Vincent lui tendait toujours le restant de la bourse, il s'écria en frappant du pied :

— Ne pouvez-vous prendre le tout?

— Si vous le permettez, dit Vincent, je prendrai encore une livre pour le voyage.

— Le tout! le tout! répéta par deux fois le nabab avec colère.

— Non, dit Vincent, qui posa la bourse sur une table : je ne pourrais pas vous le rendre.

Montalt saisit la bourse avec violence et la lança dans la mer à travers le carreau d'un sabord.

— Ah! fit-il amèrement, vous êtes un Breton et vous êtes un gentilhomme, monsieur Vincent! c'est bien cela, parbleu! et je vous reconnais, quoique j'aie eu la chance de ne pas rencontrer un seul de vos pareils pendant de longues années!

— Milord... voulut dire le jeune matelot, étonné de ce courroux dont il ne devinait point la cause.

Montalt s'était levé et parcourait la cabine à grands pas.

— C'est bien cela! répétait-il, pas de cœur! Quand un ami les interroge, le silence... et leur suprême vertu, c'est cet orgueil hébété qui ne veut rien devoir, même à un sauveur!

Il se jeta sur un divan à l'autre bout de la cabine. Vincent resta, lui, immobile et stupéfait à la même place.

Les fantasques colères de cet homme bizarre s'allumaient et s'éteignaient avec une rapidité pareille. Avant que Vincent fût revenu de sa surprise, le visage du nabab avait repris sa nonchalante indifférence.

Il poursuivit au bout de quelques secondes :

— Monsieur Vincent, nous n'avons plus rien à nous dire; je vous souhaite beaucoup de bonheur.

Bien qu'il fût difficile de trouver une forme de congé moins ambiguë, le jeune matelot ne bougea pas. Il s'était fait en lui, pendant cette dernière minute, un rapide travail, et son cœur honnête lui avait expliqué le courroux de Montalt.

— Milord, répliqua-t-il en surmontant son embarras, il peut se faire que vous n'ayez rien à me dire, mais moi je ne suis

pas dans le même cas : j'ai compris que mon silence était de
l'ingratitude.

— Je vous déclare, monsieur Vincent, que je n'ai aucune
espèce d'envie d'écouter votre histoire.

Il fallait du courage pour passer outre.

Vincent franchit à pas lents la distance qui le séparait du
nabab, et prit sa main avec une respectueuse hardiesse.

— Vous m'avez fait un reproche cruel, dit-il doucement; c'est
pour moi que je vous prie de m'entendre ; je crois que vous avez
rencontré des hommes mauvais en votre vie, milord; au moins,
si vous vous souvenez de moi, vous direz qu'il est en Bretagne
un cœur confiant et reconnaissant.

— Orgueil! pensa tout haut Montalt, dont la voix était pourtant radoucie : dites ce que vous voudrez, je vous écoute.

Le jeune matelot se recueillit un instant; et, à mesure qu'il
faisait retour vers le passé, un nuage de douleur profonde venait
voiler son regard.

— Nous sommes une famille autrefois puissante en Bretagne,
dit-il; son nom est désormais tout ce que je vous cacherai,
milord. La branche aînée de cette famille est restée riche quoique
bien déchue; la branche cadette, dont je suis, est indigente jusqu'à manger le pain des autres.

Montalt renversa sa tête sur les coussins et ferma les yeux,
suivant sa coutume. Vincent avait pris la résolution d'expier
sa faute prétendue et d'aller jusqu'au bout.

— Mes sœurs, mon père et moi, poursuivit-il, nous habitions
le manoir de mon cousin germain, que j'appelais mon oncle à
cause de la différence d'âge. Il était bon pour nous; et mon père
nous disait sans cesse de l'aimer. Mon oncle a une fille qu'on
nomme Blanche. Avant de savoir ce que c'est que l'amour, je
l'aimais.

— Une idylle bretonne! grommela le nabab avec humeur.

— Je l'aimais, continua Vincent, qui parut ne point prendre
garde à l'interruption, je ne sais pas si vous avez aimé ainsi en
votre vie, milord. Moi, je n'avais qu'une pensée la nuit et le
jour. Sais-je ce que j'aurais fait pour elle? Quand elle était triste,
la pauvre enfant, mon cœur saignait. Quand elle souriait, je
sentais dans mon âme la joie que les bienheureux doivent avoir
au ciel!

Je n'espérais guère, car Blanche était l'unique héritière des
biens de la famille, et moi je n'avais rien. Je ne me demandais
jamais ce que serait l'avenir. Je la voyais : j'étais heureux.
Hélas! mon bonheur devait durer ce que dure un rêve. Le jour

n'était pas éloigné où la vue de Blanche ferait le tourment de mon cœur.

Vincent s'arrêta pour essuyer deux larmes qui perlaient à ses paupières.

Montalt avait ouvert les yeux, et les fixait maintenant sur le jeune matelot.

Celui-ci reprit d'une voix où perçait la colère :

— Un soir... Oh! que de fois, depuis, j'ai maudit cette soirée! Pourquoi donc le « déris...? » Mais non..., vous m'avez sauvé la vie tout à l'heure, milord, je n'ai pas le droit de me plaindre que mon oncle ait rendu, ce soir-là, le même service à un voyageur.

Vincent avait dit ces derniers mots sur le ton du repentir; ce fut d'une voix calme qu'il poursuivit :

— Ce voyageur avait été surpris non loin du manoir par le « déris », c'est ainsi, milord, que nous appelons l'inondation dans notre patois d'Ille-et-Vilaine.

— Ah! fit Montalt, vous êtes d'Ille-et-Vilaine?

— Oui, au péril de sa vie, mon oncle le sauva. L'étranger venait précisément, au manoir, apporter des nouvelles du frère de mon oncle, qu'il avait connu en Amérique, et qui lui avait confié quelques lettres pour ma famille. Malheureusement, les lettres avaient disparu, emportées par le « déris », avec la valise qui contenait la fortune du voyageur. Mon oncle se montra généreux, et mit à la disposition de son hôte non seulement son château, mais sa bourse.

— Et l'hôte en usa?

— Il en abusa, milord, répondit Vincent avec sérieux.

— Ce n'était donc pas un gentilhomme breton? ajouta Montalt toujours souriant.

Tout entier à ses souvenirs, Vincent ne vit pas l'allusion à son fier refus et répliqua toujours sur le même ton :

— Il se présenta comme tel; mais vous me permettrez de taire son nom de famille; je me contenterai, pour la commodité du récit, de vous dire son petit nom, qui était Robert. Je ne vous dirai pas que cet homme prit bientôt sur mon oncle un grand ascendant, dont il se servit pour le pousser au jeu et aux plus folles dépenses. La peine que j'en éprouvais ne m'aurait pas fait partir, je serais resté, au contraire, pour pouvoir venir en aide, à mes bienfaiteurs, et surtout à Blanche, dont l'héritage s'en allait. Ne croyez pas cependant qu'il entrât dans mon cœur des espérances égoïstes. Non, je ne me réjouissais pas à la pensée que, pauvre, Blanche n'aurait plus à rougir de Vincent. Mon amour était naïf et pur, il n'avait point été greffé sur le calcul,

mais il avait germé tout naturellement dans mon cœur et sans
que je m'en aperçusse, au doux contact de ma cousine, comme
la fleur des champs croît naturellement et sans entrave aux
chauds rayons du soleil.

« Du reste, la triste consolation de faire de tels rêves ne m'eût
pas été laissée. L'hôte du manoir fut-il épris de la beauté de
Blanche ou de la richesse de sa dot? Je ne sais, mais il ne tarda
pas à s'empresser auprès de ma cousine. Celle-ci, qui sortait à
peine de l'enfance, ne pouvait pas ne pas être sensible à ces
attentions, qui mieux que toute parole disent à la jeune fille :
Vous voilà femme, votre minorité est achevée, le règne de votre
beauté commence. Elle se montrait flattée et heureuse, rien de
plus. Je n'avais pas le droit de me plaindre; mais le cœur rai-
sonne-t-il? Ce plaisir, dont je n'étais pas la cause, faisait mon
tourment, et ce que Blanche donnait à un autre, il me semblait
qu'elle me le volait. Malgré ma conscience, qui me le reprochait
comme un crime, j'épiais Blanche et Robert. Causaient-ils ensemble au salon, je trouvais un motif pour m'approcher d'eux
et écouter leur conversation. Se promenaient-ils dans les allées
du parc, je m'arrangeais de façon à les suivre, et si je ne pouvais
le faire sans ridicule, j'allais me placer sur leur passage, afin de
pouvoir saisir quelque parole ou tout au moins quelque geste.
Puis, pauvre fou, cette parole ou ce geste, je passais des nuits
entières à lui donner un sens qui le plus souvent n'était que le
fruit de mon imagination et qui cependant torturait mon cœur.
Mon Dieu! mon Dieu! que j'ai souffert et que de fois, dans ces
nuits d'insomnie et de fièvre, j'ai arrosé ma couche de larmes
brûlantes!

Vincent s'arrêta un instant, comme accablé sous le poids
de ses souvenirs.

Montalt était visiblement ému : peu à peu, pendant que le
jeune matelot parlait, il s'était soulevé sur son divan, puis s'était
levé tout à fait et s'était rapproché de Vincent.

Celui-ci reprit :

— Je me disais bien parfois que j'étais déraisonnable, que
Blanche ne pouvait pas ne pas se montrer aimable envers l'ami
de son père, que d'ailleurs je n'avais aucun droit sur elle, que
je ne lui avais jamais dit mon amour et qu'elle ne m'avait pas
promis le sien; je me disais tout cela, et si je me sentais plus
calme et plus fort, je me promettais à moi-même de redevenir
raisonnable et de chasser de mon cœur l'amour sans espoir
qui le consumait; mais un regard de Blanche, une parole affec-
tueuse échappée de ses lèvres faisaient évanouir toutes mes

résolutions, ils m'enivraient de nouveau; et je continuais à aimer, c'est-à-dire à souffrir.

— Pauvre enfant! dit tout à coup Montalt. en serrant la main de Vincent avec effusion.

— Merci, milord, répondit celui-ci; vous connaissez cette souffrance, vous.

C'était vraiment un homme étrange que ce Montalt. A ces derniers mots échappés sans malice au cœur reconnaissant du jeune matelot, il reprit son visage de glace et répliqua de son ton le plus sec :

— Non, moi, je n'ai jamais aimé.

Vincent était interdit; il gardait le silence, se demandant s'il devait continuer ou se retirer.

Montalt le devina et regretta aussitôt sa brusquerie.

— Continuez, mon jeune ami, dit-il avec douceur; je vous comprends quand même et je vous plains.

Le jeune matelot fit un nouvel effort sur lui-même et poursuivit :

— C'est ainsi, milord, que je passai deux ans. Mais ai-je besoin de vous le dire? de telles tempêtes n'avaient pas ainsi agité le fond de mon être sans qu'il en eût paru quelque chose à la surface. Comme cette mer qui nous porte, j'étais devenu bizarre, fantasque, inexplicable. On ne comprenait pas plus la joie qui, à de rares intervalles, éclatait brusquement sur mon visage que la tristesse qui l'assombrissait ordinairement. On remarquait aussi que je dépérissais chaque jour. Plusieurs fois déjà ma tante, mon oncle, Blanche elle-même, m'avaient demandé ce que j'avais. Trop fier pour le dire, je me contentais d'attribuer mon mal aux fièvres de nos marais; on me croyait et on me soignait en conséquence, très inutilement.

« Or, un jour, il y a de cela environ cinq mois, on donnait une fête au manoir. A table j'étais placé non loin de Blanche, qui était à côté de Robert. Ma cousine s'aperçut que j'étais plus pâle que de coutume et que je ne mangeais pas. Elle en fit la remarque tout haut et me demanda si j'étais plus souffrant. Je me gardai bien de lui dire ce que mon père m'avait appris le matin, qu'elle allait se marier avec Robert, que celui-ci l'avait demandée à mon oncle et que mon oncle, qui avait des obligations envers son commensal, avait promis son consentement, pourvu toutefois que Blanche ne fît pas d'opposition; je me contentai de dire qu'en effet je me sentais un peu fatigué. Mon heureux rival daigna me plaindre. Ah! milord, j'aurais mieux aimé un coup d'épée! Ma cousine ignorait alors la demande de Robert, mais elle se montrait aimable, presque gaie; je m'imaginai facilement qu'elle savait tout. Je souffrais horriblement. Après dîner il y eut bal dans le jardin illuminé. Blanche ouvrit la danse avec l'hôte du manoir. Je n'y tins plus et je m'en allai seul loin de l'éclat des illuminations et du bruit de l'orchestre, qui insultaient à ma douleur. Je marchai un moment sous une charmille, cassant avec rage les branches que ma main rencontrait dans l'ombre, et repassant dans mon esprit pour la millième fois tout ce qui pendant ces deux ans avait blessé mon cœur. Je rouvrais mes blessures une à une, prenant un âcre plaisir à renouveler mes souffrances; j'accusais Robert, j'accusais mon oncle, j'accusais Blanche, je m'accusais moi-même, je maudissais tout le monde : j'étais fou. Après quelques instants de cette fièvre, épuisé, je m'assis sur un vieux banc de pierre, où jadis ma cousine et moi nous venions nous asseoir et causer. Ces douces causeries d'autrefois passèrent alors devant mon souvenir, comme la vision d'un bonheur perdu à tout jamais, et je me mis à pleurer. Mais j'étais trop agité pour rester en place, je me levai bientôt; puis, poussé par je ne sais quel désir d'avoir une certitude complète de mon malheur, je me dirigeai de nouveau vers le bal. Je cherchai Blanche et son cavalier dans la foule des invités, je ne les trouvai pas. Où étaient-ils? Que disaient-ils? que faisaient-ils? Je rentrai au manoir, pensant les trouver dans le salon : ils n'y étaient pas non plus. Je revins vers le jardin. Au moment où je sortais, j'aperçus Blanche qui se dirigeait de mon côté : elle était seule. J'eus un instant la pensée de lui dire mon amour et ma douleur, mais ce fut un éclair, je repoussai cette pensée comme une faiblesse. Ma cousine m'avait reconnu.

« — Eh bien! mon pauvre Vincent, me fit-elle de cette douce voix qui avait tant de charmes pour moi, on ne t'a pas vu ce soir, est-ce que tu ne veux plus danser avec moi? »

Cette demande si simple pénétra comme un rayon d'espérance dans la nuit de mon âme, je sentis comme un baume couler sur mes blessures, et ce fut d'une voix presque joyeuse que je répondis :

« — Tout de suite, ma cousine, si vous voulez.

— Non, plus tard, dit-elle, en s'en allant : on m'attend. »

Qui pouvait l'attendre? Robert sans nul doute. Ce soupçon entra dans mon cœur comme un poignard. Ma joie d'un instant se dissipa aussitôt, toutes mes blessures se rouvrirent à la fois et se mirent à saigner plus cuisantes que jamais. Je restai anéanti, et sans bouger, à la même place. Blanche revint bientôt, ajustant un châle sur ses épaules.

« — Tu es encore là? me dit-elle.

— Je reviens, répondis-je, sans savoir trop ce que je disais : j'ai oublié quelque chose dans ma chambre.

— Allons, va vite, et puis chasse la mélancolie; n'oublie pas que tu me dois une valse. »

Blanche avait dit ces derniers mots en riant : sa joie me torturait. Je la suivis des yeux, elle traversa la foule des invités et se dirigea rapidement de l'autre côté du jardin.

Au lieu de rentrer, je contournai le bal. Arrivé à l'entrée de la charmille où je m'étais réfugié au commencement de la soirée, j'aperçus un couple qui s'y promenait.

Ce sont eux! pensais-je; ils s'aiment, il n'y a plus d'espoir pour toi, pars... mais si je me trompais!... Ce que je souffrais alors, milord, je ne puis vous le dire. L'incertitude me tuait, je voulus en finir : j'entrai dans un petit bois qui bordait la charmille, et, protégé par l'épaisseur du feuillage, je m'avançai vers les promeneurs. Mes soupçons ne m'avaient pas trompé, je reconnus le châle de ma cousine qui tranchait sur la mousseline blanche de sa robe, et la voix de Robert vint frapper mes oreilles. Je retenais mon souffle, mais Robert parlait doucement et, comme il marchait avec sa compagne, je devais aussi m'avancer. Nous n'étions séparés que par l'épaisseur de la charmille, à chaque instant j'avais peur que quelque bruit de branche frôlée ne trahît ma présence. J'avais honte de mon action, mais je voulais savoir, je voulais avoir le droit de souffrir.

Quelques mots de Robert arrivaient à mes oreilles : Consentement... père... union... bonheur... Ces paroles étaient autant d'aiguilles de feu qui s'enfonçaient en moi et me brûlaient. Mon cœur battait si fort que j'avais peur de tomber. Je fis un pas, je sentis quelque chose céder sous mon pied, puis craquer : un bruit sec de branche cassée se fit entendre...

« — Il y a quelqu'un, dit Blanche, on nous suit. »

Je m'enfuis épouvanté. Fou de douleur, de colère et de honte j'errai une partie de la nuit dans la campagne, sans savoir où j'allais. Le matin de bonne heure, je rentrai au manoir et, pendant que tout le monde, fatigué du bal, dormait encore, j'allai dans ma chambre faire un paquet de mes effets, bien décidé à quitter ce toit où, à la place du bonheur que j'avais rêvé un jour, il n'y avait plus pour moi qu'inquiétude et douleur. J'écrivis à mon père un billet pour le prier de me pardonner et lui annoncer ma détermination de m'engager sur un vaisseau du roi. Quand je posai le billet sur ma table, j'aperçus un livre de prières que m'avait prêté Blanche. Allais-je écrire à ma cousine quelques mots de remerciement? Je ne m'en sentis pas le courage. Je partis. En traversant le jardin je m'arrêtai devant un rosier que Blanche avait planté et qu'elle cultivait avec amour. Une de ses fleurs s'inclinait tristement sous le poids des larmes dont l'avait remplie la rosée. Cette fleur me parut l'image de mon cœur, je la cueillis et je remontai la poser avec le livre sur une simple feuille de papier blanc, où j'écrivis ces mots : A ma cousine Blanche. Puis, je redescendis; cette fois, je traversai le jardin sans m'arrêter; mais au moment d'entrer dans un petit bois de châtaigniers, dont le feuillage allait me cacher le manoir, je voulus contempler une dernière fois ce lieu où je laissais tout ce que j'aimais. Je tournai la tête, j'aperçus Blanche à sa fenêtre et encore dans son costume de bal. Elle ne s'était pas couchée : sans doute elle avait passé la nuit à rêver à son bonheur! Mon cœur se brisa tout à fait, j'entrai dans le petit bois en fondant en larmes.

Voilà mon histoire, milord; depuis je n'ai revu ni le manoir ni aucun de ses hôtes.

Depuis sa brusquerie et son soudain repentir, Montalt avait écouté le récit de Vincent avec une attention croissante. Plusieurs fois, pendant que le pauvre matelot parlait, il avait appuyé la main sur son cœur, comme pour en comprimer les battements. Si cette scène avait eu d'autres témoins que Vincent, tout absorbé de ses souvenirs, ils auraient pu croire que le scepticisme de Montalt cachait une profonde douleur et que, sous son masque de glace, il cachait une blessure toujours saignante.

Vincent s'était arrêté.

— Mon jeune ami, lui dit Montalt, je vous remercie de la confiance que vous venez de me témoigner. Nous nous reverrons; mais, pour le moment, je vous prie de me laisser, j'ai besoin d'être seul.

Le jeune marin s'éloigna aussitôt.

Quand il fut parti, Montalt mit ses deux mains sur son cœur qui défaillait : un gémissement sourd sortit de sa poitrine.

Puis il fit effort pour se soulever et gagna en chancelant un meuble de forme étrangère, qu'il ouvrit à l'aide d'une petite clef suspendue à son cou par une chaîne d'or.

Il prit une boîte un peu plus large que la main, dont le couvercle disparaissait sous une garniture de diamants d'une eau éblouissante.

Ses doigts tremblaient, tandis qu'il hésitait à soulever le couvercle de la boîte.

Quiconque eût assisté à cette scène solitaire, se fût demandé quel trésor était assez précieux pour mériter une semblable enveloppe.

Car il y avait plusieurs millions sur le couvercle de cette boîte.

Montalt l'ouvrit enfin : elle ne contenait qu'une boucle de cheveux blonds, fins et doux comme des cheveux d'enfant ou de jeune fille.

Les traits de Montalt peignaient un recueillement grave et profond. Il contempla pendant plus d'une minute la boucle de cheveux : une sorte de religieuse extase l'absorbait.

Ses paupières battirent. Un nom murmuré doucement s'échappa de ses lèvres, un nom de femme.

Il tomba sur ses genoux, et deux larmes roulèrent le long de sa joue.

XI

LA FÊTE

Trois ans s'étaient écoulés depuis ce soir d'orage où le jeune M. Robert de Blois et son écuyer Blaise avaient franchi pour la première fois le seuil du manoir de Penhoël.

La nuit tombait. Le marais cachait déjà sa vaste pelouse coupée çà et là par quelques ruisseaux paisibles. A la place même où nous avons vu le bac de Benoît Haligan traîné par l'inondation furieuse, les maigres troupeaux de Glénac paissaient tranquillement l'herbe parfumée.

La rivière d'Oust coulait silencieuse entre les deux collines au passage de Port-Corbeau. Le ciel était noir; la nuit venait, pesante et chaude, après une étouffante journée.

A mesure que l'ombre devenait plus épaisse, on voyait s'allumer des lueurs le long de ce cordon de petites montagnes qui font une ceinture aux marais de Glénac.

Ces lueurs pouvaient se compter par le nombre des bourgs riverains du marais. Chaque paroisse avait la sienne. Un étranger, arrivant de Redon par la route de la Gacilly, aurait pu penser que cinq ou six incendies s'étaient allumés à la même heure dans tous les villages du canton.

Mais, pour les gens du pays, ces lointaines lumières n'avaient rien de sinistre. Elles signifiaient, au contraire, ébattement et

bombance : pour les bons gars, course à l'oie, « papegault » (1),
lutte corps à corps et guerre des fouets; pour les filles, concert
solennel et danses sur la place de la mairie.

Pour tout le monde, le tonneau de cidre, orné de fraîches
ramées de châtaignier, mis en perce devant la porte de l'église.

C'était le 19 août 1820. On fêtait la Saint-Louis, en l'honneur
du roi Louis XVIII.

De tous les feux de joie, le plus beau et le mieux flambant était
sans contredit celui de la paroisse de Glénac, allumé dans l'aire
de la métairie de Penhoël, au-dessous du manoir.

Il y avait au moins cinquante fagots et une douzaine de
pétards. René de Penhoël, maire de Glénac, en personne, y avait
mis le feu à l'aide d'une belle torche bleue fleurdelisée d'argent.
La flamme montait gaiement vers le ciel, éclairant à la fois le
manoir neuf, les vieilles murailles gothiques de la tour du Cadet.

A l'entour les paysans riaient, buvaient et dansaient.

Un peu plus loin, dans les jardins illuminés du manoir, la
population noble et bourgeoise de la contrée — la « société » —
avait aussi sa fête. Penhoël, tout en faisant dresser une table
pour les paysans dans l'aire de sa ferme, avait ouvert ses salons
aux gentilshommes du voisinage. Il y avait eu festin, et le bal
allait commencer.

On ne voyait dans les allées du jardin que robes de soie antique et beaux habits campagnards. Le vin de Penhoël était bon,
le cidre de la métairie était excellent; les nobles hôtes du jardin
rivalisaient de belle humeur avec les convives de l'aire, de même
que les lampions prodigués luttaient de clartés vives avec le feu
de joie.

C'était un bon jour pour tout le monde, et l'on n'en était pas
à savoir que le maître de Penhoël faisait bien les choses quand
il s'y mettait.

Toutes ces lumières, répandues à profusion au sommet de la
côte où s'élevait le manoir, faisaient contraste avec les ténèbres
environnantes et jetaient dans une nuit plus profonde les ver-
sants boisés de la colline.

La pente raide qui descendait au Port-Corbeau était surtout
plongée dans une obscurité complète. Le taillis de châtaigniers
semblait un grand tapis noir, aux bords duquel le cours tranquille de l'Oust mettait une étroite frange d'argent. La rampe
abrupte faisait ombre au bas de la montagne; nul reflet n'y
arrivait, et c'est à peine si quelques échos lointains des mille

____

(1) Tir au fusil.

bruits de la fête y descendaient comme un murmure perdu.

Au milieu de ces ténèbres et de ce silence, on voyait pourtant, à travers les branches des châtaigniers, une petite lueur rougeâtre, et l'on entendait de temps en temps comme un cri sourd.

La lueur et le cri sortaient tous deux de la loge de Benoît Haligan, le sorcier, dont la porte était grande ouverte.

C'eût été pitié que de voir, si près de cette vie bruyante, la scène solitaire et désolée qui avait lieu dans la loge du pauvre passeur.

L'intérieur de la cabane était tel que nous l'avons vu dans la première partie de cette histoire : un grabat entre quatre murailles nues et humides, auxquelles pendaient çà et là quelques instruments de pêche.

Mais le grabat semblait plus misérable encore qu'autrefois; les murailles s'étaient lézardées et les filets de pêche tombaient en lambeaux.

Benoît Haligan paraissait avoir subi l'effet du temps plus cruellement encore que sa loge ruinée. Il était étendu sur son grabat, hâve comme un spectre, la bouche béante et les yeux fixes. Son souffle râlait dans sa gorge et des gouttes de froide sueur brillaient sur sa joue livide, à travers les poils longs et clairsemés de sa barbe.

Il ne bougeait pas; seulement, lorsqu'un pétard détonait au haut de la montagne, ses lèvres se prenaient à remuer lentement

Il murmurait une prière pour les « bleus » qu'il avait tués sur la lande, dans les guerres de la chouannerie...

Il y avait bien des mois que le vieux passeur gisait ainsi sur son lit de souffrance. Depuis deux années et plus, il n'avait pas mis le pied sur son bac, dont la clef était maintenant au manoir Son agonie, trop longue, avait usé à la fois la compassion et la terreur superstitieuse des bonnes gens du pays. On ne le craignait plus guère, bien qu'il passât toujours pour sorcier, et ses voisins avaient oublié la route de sa cabane.

Il se mourait tout seul, lentement et tristement. Sans les deux jeunes filles de l'oncle Jean, Diane et Cyprienne de Penhoël, qui venaient chaque jour s'asseoir à son chevet, des semaines entières se seraient écoulées sans qu'un être humain passât le seuil de sa cabane.

Parfois, à les voir paraître belles et douces comme un rayon de consolation divine, le passeur retrouvait un sourire. Mais d'autres fois ses paupières se baissaient, et un voile de douleur plus morne tombait sur son visage.

Ses traits immobiles prenaient alors comme une expression de pitié.

Il priait à voix basse, et au milieu de sa prière, d'étranges paroles s'échappaient de ses lèvres. On eût dit qu'il voyait les jeunes filles déjà mortes dans le même cercueil; car, au lieu de demander à Dieu leur bonheur en ce monde, il priait pour le repos de leurs âmes durant l'éternité.

Et il joignait ses mains amaigries en pronostiquant malheur à tout ce qui portait le nom de Penhoël.

Mais le vieux Benoît Haligan était fou depuis bien longtemps, chacun savait cela.

Personne n'était sans l'avoir entendu dire plus d'une fois que sa maladie venait du jeune M. Robert de Blois et de son domestique Blaise.

Depuis ce soir d'orage où il avait monté dans le bac, pour ne point abandonner le maître de Penhoël, il ne s'était pas relevé.

Dieu merci, le maître de Penhoël, qui aurait dû partager le même mal, se portait à merveille, et jamais on n'avait vu paire d'amis s'entendre mieux que lui et le jeune M. Robert de Blois!

On laissait dire l'ancien sorcier, qui se mourait tout bonnement de vieillesse.

Assurément, parmi les joyeux danseurs qui se trémoussaient sur la terre battue de l'aire, personne ne songeait à lui en ce moment. Le feu de joie brûlait, le cidre coulait : Vivent le roi et les jolies filles!

Et vive aussi l'absent! car cette fête de Louis n'était pas pour le roi tout seul. L'aîné de Penhoël se nommait Louis, comme le roi, et il y avait là de vieux paysans qui vidaient leur écuelle à son souvenir, bien plus souvent qu'en l'honneur de Sa Majesté.

Devant la porte de la ferme, un groupe de graves métayers, présidé par le père Géraud, aubergiste de Redon, parlait de M. Louis sans se lasser, avec ce mélancolique bonheur des gens qui aiment et qui regrettent.

Là, pas une voix qui ne fût émue en prononçant le nom de l'aîné de Penhoël.

Chacun recueillait ses souvenirs; on rappelait une anecdote cent fois racontée, un trait de courage, une preuve de bon cœur, une joyeuse étourderie.

C'était la Saint-Louis. Ce jour appartenait à Penhoël bien avant que le roi de France eût repris son trône! Depuis dix-huit ans que le jeune monsieur était parti, ce jour était consacré tout entier à son souvenir. Les vieux marins qui avaient servi sous le commandant, les anciens compagnons de M. Louis se réunissaient tous les ans pour parler du bon temps passé.

Quel fier chasseur! On connaissait le son de sa trompe tout le long du marais, jusqu'au confluent de l'Oust et de la Vilaine. Il courait mieux que les gars de Saint-Vincent! A la lutte, il faisait plier les reins des glorieux de Saint-Pern et de Questembert!

C'était lui qui lançait la barre le plus haut et le plus loin, lui toujours; au « papegault », c'était la balle de son beau fusil qui allait se ficher sur le clou!

Et quand il avait gagné le prix de la lutte, le prix de la course, le prix du tir et encore le prix de la barre, ah! personne n'avait oublié cela. Tiens, papa Géraud, le mouchoir de cou est pour ta femme! Mathurin, tu es le plus pauvre, à toi le mouton! Et la bourse brodée de laine rouge à l'un; et à l'autre, l'épinglette d'acier avec ses belles touffes de soie!

Oh! le cher jeune monsieur...

A mesure qu'on parlait, le groupe devenait plus nombreux. Quelques ménagères s'approchaient : elles avaient peut-être, elles aussi, leurs souvenirs. Les jeunes gens venaient écouter les récits des vieillards. Et quand le père Géraud, l'œil humide et la voix tremblante, levait son verre à la mémoire de Louis de Penhoël, les jeunes gens demandaient :

— M. Louis avait-il donc le poignet plus vigoureux que Vincent? le pied plus alerte, la main plus sûre, le cœur plus généreux?

Hélas! Vincent aussi avait quitté la maison de son père. On disait qu'il était parti pour se faire matelot sur un bâtiment du roi. Matelot, comme le fils d'un pauvre homme, Vincent, le propre neveu du commandant de Penhoël!

On avait beau fermer les yeux et vouloir douter, il y avait comme un malheur autour de cette famille aimée. René de Penhoël restait bien au manoir, riche encore et respecté, mais ceux qui avaient connu l'absent disaient tout bas que la vraie gloire de Penhoël était morte.

Au moment où l'on avait allumé le feu de joie, les nobles hôtes du manoir avaient daigné se mêler, suivant la coutume, aux danses villageoises; puis la fête s'était séparée en deux camps : paysans et paysannes avaient continué de sauter dans l'aire, tandis que les cavaliers de bonne maison continuaient le bal avec leurs dames dans un salon de verdure, ménagé au milieu du jardin.

Notre ami Blaise, le teint fleuri et la mine imposante, présidait à la fête villageoise. Tout le monde l'appelait monsieur Blaise, bien respectueusement : il portait un costume d'apparat qui ressemblait plus à l'habit d'un homme comme il faut qu'à la livrée d'un domestique. Tandis qu'il dominait les paysans de l'aire de toute la hauteur de son importance, son maître, M. Robert de Blois, était, dans le jardin, le roi du bal.

Personne, en vérité, ne pouvait lutter avec lui d'élégance et de belles manières. C'était lui qui donnait les ordres et qui faisait les honneurs. René de Penhoël ne paraissait point et personne ne songeait à s'en inquiéter.

M. de Blois était là : pouvait-on souhaiter un autre amphitryon? Il se multipliait; il se montrait gracieux pour tous et pour toutes. Il était si bien l'ami de la maison qu'aisément on eût pu l'en croire le maître.

L'assemblée était fort bizarrement composée. Il y avait de charmantes jeunes filles et des demoiselles d'un ridicule très avancé. Parmi les premières, il fallait distinguer Blanche de Penhoël, la plus jolie de toutes.

Elle avait maintenant seize ans. Sa jeunesse tenait complètement ce qu'avait promis son enfance. Impossible de trouver une beauté plus douce et plus harmonieuse. Son regard timide avait conservé cette expression tendre et presque céleste qui lui avait valu de la part des bonnes gens du pays le surnom de l'Ange de Penhoël.

Elle portait une robe de mousseline blanche, bordée par une guirlande de petites fleurs bleues. Cette toilette allait à son visage et à la grâce languissante de sa taille.

Quand parfois elle quittait le salon de verdure pour aller chercher sa mère au jardin, et qu'on la voyait se perdre demi-jour des longues allées, elle ressemblait à ces pâles visions qui enchantaient la poésie des bardes de Bretagne.

Il y avait des moments où le visage de Blanche exprimait le plaisir naïf de l'enfant qui se sent naître jeune fille. Ses traits rayonnaient alors; un éclair s'allumait dans l'azur de ses grands yeux. Puis sa paupière retombait, triste; le sourire ébauché mourait sur sa lèvre. Dans ce cœur de seize ans, y avait-il déjà une douleur cachée?

Robert de Blois s'empressait beaucoup autour d'elle, et y mettait une sorte d'ostentation. Il ne cédait guère l'honneur de prendre sa main pour la contredanse qu'à un seul rival, auprès de qui ses manières avaient un singulier mélange de cordialité feinte et d'inquiétude dissimulée.

Ce rival n'était autre que le jeune comte Alain de Pontalès, héritier unique de l'ancienne fortune de Penhoël.

Car, nous devons le dire tout de suite, cette grande haine de famille qui existait autrefois entre Penhoël et Pontalès avait pris fin, grâce à l'intervention de Robert. Le manoir et le château voisinaient maintenant. René s'était résigné à voir des étrangers occuper le domaine de ses pères.

En définitive, le vieux Pontalès était un brave homme, capable de rendre service à l'occasion. Personne n'ignorait que Penhoël avait puisé plus d'une fois, depuis trois ans, dans sa bourse, toujours bien garnie. Aussi passaient-ils tous les deux pour être les meilleurs amis du monde.

Penhoël possédait, comme nous l'avons dit, par lui-même et du chef de son frère absent, une quarantaine de mille livres de rentes. C'était plus qu'il n'en fallait pour soutenir honorablement le train de vie adopté par la famille. Mais depuis trois ans les choses avaient changé : un élément nouveau avait été introduit au manoir; l'hospitalité grande et simple s'était transformée en un luxe prodigue, et les quarante mille livres de rentes, doublées tout à coup par miracle, n'auraient plus suffi aux dépenses de Penhoël.

Or, chaque fois que les dépenses d'un homme riche excèdent de beaucoup son revenu, quelque diabolique expédient lui vient en tête : il faut être sûr que cet homme, sous prétexte d'arrêter le désastre, précipitera sa ruine. Penhoël était devenu joueur.

Mais René de Penhoël était riche : il avait droit de scandale. Parmi les quelques hobereaux indigents et les quelques bourgeois composant la « société » du pays, personne n'ignorait sa conduite, et pourtant personne ne songeait à l'excommunier. On allait chez lui, on se faisait même grand honneur de ses invitations; mais, pour moitié moins, on eût lapidé un pauvre diable

Seulement, comme certains bruits commençaient à courir dans les environs, attaquant, non plus la réputation de Penhoël, mais état de sa fortune, la « société », tout en gardant de prudents dehors de respect, le déchirait tout bas à belles dents.

C'était un acquit de conscience. La partie sage de l'assemblée, les maris graves, les dames décidément trop lourdes pour danser encore et les demoiselles aigries par un célibat dont le terme ne venait point, avaient un vague remords de fréquenter ce pécheur, et pensaient expier leur faute en exagérant ses torts.

Tandis que les jeunes gens foulaient gaiement le gazon, la galerie assise glosait Dieu sait comme! La calomnie est une douce pénitence; dans leur fureur d'expiation, ces dames et ces messieurs envenimaient le mal, et ne se faisaient point scrupule d'envelopper beaucoup d'innocents dans leur anathème.

On était libre en ce moment. La danse avait éloigné du petit cercle grave toutes les oreilles profanes. René de Penhoël avait quitté le bal pour s'enfermer avec M. de Pontalès le père et l'homme de loi. Quant à madame, elle se promenait à l'écart, au bras du bon oncle Jean.

C'était l'instant de mordre. On mordait. Robert, Penhoël, madame elle-même, tout le monde y passait. Parmi les hôtes du manoir, il n'y avait qu'un seul homme infaillible et impeccable, c'était le vieux marquis de Pontalès, lequel possédait soixante mille livres de rentes au soleil!

L'influence de cet honnête cénacle ne s'étendait point jusqu'au bal qui se poursuivait, joyeux et rieur. L'orchestre campagnard jouait à tour de bras et le tapis de verdure ne chômait guère. Il y avait là surtout deux couples dont la gaieté communicative et jeune ranimait à chaque instant le plaisir et se chargeait de redonner l'élan à la fête : c'était Cyprienne et Diane de Penhoël, les jolies filles de l'oncle Jean, avec leurs cavaliers, deux enfants comme elles, deux beaux et braves enfants dont le sourire vous eût égayé le cœur.

Cyprienne dansait avec Roger de Launoy, qui était devenu un charmant cavalier, à la figure hardie et sentimentale en même temps; Diane donnait sa petite main blanche à un jeune homme dont la mine résolue et spirituellement insoucieuse eût été remarquée par tous pays.

C'était un peintre parisien que Penhoël avait fait venir pour orner dignement ses appartements. Depuis deux ans qu'il était en Bretagne, le jeune peintre avait fait une énorme quantité de fresques et de portraits. Personne, dans la « société », n'était à même de trancher la question de savoir qu'il avait ou non un talent artistique. Lui-même n'en savait trop rien peut-être. Il peignait ce qu'on voulait et surtout tant qu'on voulait; il prenait la vie comme on la lui donnait, riant au jour le jour et ne soupçonnant point qu'on pût songer au lendemain.

Roger et lui étaient amis jusqu'au dévouement, bien qu'ils ne se fussent jamais fait de grandes protestations de tendresse.

Il se nommait Etienne Moreau. Quand on ne lui donnait point de salle de billard à orner ou des perdrix défuntes à grouper avec des lièvres assassinés au-dessus des portes; quand il désespérait de trouver Diane au jardin et qu'il se lassait de courir la campagne avec Roger, il se retirait seul parfois dans sa chambre. C'était bien rare. Dans sa chambre il n'y avait qu'une toile ébauchée.

La plupart du temps, il regardait cette toile, les bras croisés, sans songer à prendre sa palette.

Mais parfois, lorsqu'un beau rayon de soleil venait jouer dans les hauts châssis de sa fenêtre, il saisissait tout à coup ses pinceaux et ajoutait quelques touches à la toile à peine commencée.

Cela ne ressemblait point aux fresques de la salle de billard, ni aux dessus de portes qu'il peignait avec une fécondité si obéissante, pour le maître de Penhoël. C'était une peinture hardie et d'un style étrange.

Le tableau représentait une jeune fille vêtue en paysanne et jouant de la harpe. C'était le portrait de Diane.

De sa vie Etienne n'avait rêvé, jusqu'au moment où les traits de Diane de Penhoël avaient surgi, vivants, de la toile, sous son pinceau timide et comme incertain. Maintenant, quand il était seul avec son tableau, il rêvait.

Il aimait Diane, Diane l'aimait. Ils ne se parlaient jamais d'amour.

Dans les longues causeries qu'ils cherchaient et qui les faisaient heureux, ils n'avaient guère qu'un seul sujet d'entretien. C'était un choix bizarre : ils causaient de Paris.

L'artiste sans souci enseignait la grande ville à la jeune fille de Bretagne.

La jeune fille écoutait, curieuse, émue. Ce n'était jamais elle qui changeait de conversation, et c'était toujours elle qui ramenait la première le nom de Paris pour interroger, pour savoir.

Ses yeux brillants s'animaient. Il y avait en elle un secret dont Etienne n'avait point sa part.

Paris! c'était un conte de fées! La ville où la femme est reine, où les rêves se réalisent, où le vrai touche au merveilleux, où nulle espérance n'est folle!

Etienne disait parfois en finissant :

— On y souffre comme ailleurs, Diane... plus qu'ailleurs. Et Dieu veuille que vous gardiez toujours votre douce vie de Bretagne!

Diane ne répondait point. Elle retournait auprès de sa sœur, dont la nature, moins réfléchie, avait aussi moins d'audace, mais qui pourtant se laissait prendre aux fougueuses imaginations de Diane.

Paris! Paris! c'était leur songe aimé.

Mais si, tout à coup, on leur eût montré la route ouverte et la chaise de poste attelée, eussent-elles osé? eussent-elles voulu?

Madame, qu'il aurait fallu quitter! et Blanche, le pauvre ange!

Roger de Launoy, leur compagnon d'enfance, songeait, lui aussi, à Paris. Il était fier. La douceur de son caractère ne l'empêchait point de ressentir profondément la froideur avec laquelle Penhoël le traitait depuis l'arrivée des étrangers au manoir.

Robert s'était emparé du maître, qui ne voyait plus que par ses yeux. Tous ceux qu'on aimait avant cela étaient devenus indifférents, pour ne rien dire de plus. Sans madame, qu'il chérissait d'une tendresse respectueuse et dévouée, sans Cyprienne qu'il aimait d'amour, Roger de Launoy aurait quitté le manoir déjà depuis longtemps.

Que fût-il devenu? Il ne savait, mais il était intelligent et il avait du cœur.

Aujourd'hui ces préoccupations étaient mises de côté. On était tout à la fête; on riait, on se croyait heureux!

Les deux jeunes filles portaient toujours leurs costumes de paysannes, mais on eût pu croire que c'était pure coquetterie, tant la jupe courte et le spencer collant leur allaient à merveille. Leurs tailles charmantes ressortaient sous la futaine; les souliers à boucles d'étain ne pouvaient grossir leurs pieds délicats et mignons; l'étroit serre-tête lui-même, qui laissait échapper à profusion les masses bouclées de leurs cheveux châtains, était à leur front comme un bandeau virginal, et mêlait à la distinction noble de leurs traits la naïve séduction des beautés rustiques.

C'était plaisir de les voir sauter sur l'herbe, gracieuses et légères comme des fées. Il émanait d'elles une gaieté vive et à la fois douce, qui gagnait de proche en proche et qui était le charme du bal.

Chacun, à son insu, se ressentait de leur contact; la pauvre Blanche elle-même, si pâle et si frêle, souriait, entraînée par leurs sourires.

Il y avait pourtant des moments où la joie des deux jeunes filles semblait se voiler tout à coup, c'était lorsque leurs yeux se tournaient vers madame, qui poursuivait lentement sa promenade au bras de Jean de Penhoël.

Ces trois dernières années semblaient avoir pesé cruellement sur madame. Sa belle tête s'inclinait maintenant fatiguée, et la résignation morne qui était sur son visage ressemblait à du découragement.

L'oncle Jean la contemplait avec un amour de père. Dans les grands yeux du vieillard, baissés mélancoliquement sur sa nièce aimée, on lisait l'immense désir de soulager et de consoler.

Mais la consolation était impossible sans doute, car l'oncle Jean se taisait, comme s'il n'eût point pu trouver de paroles.

Diane et Cyprienne voyaient cela, et le regard furtif qu'elles échangeaient alors donnait à penser que leur joie d'enfant n'avait que les apparences de la franchise.

Elles voyaient encore autre chose, et c'était bien étrange!

Robert de Blois, qui dansait toujours avec Blanche, se tournait de temps en temps vers madame et lui faisait des signes.

Diane et Cyprienne avaient cru d'abord se tromper, mais il n'y avait plus à douter. Madame, à deux ou trois reprises différentes, avait répondu du regard et du geste aux signes de Robert de Blois!

De l'homme dont la présence au manoir empoisonnait sa vie et menaçait l'avenir de son enfant!

C'était inexplicable.

Mais le bal était charmant par cette chaude soirée, sous les arbres touffus. A part Diane et Cyprienne, personne ne s'inquiétait de ces petits mystères qui s'agitaient sourdement sous la surface tranquille de la vie du manoir.

Si la partie grave de la société prévoyait, nous allions dire : espérait quelque malheur, c'était dans un avenir lointain encore. Le seul accident que l'on pût redouter ce soir, c'était quelque malencontreuse averse venant clore la fête au meilleur moment.

Aussi chacun tressaillit de surprise et d'effroi lorsqu'on entendit, au milieu du bal, un de ces cris plaintifs qu'arrache la souffrance soudaine et intolérable.

L'orchestre se tut; les danses cessèrent, et la galerie se leva d'un commun mouvement.

Tous les regards, effrayés ou seulement curieux, se portèrent à la fois vers l'endroit d'où la plainte était partie.

On vit Blanche de Penhoël, immobile et comme morte, étendue de tout son long sur l'herbe.

Robert de Blois était à genoux auprès d'elle et appuyait sa main contre son cœur.

Roger, Diane et Cyprienne s'élancèrent en même temps; mais ce fut madame qui arriva la première auprès de sa fille.

Il faut renoncer à peindre tout ce qu'exprimait en ce moment le visage désolé de Marthe de Penhoël.

Un rouge ardent et fiévreux avait remplacé la pâleur de sa joue. L'épouvante qui glaçait son âme de mère était dans ses yeux. Sa main, forte en cet instant comme la main d'un homme, repoussa brusquement Robert de Blois, que le choc fit chanceler.

Elle souleva Blanche sans effort apparent et la soutint, renversée, entre ses bras. Blanche, évanouie, ne respirait plus.

Comme Cyprienne et Diane s'empressaient, inquiètes, autour d'elles, madame les éloigna d'un geste impérieux.

Robert se rapprocha et s'inclina jusqu'à effleurer presque son oreille.

— N'oubliez pas!... murmura-t-il froidement.

Un éclair de haine brilla au milieu de la tristesse désespérée qui voilait le regard de Marthe de Penhoël.

Mais elle fit sur elle-même un effort violent et se contraignit à sourire.

— Je n'oublie rien! dit-elle tout bas.

Puis, elle reprit en s'adressant à Roger et aux deux jeunes filles de l'oncle Jean :

— Amusez-vous, mes enfants. Voici Blanche qui rouvre les yeux; je vais vous la ramener tout à l'heure bien guérie.

XII

MYSTÈRES.

La partie grave et discrète de l'assemblée, qui se respectait trop pour prendre part à la danse, commençait à trouver le bal monontone et long. Les commérages languissaient, parce qu'on avait déjà médit de tout le monde. L'évanouissement de Blanche fit à l'ennui naissant une diversion tout agréable et vint raviver l'entretien.

Ce cercle respectable se composait de trois vicomtes qui avaient été des hommes à succès dans leur jeunesse, d'une demi-douzaine de bourgeois qu'on avait laissé se décrasser et mettre un de au-devant de leurs noms, parce qu'ils avaient mille écus de rentes, et d'un nombre à peu près égal de dames antiques, portant, avec une solennité impossible à décrire, le ridicule orgueilleux de leur toilette et la laideur choisie de leurs visages.

On remarquait surtout trois petites personnes, toutes trois également jaunes, sèches, raides et vêtues de robes de soie violette d'une ancienneté incontestable. Bien qu'elles fussent encore célibataires, aux environs de la cinquantaine, ce qui déprécie, elles donnaient le ton à la « société », parce que leur talent de médire était hors ligne, et que chacun de leurs coups de langue emportait net le morceau. Leurs rivales elles-mêmes, madame la chevalière de Kerbichel, épouse de l'adjoint au maire de Glénac, et madame Claire Lebinhic, jeune veuve à peine âgée de quarante-cinq ans, autour de laquelle soupiraient les trois vicomtes, étaient forcées de reconnaître la supériorité des demoiselles Baboin-des-Rozeaux de l'Etang.

Il faut dire qu'elles avaient tout pour elles. L'aînée, mademoiselle Amaranthe, chantait, en s'accompagnant de la guitare, l'ariette légère; la seconde, mademoiselle Eglantine, la tremblante romance; la troisième, mademoiselle Héloïse attaquait, toujours avec la guitare, le grand morceau de caractère.

A cause de cela, le jeune monsieur de Pontalès, à qui tout était permis parce qu'il était l'héritier de son père, les avait surnommées en masse les trois Grâces, et en détail, l' « Ariette », la « Romance » et la « Cavatine ».

Elles avaient un petit frère, M. Numa Baboin-des-Rozeaux de l'Etang, qui se tenait un peu à l'ombre de leur gloire, mais qui, néanmoins, passait pour un fort agréable joueur de reversis.

Quand madame, aidée de l'oncle Jean, eut emmené Blanche, l'imposante réunion se rassit. Ses membres se regardèrent durant quelques secondes en silence.

— Il faut avouer, dit l'Ariette, qu'il se passe de drôles de choses dans cette maison. Les maîtres font les honneurs, Dieu sait comme! Voici madame partie; où est monsieur?

— En conférence avec le marquis de Pontalès, répondit le frère Numa.

— En bonne conscience, voulut dire le père Chauvette, on peut bien avoir des affaires.

Mais personne n'avait la simplicité d'accorder la moindre attention au pauvre maître d'école.

— Toujours avec le marquis, poursuivit l'Ariette.

— Et avec l'homme de loi ajouta la Cavatine.

— Ah! dit la Romance d'un ton capable, des gens bien informés prétendent que Penhoël file un mauvais coton, pour parler comme les gens du peuple. Il emprunte sans cesse de l'argent au marquis, et l'homme de loi Lehivain sait des choses qui étonneraient bien du monde!

— Tant de charges aussi! reprit la chevalière de Kerbichel, c'est la maison du bon Dieu que ce manoir! On y mange et on y boit toute la journée. Je vous demande un peu si ce n'est pas folie de nourrir à rien faire ce grand garçon de Roger de Launoy?

— Et ce barbouilleur qui est venu de Paris pour mettre du rouge et du bleu sur les murailles? dit la Romance.

— Et ces petites de l'oncle Jean qu'on élève à ne rien faire!
ajouta la Cavatine. Ne dirait-on pas qu'elles ont cinquante mille
livres de rentes?

— Hélas! fit sentencieusement l'Ariette, qui dans la conversation cultivait parfois le genre grave, comment élève-t-on la
jeunesse aujourd'hui? Vous verrez que ces petites fainéantes.
tourneront mal.

Le bal se poursuivait, mais languissant et triste désormais,
Diane et Cyprienne, qui tout à l'heure égayaient si franchement
la fête, ne pouvaient plus cacher leur tristesse. On eût dit qu'elles
restaient là maintenant à contre-cœur, et qu'une mystérieuse
tâche les appelait loin du bal.

L'annonce de l'accident arrivé à Blanche de Penhoël avait
franchi l'enceinte du jardin et produit plus d'effet encore, peut-
être, sur l'aire que dans le salon de verdure. La danse rustique
avait fini, tandis que le feu de joie éteignait ses dernières lueurs;
jeunes gars et jeunes filles s'étaient rassemblés en cercle autour
des vieillards, assis à la porte de la ferme.

Il n'y avait plus, sur le milieu de l'aire, que M. Blaise, qui
se promenait les mains dans ses poches et affectait de ne point
vouloir mêler son importante personne à toute cette populace.

On parlait bas dans le groupe des paysans, justement à cause
de M. Blaise, qui passait pour avoir l'oreille fine.

Le père Géraud tenait le centre du groupe et interrogeait un
petit garçon qui venait de sortir du jardin, où il avait servi des
rafraîchissements aux hôtes de Penhoël.

— Conte-nous ce que tu as vu, petit Francin, disait le bon
aubergiste du « Mouton couronné ».

— Nous étions tous à regarder danser ces belles dames. Tout
d'un coup mademoiselle a crié... j'ai regardé comme les autres,
et je l'ai vu couchée par terre. Il n'y avait auprès d'elle que
M. de Blois. Quand il a voulu la relever, oh! si vous aviez vu
madame arriver sur lui! j'ai cru qu'elle allait l'étrangler.

— Elle n'a rien dit? demanda le père Géraud.

— Non fait! mais on voyait bien qu'elle avait son idée. C'est
M. de Blois, bien sûr, qui a fait du chagrin à l'Ange!

Un menaçant murmure courut parmi les paysans. Le père
Géraud passa le revers de sa main sur son front.

— Oui, pensa-t-il tout haut, cet homme-là est le malheur de
Penhoël! Et c'est moi qui lui ai enseigné le chemin du manoir!

— Allons, allons, père Géraud, dit le fermier du Port-Corbeau, les temps sont mauvais pour nos maîtres, mais ça pourra
revenir. Et quant à ce qui est de vous, tout le monde sait bien

que vous êtes un bon cœur. Penhoël est riche, après tout!

— Riche? interrompit l'aubergiste de Redon? si vous saviez!...

Les métayers se rapprochèrent curieusement; mais le vieux Géraud n'en voulait point dire davantage.

— C'est moi qui lui ai montré le chemin du manoir! répéta-t-il, comme si cette idée l'eût poursuivi sans cesse. Ecoutez! avant de monter jusqu'à la ferme, je suis entré tantôt chez Benoît Haligan, qui est bien près de mourir... car tous ceux qui aiment Penhoël s'en vont les uns après les autres; le pauvre Benoît a le « grolet » (1) sur sa paillasse. Ce n'est pas d'hier qu'il a dit pour la première fois que l'Ange et les deux filles de Jean de Penhoël feraient trois pauvres « Belles de nuit » avant le déris de l'hiver qui vient...

— Il m'a dit encore, poursuivit le père Géraud en baissant la voix davantage, que notre M. Louis reviendrait quelque jour... mais qu'il reviendrait trop tard!

Le père Géraud se tut, et il se fit un silence autour de lui. Chacun avait le cœur serré. Cette fête, commencée dans la joie, s'achevait morne et lugubre.

La plupart des paysans rassemblés dans l'aire n'avaient pas donné une grande attention jusqu'alors aux vagues menaces qui pesaient sur la maison de Penhoël : mais ce jour-là, on sentait en quelque sorte le malheur planer au-dessus du manoir. Les jeunes gars oubliaient de parler d'amour à leurs promises, et le tonneau de cidre, encore plein aux trois quarts, ne couronnait plus de mousse pétillante la grande écuelle qui, dans ces sortes d'occasions, faisait si joyeusement d'ordinaire le tour de l'assemblée.

Un seul fidèle restait auprès du tonneau, un pauvre diable maigre comme un clou, qui buvait avec acharnement, couché tout de son long dans la poussière. Personne ne daignait lui parler, pas même l'Endormeur, bien que le pauvre diable fût sa vieille connaissance, l'ex-uhlan Bibandier.

Bibandier fumait sa pipe en philosophe et semblait se soucier assez peu du mépris général. Il buvait comme s'il se fût engagé à vider tout seul le grand tonneau de cidre.

Ce fut le petit Francin qui rompit le silence.

— Monsieur Blaise! dit-il tout à coup.

Le domestique de Robert de Blois s'avançait en effet, à pas comptés vers le groupe de paysans.

----

(1) Le râle de la mort.

— Eh bien! mes enfants! cria-t-il de loin. Ne boit-on plus à la santé du roi et de M. le maire?

Personne ne répondit. Le père Géraud s'était redressé.

— Petit Francin, murmura-t-il rapidement, retourne au jardin : tu viendras nous dire s'il y a du nouveau...

Puis il ajouta, en se tournant vers les vieux métayers assis à ses côtés :

— Vous autres, j'aurai à vous parler après la veillée. Il ne sera pas dit que personne n'a fait un pas ou donné un écu pour sauver Penhoël!

Blaise entrait dans le cercle, tenant à la main la grande écuelle pleine. Le petit Francin remontait en courant vers le jardin du manoir, où la partie grave de l'assemblée était, en ce moment, maîtresse du terrain. Les trois demoiselles Baboin-des Rozeaux de l'Etang et les autres membres de la société avaient quitté leurs postes pour envahir le gazon, occupé naguère par les danseurs. L'orchestre chômait. Quelques gens avisés voyaient venir avec effroi le moment ou Eglantine, Héloïse et Amaranthe allaient demander leur redoutable guitare, sous prétexte de ranimer la fête. L'espoir secret que nourrissaient ces aimables personnes de faire entendre, savoir : Amaranthe son ariette, Eglantine sa romance, et la jeune Héloïse son grand morceau d'opéra, leur donnait des airs un peu moins revêches et les empêchait surtout de blâmer trop aigrement les Penhoël qui abandonnaient ainsi leurs hôtes, au beau milieu de la soirée.

Il n'y avait plus, en effet, dans le salon de verdure aucun représentant de la famille. Le maître du manoir était toujours dans son appartement; madame n'avait point reparu, non plus que l'oncle Jean. Enfin, Cyprienne et Diane, qui avaient présidé si longtemps à la danse, s'étaient éclipsées tout à coup et avec une sorte de mystère, puisque leurs cavaliers eux-mêmes les avaient cherchées en vain parmi la foule.

Etienne et Roger avaient déserté à leur tour le salon de verdure, pour explorer sans doute les allées du jardin.

C'était maintenant Robert de Blois qui, en qualité d'habitant ordinaire du manoir, faisait les honneurs.

Le jardin était illuminé, comme nous l'avons dit, d'un bout à l'autre, et l'on n'y eût pas trouvé un endroit pouvant servir de cachette

Etienne et Roger avaient quitté le bal sans se prévenir mutuellement. Ils se rencontrèrent face à face au détour d'une allée. Etienne était tout pensif. Les cheveux de Roger étaient baignés de sueur.

— Tu ne les as pas rencontrées?

— Non.

— Je vais chercher encore, dit Roger, qui voulut reprendre sa course.

Le jeune peintre l'arrêta.

— Tu ne les trouveras pas, dit-il; tandis que tu cherchais à gauche, moi je cherchais à droite. A nous deux nous avons parcouru tout le jardin : elles n'y sont pas.

— Alors où sont-elles?

L'agitation de Roger de Launoy semblait croître à chaque instant. Etienne, au contraire, restait calme, bien que sa voix, si gaie d'ordinaire, eût un vague soupçon de tristesse.

— Où sont-elles? répéta Roger; mon Dieu, tout cela est bien étrange!

— Etrange! répéta Etienne en souriant; pourquoi? nous doivent-elles compte de leurs actions?

— Tu n'aimes pas, toi! murmura Roger.

Le peintre garda le silence, mais sa main serra plus fortement le bras de son ami.

— Moi, j'aime, reprit Roger, comme un pauvre fou! Quand je suis auprès d'elle, je ne sais plus qu'admirer et croire. Son sourire est si pur, et on voit si bien son cœur sur son visage. J'ai honte de mes soupçons.

— Tu as donc des soupçons? demanda tout bas Etienne.

Roger baissa le yeux et ne répondit pas tout de suite.

— Que sais-je! s'écria-t-il enfin en appuyant sa main contre son front mouillé de sueur. Je ne suis pas fou, et je ne rêvais pas... j'ai vu!

Il hésita.

— Qu'as-tu vu? demanda Etienne.

Et comme Roger se taisait encore, il ajouta d'un accent triste et lent :

— Tu peux parler; j'ai vu, moi aussi, bien des choses!

Roger le regarda avec une sorte d'effroi.

— Je ne parle pas de Cyprienne, reprit le peintre; mais Diane a un secret. Il y a longtemps que je le sais.

— Et ce secret?

— J'ai confiance, parce que j'aime. Jamais je n'ai cherché à le surprendre.

— Oh! s'écria Roger, parce que j'aime, moi, je me défie! C'est tout mon bonheur et tout mon espoir! Si je pensais que Cyprienne eût un autre amour...

Il s'arrêta et reprit avec amertume :

— Mon Dieu! cette idée-là me vient souvent. Et comment ne me viendrait-elle pas? Tu dis que tu as vu bien des choses! mais il y a voir et voir... ce que j'ai vu, moi, est tellement étrange que j'hésite à le confier, même à mon meilleur ami. Et pourtant, cela me pèse trop sur le cœur!... Te souviens-tu, Etienne, de cette soirée que nous passâmes à parler d'elles au bord du marais, de l'autre côté de Glénac? L'heure nous surprit. Quand nous rentrâmes au manoir, le souper était fini depuis longtemps, et tout le monde dormait. Nous le croyions du moins. Nous prîmes chacun sans bruit le chemin de notre chambre.

La lampe du grand corridor était éteinte. Il me sembla entendre devant moi un bruit de pas légers et timides, je m'avançai les bras tendus, touchant des deux côtés le mur du corridor.

Le bruit avait cessé à mon approche. Je croyais m'être trompé lorsque je sentis sous mes doigts deux coiffes de toile qui glissèrent au premier contact et que je ne pus retrouver dans l'ombre. Les pas se faisaient entendre de nouveau, légers et rapides, dans la partie du corridor que je venais de parcourir. On fuyait... mais au moment où ma main s'était refermée, une des coiffes de toile avait laissé son attache entre mes doigts. Et je riais, tout en ouvrant la porte de ma chambre, parce que je me disais : j'ai là de quoi savoir laquelle des servantes de Penhoël va courir la nuit de guilledou!

J'allumai ma chandelle, et je reconnus le petit ruban de soie bleue que j'avais vu dans la journée à la coiffe de Cyprienne...

Roger de Launoy se tut, attendant évidemment une parole d'étonnement; mais le peintre ne parla point : il demeurait pensif.

— Eh bien? dit Roger.

— Est-ce tout ce que tu as vu? demanda froidement Etienne.

Roger était presque désappointé du peu d'effet produit par son histoire.

— N'est-ce pas assez? s'écria-t-il.

— Ce n'est rien.

— Tu as vu quelque chose de plus extraordinaire?

— Tu en jugeras, répondit le peintre. Continue.

— Ecoute donc encore! reprit Roger. Quelques jours après, je revenais de Redon à pied : c'était à la hauteur du bourg des Bains, au milieu de la lande; il faisait clair de lune. J'entendis au loin sur la bruyère le galop de deux chevaux. Je ne prenais point garde et je poursuivais ma route. Au moment où les deux chevaux passaient près de moi, lancés à pleine course, je levai la tête : les deux chevaux étaient montés par des femmes; je criai : Diane! Diane! Cyprienne! nulle voix ne me répondit.

Je voulus courir; mais les deux femmes se perdaient déjà dans l'ombre, et le pas de leurs chevaux s'étouffait au loin sur la lande.

— Il était tard? demanda Etienne.

— Onze heures du soir.

— Et, ce jour-là, les Pontalès n'étaient-ils pas à Redon?

Roger se frappa le front.

— Tu m'y fais songer! s'écria-t-il : les Pontalès étaient à Redon!

— Mais étaient-ce bien elles? dit le peintre.

— Tu vas voir. Il n'y avait pas possibilité de les rejoindre. Après avoir fait quelques pas en courant comme un fou, je repris le chemin de Penhoël. En arrivant au bac, je demandai au vieux Benoît si quelqu'un avait passé l'eau dans la soirée.

Il me répondit : Personne.

Cela me fit grand bien; je crus avoir rêvé. Pourtant, une fois arrivé au manoir, il me restait des doutes, au lieu de gagner mon lit tout de suite, je me dirigeai, sans trop avoir la conscience de ce que je faisais, vers la chambre de Diane et de Cyprienne.

Je collai mon oreille à la serrure : on n'entendait aucun bruit.

Elles dorment peut-être, me disais-je. Ma pauvre Cyprienne! Je suis un misérable fou!

Et cependant, ma main s'appuyait malgré moi sur le bouton de la porte. La porte s'ouvrit. Je reculai d'abord, effrayé de mon action.

Puis mon regard se glissa dans la chambre. Les rayons de la lune tombaient d'aplomb sur les deux petits lits blancs, qui étaient vides.

— Est-ce tout? demanda Etienne, tandis que Roger passait le revers de sa main sur son front où perlaient des gouttes de sueur.

— Si c'est tout? murmura Roger; mais que veux-tu de plus?

— Je crois en elle, dit le peintre.

— Moi aussi! moi aussi! s'écria Roger, je crois en elle : je l'aime tant!... Quand je la vois sourire à mes côtés, je ne doute plus. Il me semble que j'ai fait un rêve douloureux et impossible. Mais quand je me retrouve seul, face à face avec moi-même, je me souviens et je souffre! Bien des fois j'ai été sur le point de parler et d'implorer une explication; mais elle paraissait me

deviner; son regard souriait, se reposait sur moi si calme et si
pur! je sais bien que je n'oserai jamais l'interroger!

Tout en causant, ils marchaient le long des allées du jardin.
Ils s'éloignaient d'instinct du salon de verdure, où les hôtes de
Penhoël étaient toujours rassemblés. Roger allait la tête basse
et l'air consterné; Etienne portait sur son visage qui voulait sourire les traces d'une émotion contenue. Peut-être se faisait-il plus
fort qu'il ne l'était réellement.

— Ce que tu as vu est étrange, dit-il enfin; ce que j'ai vu est
plus étrange encore. Ce mystère qui les entoure, j'aurais pu le
percer peut-être... mais je ne l'ai pas voulu. Moi aussi, j'ai rencontré une fois Diane et Cyprienne dans les corridors du manoir
au milieu de la nuit. J'étais caché par la saillie d'une embra-
sure : elles ne m'apercevaient point. Je les vis traverser sans
bruit la galerie. Elles dépassèrent la chambre, la chambre de
Penhoël, et je crus qu'elles allaient entrer chez madame. Mais
elles dépassèrent aussi la porte de madame. Il n'y a rien au-
delà, sinon l'appartement occupé par M. Robert de Blois.

— C'était chez lui qu'elles se rendaient? demanda Roger
vivement.

— Je ne sais, répliqua le peintre. La galerie fait un coude .
elles disparurent.

— Et tu ne les suivis pas?

— Je ne les suivis pas.

— Ce Robert, qu'elles font semblant de mépriser et de détester! murmura Roger de Launoy.

— Elles méprisent aussi, elles détestent les deux Pontalès,
dit Etienne, dont la voix baissa involontairement, et pourtant
je les ai vues s'introduire au château après minuit sonné.

— Au château de Pontalès! s'écria Roger stupéfait.

— Au château de Pontalès. La nuit était sombre, cette fois,
et je ne les aurais pas reconnues si je n'avais entendu la douce
voix de Diane sur la lisière de la forêt.

« Aide-moi », disait-elle.

Elles s'approchèrent toutes deux de la muraille du parc.
Cyprienne s'appuya des deux mains contre le mur, et, avec son
secours, Diane franchit la clôture.

— Après? fit Roger dont le souffle haletait.

— Je revenais de la Gacilly, à cheval, répliqua le peintre,
mon cœur battait et mon front brûlait. Mais je ne suis pas
comme toi, Roger, et je n'aurais jamais ouvert la porte de la
chambre des filles de Jean de Penhoël. J'enfonçai les éperons

dans le ventre de mon cheval, qui m'emporta au travers du taillis...

— Oh! fit Roger; tu n'aimes pas! tu n'aimes pas!

— Si Diane de Penhoël n'est pas ma femme, répliqua le peintre, je ne me marierai jamais. Il ne m'arrivait pas souvent autrefois de songer à l'avenir, maintenant j'y pense toujours, parce que l'avenir, c'est elle... Tu es rassuré quand tu la vois sourire, Roger; mais, si un doute pouvait me venir, il me viendrait en ces moments. Mais que de fois, parmi la joie feinte, que de fois j'ai surpris des larmes dans les yeux de Diane! C'est un cœur vaillant et fort contre la souffrance! Sous cette frêle beauté de jeune fille, j'ai deviné le courage d'un homme. Ces larmes furtives qui me serrent le cœur, je les bénis et je les admire. Oh! que Diane garde son secret! Au fond d'une âme comme la sienne, il ne peut y avoir que de nobles élans et de saintes pensées!

La tête de Roger ne se relevait point. Il gardait le silence.

— Chacun dans le pays, sait cela, reprit le peintre; les plus pauvres comme les plus riches : Il y a un grand malheur sur la maison de Penhoël. Dieu se sert parfois du faible courage d'une enfant pour combattre la force des méchants!

Etienne s'interrompit brusquement, et sa voix, qui était lente et rêveuse, se fit brève tout à coup et décidée.

— Et puis, que m'importe tout cela! s'écria-t-il. Je faisais un songe charmant. Le réveil est venu. Que Diane soit ceci ou cela, un ange ou une pécheresse, je la verrai demain pour la dernière fois.

— Que dis-tu là? demanda Roger en tressaillant.

Ils étaient arrivés sur la terrasse qui bordait la rampe descendant au passage de Port-Corbeau. Ils s'arrêtèrent d'un commun accord, et le peintre s'accouda contre la balustrade de pierre.

— Ce matin, reprit-il, M. Robert de Blois, qui paraît être maintenant le maître du manoir, m'a payé mes travaux et m'a fait entendre qu'on n'avait plus besoin de moi.

— Mais Penhoël! s'écria Roger, qui saisit la main de son ami; tu aurais dû voir Penhoël!

— J'ai vu Penhoël, répliqua Etienne, dont l'accent mélancolique prit une nuance d'amertume, et je pars demain pour Paris.

Au moment où le jeune peintre prononçait ces derniers mots, un faible cri se fit entendre au pied de la terrasse.

Les deux amis se penchèrent en même temps sur la balustrade et virent deux formes blanches se glisser entre les châtaigniers des taillis.

— Ce sont elles! s'écria Roger.

Il voulut s'élancer, mais Etienne le retint de force.

— Tu restes, dit-il; tu es heureux! crois-moi, veille sur elles pour les protéger, et non pour les épier!

XIII

C'était la chambre de l'Ange de Penhoël : un petit lit entouré de rideaux blancs, dont la mousseline transparente laissait voir. dans la ruelle, une image de la sainte Vierge, ornée d'un laurier-fleur bénit, quelques sièges brodés par madame et représentant des sujets enfantins et gracieux, de jolies estampes de piété, le long des lambris, et dans une bibliothèque mignonne, en bois de rose, des livres du premier âge.

Dans ce réduit si frais, à peine pressentait-on la jeune fille. C'était l'enfant qui se montrait encore, l'enfant candide et insouciante. Tout était riant, mais froid.

Et encore ce qui souriait dans cette chambre gentille, ce qui était frais, gracieux, coquet, n'appartenait pas à Blanche toute seule. C'était Marthe de Penhoël qui avait orné avec amour la retraite de son enfant. Elle était redevenue jeune à penser pour sa fille; et si parfois un peu d'espoir consolait la tristesse de sa nuit solitaire, c'est qu'elle songeait qu'entre ces rideaux blancs, son doux ange dormait, ignorant à la fois les angoisses du présent et les menaces de l'avenir.

Chacun, si malheureux qu'il soit, possède ainsi, au fond de

son cœur, une sorte d'asile où abriter sa pensée. Il est toujours un coin de l'âme où Dieu clément laisse un rayon d'espoir.

Marthe de Penhoël souffrait. Autour d'elle, les menaces s'accumulaient. Son pauvre cœur, blessé depuis des années saignait. Pour elle, le passé n'avait que des regrets amers, le présent que navrant martyre, l'avenir... Hélas! il y avait là de si cruelles tortures, que mieux valait fermer les yeux, et attendre comme le condamné à qui la suprême pitié de la loi met un bandeau sur la vue.

C'était quelques instants après l'accident qui avait troublé le bal, au salon de verdure. Le bon oncle Jean, madame et Blanche venaient d'arriver dans la chambre de cette dernière.

Blanche était pâle encore et semblait prête à perdre de nouveau ses sens.

Madame, qui l'avait assise dans une bergère, l'entourait de ses bras. La pauvre femme essayait de sourire, mais il y avait sur son visage un découragement mortel.

L'oncle Jean s'était arrêté au seuil de la porte. L'effort qu'il avait fait pour soutenir la jeune fille avait ramené sur sa joue les mèches légères et blanches de sa chevelure. La mélancolie douce, qui était d'ordinaire sur ses traits, faisait place à une profonde désolation.

Il regardait les deux femmes et ses yeux étaient humides.

L'évanouissement tout seul ne pouvait avoir produit ces émotions poignantes, et derrière le hasard de cet événement, il devait y avoir bien d'autres douleurs anciennes et cachées.

Blanche renversait sur le dos de la Bergère sa tête charmante, dont les contours délicats et purs semblaient taillés dans l'albâtre.

— Ce ne sera rien, murmura madame d'une voix qui voulait être gaie, mais où se devinaient les sanglots contenus.

Puis elle se tourna vers l'oncle Jean qui s'appuyait, immobile, au montant de la porte, et lui fit signe de se retirer.

Le vieillard sortit aussitôt sans mot dire. A travers la porte refermée, on entendit un instant le bruit de ses sabots dans le corridor.

Il allait d'un pas lent et la tête courbée. Quand il passait devant l'une des fenêtres et que les lumières, répandues dans le jardin, arrivaient jusqu'à lui, on aurait pu le voir presser son front de ses deux mains tremblantes.

Blanche était seule avec sa mère. Ce n'était pas à cause de la présence de l'oncle que madame se forçait à sourire, car son regard devint plus caressant encore.

— Voyons, ma pauvre enfant, dit-elle, qu'as-tu?

— Oh! rien, mère; tu avais raison tout à l'heure, ce ne sera rien.

Madame attira sa fille dans ses bras avec une sorte de brusquerie et la pressa contre son sein.

— Te souviens-tu, dit-elle, que tu aimais à t'endormir ainsi tous les soirs?

— On est si bien auprès de ton cœur, murmura l'Ange en fermant ses paupières à demi, et en reposant sa prunelle limpide sur les yeux de sa mère.

— Avant de t'endormir, poursuivit madame, tu me disais tout ce que tu avais fait dans la journée. En ce temps-là, tu n'avais pas de secret pour moi.

— Et maintenant j'en ai : voilà ce que tu veux dire, n'est-ce pas, mère? Eh bien, non! je n'en aurai pas! J'aurais dû plus tôt t'ouvrir mon cœur, mais j'avais tant peur de te faire de la peine! Si souvent je te vois triste! pauvre mère!

Blanche couvrait de baisers le visage de sa mère. Celle-ci rendait à sa fille ses caresses.

— Non, mon enfant, reprit-elle, ne crains point de me contrister. Je souffrirai moins de partager ta peine que de te voir souffrir sans en connaître la cause.

— Bonne mère, dit l'Ange, c'est toujours toi qui me guéris et me consoles! toi qui souffres tant !

Blanche s'arrêta un instant comme si elle hésitait. Madame reposait avec amour sur sa fille son doux regard.

Blanche passa son bras autour du cou de madame.

— Dis-moi, mère, reprit-elle, pourquoi mon père veut-il tant que j'épouse M. de Blois? Je ne sais pourquoi, mais cet homme me déplaît. Autrefois, je le voyais avec plaisir, sa compagnie me paraissait agréable. Mais quand je te vois triste, il me semble que cet homme en est la cause, et alors je me prends à le détester.

Jusque-là, madame n'avait fait aucun mouvement, et cependant la confidence de sa fille n'avait pas laissé de mettre un peu de joie dans ce cœur où il y avait tant de tristesse. Elle non plus n'aimait pas cet homme qui chaque jour lui aliénait davantage le cœur de son mari et qui, au moyen du jeu et des folles dépenses, avait ouvert à la ruine les portes du manoir. Elle avait bien essayé de s'opposer aux desseins de Penhoël sur sa fille, mais vains avaient été ses efforts. Robert de Blois était maître de Penhoël. Comme bien d'autres, d'ailleurs, madame s'était trompée sur les sentiments de Blanche à l'égard de Robert de Blois : Blanche se montrait toujours si aimable! elle semblait prendre tant de plaisir dans la compagnie de cet élégant cavalier! Sans rien dire, madame déposa un tendre baiser sur le front de sa fille.

Enhardie, celle-ci poursuivit ses aveux avec confiance.

— Jusqu'à présent, je me suis efforcée, pour ne pas contrarier mon père, de faire bon visage à M. de Blois. Il veut toujours danser avec moi, je danse toujours avec lui. A ses compliments je réponds de façon à ne pas lui déplaire, mais je ne peux me résoudre à lui dire que je serais heureuse d'être sa femme.

— Et t'interroge-t-il à ce sujet? interrompit madame.

A mesure que Blanche avançait dans ses confidences, elle se sentait soulagée et ses forces semblaient revenir.

— Oui, mère, répondit-elle. Ce fut un soir qu'il osa pour la première fois me parler de mariage. Oh! je m'en souviens bien : c'était la veille du départ de Vincent! Voilà cinq mois que nous ne l'avons pas vu!

— Tu l'aimes donc bien, Vincent? fit madame.

Le front de l'Ange se couvrit d'une rougeur subite.

— Oh! oui, dit-elle, je l'aime bien. Il m'aimait tant, lui! Nous étions si heureux de nous promener ensemble! Nous allions causer souvent sur le petit banc de la charmille. Depuis son départ j'y vais seule et je pense à lui. Te souviens-tu, mère, comme il était pâle la veille de son départ? Il avait le cœur serré, et moi, petite folle, qui l'invitais à danser en riant. Mais pourquoi nous a-t-il quittés si vite?

Madame n'avait jamais songé à l'amour de Vincent, mais à cette question de sa fille ses souvenirs se réveillèrent. Elle se rappela les yeux ardents du jeune homme fixés sur Blanche, puis son changement depuis l'arrivée de Robert de Blois, sa mélancolie, son abattement, et enfin son brusque départ, le jour précisément où l'on parlait du mariage de Blanche. Celle-ci, évidemment, n'aimait pas son cousin, d'amour, elle n'avait encore pour lui qu'une très vive affection d'enfant. Mais Vincent n'était-il pas amoureux de sa cousine?

Au lieu de ramener Blanche au point de ses aveux d'où l'avait détournée le souvenir de Vincent, madame répondit à la question de sa fille par une autre question :

— Vincent t'a-t-il dit quelquefois qu'il t'aimait?

— Jamais, il n'osait pas.

Blanche s'arrêta un instant, puis reprit tout à coup :

— Mais j'ai un autre secret, mère, pourquoi ne te l'ai-je pas dit?

Blanche se pencha sur le sein de sa mère; comme pour implorer son pardon.

Madame baisa tendrement sa fille.

L'Ange poursuivit :

— Je voyais Vincent triste et j'avais de la peine. Me rappelant ce que tu m'avais dit bien des fois que dans l' « Imitation de Jésus-Christ » il y a un remède à tous les maux et consolation à toutes les douleurs, je prêtai à Vincent la petite Imitation que tu m'avais donnée. Ce livre me fut remis par mon oncle, le jour du départ de Vincent. Mais il n'y avait pas que le livre, il y avait aussi une belle rose, une rose de mon rosier, tu sais, mère? Mon cousin l'avait cueillie lui-même avant son départ et l'avait déposée avec le petit livre sur une feuille de papier, où il avait écrit : A ma cousine Blanche. J'ai gardé ce papier et aussi la rose, je les regarde souvent et je pleure en pensant à celui qui me les a laissés. Est-ce que je fais mal, mère?

— Non, mon enfant, dit madame avec tendresse, je ne te blâme pas d'aimer ton cousin. C'est un digne enfant de Penhoël, et je suis sûre que là où il est il fait son devoir.

Blanche reprit avec abandon :

— Dis-moi, mère, Vincent ne reviendra-t-il pas? Je ne sais, mais il me semble quelquefois qu'un malheur nous menace et qu'alors Vincent nous serait utile.

Madame sourit.

— Il reviendra, mon enfant, dit-elle, quand le vaisseau sur lequel il est parti reviendra.

— A moins que... dit Blanche en hésitant.

— A moins que? reprit madame.

— A moins que le vaisseau ne revienne pas.

Blanche paraissait triste, sa pensée était en ce moment bien loin de M. de Blois. Madame voulut faire diversion.

— Mais tu ne m'as pas dit encore, reprit-elle, ce que tu avais répondu à M. de Blois.

A cette question, Blanche revint à elle et dit :

— Je lui ai répondu ce qu'on répond toujours quand on ne veut pas dire oui : que je ne pouvais pas prendre une telle décision sans avoir réfléchi, qu'il me fallait du temps, que je ne doutais pas de la bienveillance de M. de Blois et que je le priais d'attendre.

— Et M. de Blois a-t-il renouvelé sa demande? fit madame.

— Oh! bien souvent. Il est vrai qu'après son premier insuccès il resta quelque temps sans me rien dire sur le sujet en question. Au salon, dans le parc, en promenade, nous causions de choses indifférentes. J'évitais d'ailleurs de me trouver seule avec lui. Mais, depuis un mois, il est revenu à la charge avec une insistance qui m'effraie. A plusieurs reprises, il ne m'a pas caché que mon père tiendrait beaucoup à voir cette union. J'ai cherché alors à en parler à mon père, mais M. de Blois s'en empare continuellement; quand il ne le tient pas à la table de jeu, il l'entraîne toute la journée avec les Pontalès. On dirait, mère, qu'il veut nous enlever l'amour de mon père! Plusieurs fois aussi, j'ai voulu te parler de tout cela, mais le courage m'a manqué.

— Pauvre enfant! dit madame, dont les yeux étaient voilés de larmes et qui serra sa fille sur son cœur.

— Ah! mère, j'ai bien souffert depuis quelques jours. Je te voyais abandonnée, et il me semblait que je l'étais aussi. J'avais ton cœur pourtant, mais je le voyais blessé si cruellement que j'avais peur de lui porter le dernier coup.

Les larmes de la mère arrosaient les cheveux de l'Ange, dont elle tenait toujours la tête appuyée contre son cœur.

L'Ange poursuivit :

— Aujourd'hui encore M. de Blois ne m'a pas quittée; pendant que je m'efforçais de sourire en dansant avec lui, il m'a renouvelé sa demande, me disant que je devais absolument me décider, parce que mon père le voulait; et comme je ne répondais pas, il a osé me dire que, s'il n'avait pas mon consentement, il l'aurait de force.

— Le misérable! s'écria madame, dont l'œil étincela d'un feu sombre.

— C'est alors, mère, poursuivit Blanche, qu'à bout de forces et ne sachant où me réfugier, je me suis laissée aller à la douleur, et je suis tombée.

L'Ange, qu'une chaleur factice et le soulagement qu'elle éprouvait à épancher son cœur avaient soutenue quelque temps, avait prononcé ces derniers mots d'une voix éteinte. En même temps sa tête s'inclinait sous le poids de la fatigue.

Madame souleva l'Ange entre ses bras et l'étendit sur le lit.

Puis elle se laissa choir dans un fauteuil et couvrit son visage de ses deux mains.

Bientôt le souffle de Blanche se fit entendre régulier et plus bruyant. Elle dormait.

Madame garda longtemps la même position. Ses yeux étaient secs et brûlants, des sanglots déchiraient sa poitrine.

— Mon Dieu! prononça-t-elle enfin d'une voix étouffée; il y a bien longtemps que je souffre! Vous m'avez pris mon bonheur, dès les jours de ma jeunesse, et je n'ai point murmuré. J'ai vu votre main s'appesantir sur la maison de Penhoël; j'ai senti lu mortelle menace suspendue au-dessus de ma tête, et je n'ai point murmuré encore! mais ma fille! mon Dieu! ma fille!

Ses larmes jaillirent au travers de ses doigts.

— Ma fille! répéta-t-elle avec égarement; contre ce dernier coup je suis trop faible! Ayez pitié de moi, mon Dieu, car je suis une pauvre abandonnée! Pas une voix amie pour me consoler! pas une voix pour me défendre!

Il lui sembla, en ce moment, qu'un double soupir répondait à sa plainte. Elle ouvrit les yeux.

Cyprienne et Diane, à genoux à ses côtés, couvraient ses deux mains de baisers.

XIV

DIANE ET CYPRIENNE

Au manoir de Penhoël, Cyprienne et Diane n'étaient pas traitées tout à fait comme les filles de la maison. Elles étaient bien de la famille, mais on laissait entre elles et leur cousine Blanche une distance si grande, qu'elles ne pouvaient point se croire placées sur le même degré de l'échelle sociale.

Blanche était l'héritière, la véritable mademoiselle de Penhoël. Bien rarement désignait-on par ce titre les deux filles de l'oncle Jean, que les paysans nommaient les petites demoiselles, et la « société » simplement les « petites ».

L'oncle Jean lui-même avait contribué à trancher plus profondément la ligne qui séparait ses filles de leur cousine. Dès leur enfance, il les avait habituées à regarder le berceau de Blanche avec une sorte de respect. Il n'avait point voulu qu'elles s'habillassent comme Blanche, et jamais il ne leur aurait permis de porter d'autre costume que celui des paysannes du Morbihan.

Il y avait bien longtemps que l'oncle Jean vivait à la charge de ses parents de la branche aînée. Autrefois, dans sa jeunesse, il avait porté l'épée et il avait été, disait-on, un fier soldat; mais, tandis qu'il se battait à l'autre bout de la France, les gens trop zélés qui représentaient la République dans le district de Redon, vendaient à l'encan son modeste héritage.

Quand il était revenu au pays, il avait trouvé un asile chez le vieux commandant de Penhoël, père de Louis et de René. Depuis lors, il n'avait plus quitté le manoir.

C'était un cœur bon et tendre, possédant d'instinct toutes les délicatesses. Le souvenir reconnaissant du bienfait était en lui une religion. Il donna la première place dans ses affections aux deux fils de son bienfaiteur.

Et s'il leur fit une part inégale, ce fut à son insu et malgré lui. Louis avait une âme si grande et si noble! Son absence laissait un vide si profond dans le cœur de tous ceux qui l'avaient connu!

Avant d'être soldat, l'oncle Jean avait été un pauvre jeune gentilhomme, à peine plus riche que l'unique fermier de son père. Il ne savait pas grand'chose, et la seule éducation qu'il avait pu donner à ses filles se réduisait à ce double principe, règle fondamentale de sa propre vie : « Adorez Dieu; Aimez Penhoël! »

Cyprienne et Diane aimaient Penhoël comme elles adoraient Dieu. C'était un dévouement sans bornes, qui avait ses racines aux premiers jours de leur enfance et qui, à mesure que s'écoulaient les années, grandissait loin de faiblir.

Tout ce qui portait le nom de Penhoël leur était cher et sacré. Elles respectaient le maître, tout en connaissant mieux que personne les misères de sa nature et les fautes de sa vie; elles avaient pour Blanche une tendresse protectrice et comme maternelle. Quant à madame, elles l'aimaient comme une mère.

Madame semblait bien loin de répondre par une tendresse égale à l'amour expansif et à la fois respectueux que lui portaient Cyprienne et Diane. Elle était bonne et douce pour elles comme pour tout le monde : voilà tout. Et même un observateur clairvoyant aurait pu distinguer chez elle, vis-à-vis des deux jeunes filles, une nuance de froideur qui n'était point dans sa nature.

Cela était d'autant plus étrange que Marthe traitait l'oncle Jean comme un père, et prenait à tâche de le dédommager des brusqueries souvent brutales du maître de Penhoël.

Mais Marthe avait pour sa fille un amour exclusif sans doute. En ce cœur plein il ne restait plus de place pour un sentiment secondaire.

Diane et Cyprienne ne se plaignaient point. C'était toujours le même empressement et la même ardeur. On eût dit parfois, tant elles gardaient de courage à aimer madame, malgré sa froideur inflexible, on eût dit qu'elles pensaient que cette froideur était feinte.

Elles avaient à peine connu leur mère, qui était morte peu de temps après leur naissance. Enfants, elles avaient été libres encore. Personne, au manoir, ne s'avisait de contrôler leurs actions. L'oncle Jean avait en elles une pleine confiance. Le maître de Penhoël n'exigeait rien d'elles, sinon parfois, le soir, à des intervalles de plus en plus rares, quelques-unes de ces anciennes chansons bretonnes qu'elles disaient en s'accompagnant de leurs harpes. Madame semblait affecter de ne leur demander jamais compte de leur conduite.

Elles allaient et venaient toujours seules, ou en compagnie d'Etienne et de Roger, qui passaient leurs jours à les poursuivre, et qui ne les trouvaient pas toujours, car l'existence de Diane et de Cyprienne avait son côté mystérieux.

Elles n'avaient point de compagnes de leur âge. Rien ne les appelait ici plutôt que là; rien ne les retenait au manoir, si ce n'est le désir de faire compagnie à Blanche, qui les aimait tendrement pour tout l'amour qu'elles lui témoignaient.

Elles étaient les idoles des bonnes gens du pays, entre Redon et Carentoir. On aimait Blanche, mais il y avait trop de respect dans la tendresse qu'on lui portait. On ne la voyait pas assez souvent ni d'assez près, tandis qu'il ne se passait guère de journée sans que les gens des villages voisins eussent l'occasion de saluer Diane et Cyprienne. Et Dieu savait qu'ils les saluaient de bon cœur, les chères filles, malgré leur costume de paysanne.

On les rencontrait le jour. Et quelques-uns disaient que, la nuit aussi, quand la lumière de la lune glissait, pâle, sur la lande solitaire...

Mais c'étaient des contes de veillées, où le fantastique et l'impossible entrent à forte dose.

Ce qui était bien certain, c'est qu'elles étaient bonnes comme leur père, le meilleur des hommes, et comme leur défunte mère, dont tout le monde se souvenait; c'est qu'elles étaient plus jolies que les anges qu'on voyait sourire dans les tableaux de la paroisse; c'est qu'enfin elles ressemblaient, au dire des vieillards, à ce fils aîné de Penhoël, beau et vaillant comme les héros des traditions antiques.

En revanche, Cyprienne et Diane n'avaient point su trouver grâce auprès de la « société ». Le chevalier et la chevalière de Kerbichel, les trois vicomtes, madame veuve Claire Lebinhic, les demoiselles Baboin-des-Rozeaux de l'Etang, le jeune frère

Numa et autres notables les tenaient au plus bas de leurs dédains. La Romance, l'Ariette et la Cavatine déclaraient, à qui voulait les entendre, que ces petites mendiantes, n'ayant ni sou ni maille, étaient la honte du pays.

Elles dansaient comme des effrontées avec leurs jupes de cinq sous et leurs bonnets ronds! Elles montaient à cheval comme des garçons! Elles raclaient de la harpe, enfin, à la grâce de Dieu, et criaient de vieilles, vieilles chansons d'avant le déluge.

Haine d'artistes.

Les deux sœurs en avaient soulevé de plus graves, qui se taisaient et qui attendaient. L'homme de loi Lehivain, surnommé Macrocéphale, les abhorrait pour cause; M. Robert de Blois et son domestique Blaise les détestaient cordialement; il n'y avait pas jusqu'au puissant marquis de Pontalès qui n'eût contre elles une aversion bien décidée.

De tout cela, elles ne s'inquiétaient point trop en apparence. Elles continuaient leur vie solitaire et qu'on aurait pu croire occupée à quelque œuvre mystérieuse, si la frivolité de leur âge et leur inaltérable gaieté n'avaient repoussé bien loin ce soupçon.

On les voyait, en effet, toujours joyeuses, comme si leur conscience eût souri sur la sereine beauté de leurs jeunes visages.

Etienne seul et Roger avaient pu voir parfois, en des occasions bien rares, leurs fronts soucieux.

Elles avaient alors à peu près dix-huit ans. Toutes deux étaient de ces natures qu'il faut expliquer, parce qu'on ne les devine point. Malgré leur extrême jeunesse, elles portaient un masque attaché solidement. Ce masque, c'était leur gaieté même.

Au temps où nous les avons vues, dans le salon de Penhoël, poursuivre avec Roger de Launoy leur causette enfantine, leur gaieté vive et franche n'avait rien d'emprunté. La famille était heureuse alors. Madame avait bien quelque peine cachée; le maître montrait bien parfois des inquiétudes et des soupçons inexplicables; mais, en somme, le seul mal que connussent les hôtes du manoir était l'ennui monotone et austère.

Maintenant tout avait bien changé. A ce calme plat de la vie campagnarde, où l'existence est une longue apathie et où l'on arrive à la vieillesse avant d'avoir vécu, avait succédé comme une sourde tempête.

Au dehors, il n'en paraissait trop rien. C'est à peine si quelques symptômes vagues laissaient deviner aux bonnes gens d'alentour la mortelle fièvre qui minait la race de Penhoël.

Au dedans même, tous ne comprenaient pas également la gravité du mal. Mais Cyprienne et Diane avaient surpris, par hasard d'abord, puis par l'effet de leur volonté, des secrets terribles.

Elles voyaient, engagée auprès d'elles, une lutte ténébreuse dont le résultat devait être la ruine et le déshonneur de Penhoël.

D'un côté se réunissaient, ligués par l'intérêt, Robert de Blois, maître Lehivain, le vieux marquis de Pontalès et d'autres alliés subalternes, tous gens actifs et âpres à la curée, tous habiles, audacieux et forts des avantages déjà remportés.

De l'autre, le maître de Penhoël et madame. Le maître n'avait jamais été un esprit bien robuste; mais ces trois années pesaient sur lui comme un demi-siècle. Il n'était plus que l'ombre de lui-même. Le peu d'énergie qu'il avait autrefois s'était usé par le découragement et aussi par des habitudes d'ivresse, où il s'était jeté lâchement comme en un refuge contre l'amertume de ses pensées. Marthe de Penhoël était, au contraire, un cœur haut et vaillant. Au premier moment, elle s'était placée de front entre le maître et ses ennemis; mais, à un instant donné, un coup mystérieux avait soudainement brisé sa résistance. On eût dit que son courage était tombé devant quelque talisman irrésistible. Elle ne se défendait plus.

De sorte que les coups des ennemis ligués contre Penhoël tombaient sur un adversaire sans armes. — La ruine avançait, avançait...

Il était même étrange que le combat pût durer encore, et la chute de la maison de Penhoël eût été consommée depuis longtemps, si une main mystérieuse, inconnue également aux vainqueurs et aux vaincus, n'était venue retarder plus d'une fois le dénouement fatal du drame.

Cyprienne et Diane s'évertuaient dans l'ombre. Elles étaient jeunes, isolées; elles ignoraient la vie; mais sous leur beauté gracieuse il y avait un courage viril.

Elles travaillaient, infatigables et alertes, à une tâche qui eût épouvanté des hommes forts.

Elles devinaient la haine qui s'envenimait autour d'elles; les conseils ne leur avaient point manqué; car une voix prophétique, en qui elles avaient confiance, leur avait souvent dit que la mort était au bout de ce combat désespéré.

La mort pour elles, si jeunes, si charmantes! pour elles, qui commençaient à aimer!

Elles allaient foulant aux pieds toutes craintes.

Parfois — quelle jeune fille n'a ses heures où le rêve chéri vient caresser l'âme et l'amollir? — parfois, Diane entrevoyait l'avenir bienheureux avec Etienne, Cyprienne avec Roger; la faiblesse de la femme prenait le dessus pendant un instant, une larme glissait entre les cils baissés de leurs beaux yeux. Mais cela durait peu; elles s'embrassaient silencieusement, et ce baiser voulait dire : Pauvre sœur, tu es comme moi, tu l'aimes et tu n'auras pas le temps d'être à lui.

Vous les eussiez vues alors muettes et pensives, les bras entrelacés, la tête inclinée...

Quand elles se redressaient il y avait sur leurs fronts d'enfants une intrépidité calme et sereine. Elles s'étaient comprises; il fallait combattre et combattre seules, car elles aimaient déjà trop pour mêler Roger ou Etienne à ces sourdes batailles où il s'agissait de mort.

Et, eussent-elles aimé cent fois davantage, l'idée ne leur serait point venue d'abandonner la tâche commencée.

D'ailleurs, il y avait des moments où elles espéraient la victoire. Et que de joie alors : avoir sauvé le maître qui avait été bon pour leur enfance et qui donnait sa maison à leur vieux père sans asile, avoir sauvé madame qui se mourait à souffrir d'une angoisse inconnue!

Madame, leur profond et tendre amour! Avoir sauvé Blanche enfin, la pauvre enfant, le doux ange de Penhoël, sur qui planait aussi la menace commune!

Quand ces espoirs venaient, elles ne voyaient plus le monceau d'obstacles qu'il fallait soulever, et le cœur, ivre, bondissait d'allégresse.

C'était cela qui les soutenait. Le courage. si grand qu'on pût le supposer, n'aurait point suffi : il fallait les illusions et l'espérance.

Et ici leur ignorance complète de la vie et la simplicité qui leur montrait au loin une route ouverte au travers de l'impossible étaient puissamment aidées par la nature romanesque de leur esprit.

Tout, depuis leur enfance, avait accru cette prédisposition qu'elles avaient à compter avec le merveilleux.

Elles étaient de ce pays où les traditions sont de beaux contes de fées, et où les imaginations tristes et poétiques tâchent sans cesse à soulever le voile qui recouvre les choses surnaturelles. Leurs premières nuits avaient été bercées par ces étranges récits qui épouvantent et charment les chaumières bretonnes. Nul enseignement raisonné n'avait arraché ces germes qui, au contraire, avaient grandi dans la libre solitude où s'était passée leur enfance. Elles avaient appris à lire dans les vieux livres de la bibliothèque du manoir, qui se composait presque entièrement d'anciens poèmes et de romans oubliés dans la poudre. Benoît Haligan les avait tenues bien souvent sur ses genoux, toutes petites qu'elles étaient, et leur avait récité, avec sa voix profonde et son mélancolique sourire, les étranges légendes qui emplissaient sa mémoire. Enfin, il n'y avait pas jusqu'au souvenir vivace, laissé dans le pays par leur oncle, l'aîné de Penhoël, qui n'eût affecté bizarrement leurs jeunes esprits.

On parlait de sa disparition mystérieuse et l'on en parlait sans cesse. Pour Diane et Cyprienne c'était là encore un roman, mais un roman réel qui les touchait de près, et leur servait de pont, en quelque sorte, pour arriver à croire tout ce que disaient les vieux livres de la bibliothèque.

A mesure que les années étaient venues, leur foi s'était néanmoins modifiée. L'élément intelligent et juste qui était en elles avait fait peu à peu la part de l'impossible et de l'absurde, mais l'amour du merveilleux avait surnagé. Et par un singulier travail de leur pensée, cette tendance, désormais indestructible en elles, s'était détournée des vieilles fables pour arranger miraculeusement le présent inconnu.

Il était un lieu au monde qui leur apparaissait de loin, environné d'un radieux prestige. Elles y rêvaient la nuit et le jour. Elles le voyaient à travers ce prisme féerique qui montrait jadis aux crédules matelots de l'Espagne les prodiges de l'Eldorado. Ce lieu, c'était Paris.

On ne saurait dire précisément d'où leur étaient venues les idées qu'elles se faisaient de Paris. Elles les avaient prises çà et là, récoltant d'un côté un renseignement, de l'autre un mensonge. Elles avaient écouté d'abord les bonnes gens des environs, pour qui la grande ville était un pays plus lointain et plus invraisemblable que l'Amérique, au temps de Christophe Colomb. Elles avaient interrogé la bibliothèque, dont les bouquins, un peu plus avancés, leur fournissaient des détails tels quels. En outre, parmi les hobereaux du voisinage, il en était jusqu'à deux ou trois qui se vantaient avec orgueil d'avoir passé quinze jours, en leur vie, dans la capitale du monde civilisé.

Or, les hobereaux qui ont fait le grand voyage, ont une manière à eux d'exagérer leurs impressions et d'enluminer la vérité.

Cyprienne et Diane en auraient pu apprendre bien plus long auprès de Robert de Blois et des deux Pontalès, mais une répulsion énergique les éloignait de ces derniers, et Robert, qu'elles étaient forcées de voir tous les jours, prenait plaisir à entasser fables sur fables. Il en était un peu de même d'Etienne Moreau, le jeune peintre. Certes, ce n'était point chez lui mauvais vouloir ou amour du mensonge, mais dès qu'il s'agissait de Paris, le regard des deux sœurs brillait et s'animait. Etienne les voyait écouter avec une attention si passionnée, qu'à son insu sa verve s'échauffait. Les couleurs du tableau changeaient sous sa parole jeune et vive. Il aimait Paris, lui aussi, et son souvenir avait des yeux de vingt ans. Malgré lui, la réalité disparaissait sous un brillant manteau de poésie.

Toutes ces notions diverses se mêlaient et s'amoncelaient dans la mémoire de Diane et de Cyprienne. Elles n'avaient nul moyen de distinguer le vrai du faux. Aussi loin que pussent se porter leurs regards, nul point de comparaison n'existait autour d'elles. La plus grande ville qu'il leur eût été donné de voir était Redon, cité de deux mille âmes. Il fallait que leur imagination bondît par-dessus toutes choses connues, pour arriver à l'idée de Paris, et c'est justement dans ces conditions particulières que l'imagination enivrée s'exalte et peut élargir à l'infini l'horizon des rêves.

Paris était pour elles l'enfer et le paradis : tous les miracles y devenaient possibles. Bien souvent elles songeaient au bonheur de ceux qui pouvaient lutter et vaincre dans cette arène splendide. On y arrivait pauvre, on en ressortait chargé d'or...

Et leurs mains frémissaient d'envie à la pensée de cet or conquis, non pas pour elles, mais pour Penhoël, que n'oubliaient jamais leurs âmes dévouées.

Pauvres filles! Les provinces sont pleines d'aspirations pareilles, avec moins de candeur ignorante et quelques notions de plus sur les mystères de la vie parisienne.

Et les cents routes qui débouchent dans la ville immense amènent chaque jour des vierges, entraînées par l'ardent et vague espoir. Elles sont belles, jeunes; l'avenir est vaste; la vie sourit au-devant d'elles. Combien vont rester mortes sur le champ de bataille! combien vont retourner sur leurs pas, brisées, avec la honte sur le front et dans le cœur!

Au village, les mères ont raison quand elles disent, tremblantes et pâles : « Paris est un monstre qui dévore les jeunes filles. »

Cyprienne et Diane étaient entrées sans bruit dans la chambre de l'Ange; elles venaient s'informer et savoir si l'accident du bal n'avait pas eu de suites.

Elles ne virent rien d'abord en passant le seuil, parce que la chambre était éclairée seulement par les reflets de l'illumination du dehors; mais, tandis qu'elles s'avançaient sur la pointe des pieds, elles entendirent la respiration pénible et oppressée de madame. Marthe se croyait seule et ne retenait point les paroles désolées qui tombaient de sa bouche parmi ses sanglots.

Cyprienne et Diane avaient leurs yeux pleins de larmes. Elles écoutaient, navrées, n'osant ni se retirer ni arracher madame à sa rêverie douloureuse. Elles s'étaient mises à genoux, et ce fut seulement lorsque madame se découvrit le visage qu'elles annoncèrent leur présence en mettant leurs lèvres sur ses mains pâles et froides.

Le premier mouvement de Marthe de Penhoël fut tout entier à l'effroi.

— Y a-t-il longtemps que vous êtes ici? murmura-t-elle.

Les deux filles de l'oncle Jean serraient ses mains contre leur cœur.

— Dieu nous garde de surprendre vos secrets, madame! répondit Diane d'une voix douce et triste; nous avons entendu seulement que vous disiez : Je suis seule; je n'ai personne pour me défendre et pour m'aimer! Mon Dieu! vous ne pensez jamais que nous sommes là! nous qui vous aimons tant... nous qui voudrions donner notre vie pour vous!

XV

Cyprienne et Diane fixaient sur madame leurs yeux humides. Leur âme tout entière était dans ce regard.

Il y avait, au contraire, sur le visage de Marthe de Penhoël de l'hésitation et de la contrainte. Et quiconque aurait assisté à cette scène, sans connaître le fond du cœur de Marthe, se fût demandé assurément pourquoi tant de froideur obstinée, chez cette femme si généreuse et si bonne, vis-à-vis de deux enfants qui semblaient implorer, chaque jour, à genoux, un peu de sa tendresse?

Ce ne pouvait être un pur caprice. Les bonnes langues de la « société » disaient bien que madame était jalouse et qu'elle enrageait, suivant l'expression des trois Grâces-Baboin, de voir les « petites mendiantes » surpasser en beauté l'héritière de Penhoël. Mais le moyen de soupçonner un sentiment si bas dans l'âme haute et digne de Marthe!

Il y avait de quoi, pourtant, être jalouse; l'Ange de Penhoël méritait bien son nom. Impossible de rêver une figure plus virginale et plus céleste. Mais, dans la régularité même de ce visage exquis un peu de monotonie s'engendrait. L'ensemble de ces traits mignons révélait une langueur paresseuse qui se

retrouvait dans la démarche, dans la pose, partout. Le piquant,
d'ailleurs, pouvait manquer à sa physionomie trop douce, dont
les lignes se fondaient, effacées, sous les masses de cette chevelure blonde, pâle et presque divine auréole qui donnait au front
de l'enfant une sérénité uniforme et inaltérable.

Chez les filles de l'oncle Jean, au contraire, tout était mouvement, vie, force, jeunesse. Leurs tailles sveltes et souples
avaient une élasticité pleine de vigueur. C'étaient les vierges
robustes et hardies, qui pouvaient s'asseoir d'un bond sur la
croupe nue des chevaux du pays et courir, franchissant haies
et palissades, sans autre frein que la sauvage crinière de leurs
montures. C'étaient aussi les vierges timides, vives à sourire et
promptes à rougir, moqueuses parfois, aimantes toujours, fougueuses à chercher le plaisir et ardentes à poursuivre le mystère inconnu de la vie.

Romanesques et gaies à la fois, sensibles à l'excès et fermes
pourtant à l'occasion comme des hommes courageux! de bonnes
filles avec cela, simples, franches, le cœur sur la main, et dignes
pourtant quand il le fallait : de vraies Penhoël, ma foi! sachant
redresser leurs têtes fières et mettre je ne sais quel dédain victo-
rieux dans leurs jolis sourires.

Et que d'élégance choisie sous leurs petits costumes de
paysannes! Malgré leurs jupes courtes et leurs souliers à boucles, malgré les petits bonnets ronds, sans rubans ni dentelles,
qui avaient peine à retenir la richesse prodigue de leurs chevelures, il était bien impossible de se méprendre. C'étaient des
demoiselles! Où avaient-elles pris cette grâce noble, ce charme
indicible, ces « manières », pour emprunter encore une fois le
langage des trois demoiselles Baboin? On ne savait.

Il fallait fermer les yeux ou avouer qu'elles étaient adorables,
et que jamais jeunes filles n'avaient possédé plus de franches
séductions, plus d'entraînements chastes, plus de brillant, plus
de piquant, plus de naïf pouvoir d'ensorceler les cœurs.

Et cependant il n'y avait point foule de soupirants autour
d'elles. Roger aimait Cyprienne; Etienne aimait Diane : c'était
tout. Les autres jeunes gens de la contrée étaient de braves gaillards qui voulaient épouser « quelques sous », pour vivre et
vieillir, en honnêtes crustacés, dans les gros souliers de leurs
aïeux. Nulle part, en ce monde, fût-ce dans la Chaussée-d'Antin
ou dans le quartier de la Banque, fût-ce même dans ces ruelles
du vieux Paris où moisit l'usure crochue, on ne compte si bien
qu'aux champs.

Le spectacle de la belle nature élève l'âme et détourne des

mariages d'amour. Chloé avait des rentes; Estelle était une héritière. Sans cela, Némorin ni Daphnis ne leur eussent point fait
la cour. C'est la civilisation qui a trouvé le roman. Les sauvages ne marchandent-ils pas quand il s'agit d'épouser, comme
s'il était question de se donner une jument ou douze chèvres?

Or, Cyprienne et Diane ne possédaient pas un pouce de terre
au soleil.

Dans tout ce que nous venons de dire, nous avons toujours
parlé d'elles collectivement, cependant il y avait entre elles de
grandes différences. Elles se ressemblaient bien cœur par cœur,
mais leurs visages et leurs esprits n'étaient point pareils.

Diane était plus grande que sa sœur, plus sérieuse et peut-être
plus belle. Ses beaux cheveux d'un châtain foncé se bouclaient
autour d'un front fier et pensif, qui prenait un rayonnement
de grâce irrésistible au moindre sourire. Ses grands yeux bruns,
que la gaieté faisait si doux, rêvaient souvent et perdaient dans
le vide leur regard voilé. Il y avait dans ses traits, parmi les
indices d'une simplicité presque enfantine, une intelligence vive
et forte, et surtout une volonté virile.

Cyprienne réfléchissait moins et riait davantage. Elle avait
de ces yeux d'un bleu obscur qui pétillent et réjouissent la vue.
Sa physionomie exprimait la gaieté jointe à une pétulance fougueuse.

Quand on les voyait séparées, l'œil saisissait entre elles une
ressemblance très frappante; quand elles se trouvaient l'une près
de l'autre, cette ressemblance disparaissait et l'on s'étonnait de
chercher en vain ce qu'on avait cru voir. C'est qu'elles étaient
en quelque sorte, et nous l'avons dit déjà, séparées par un type
commun duquel se rapprochait, par des côtés divers, l'un et
l'autre de leurs jolis visages. Et l'on ne pouvait les comparer à
celui qui n'était plus.

Pendant qu'elles étaient agenouillées, aux deux côtés du
fauteuil de madame, l'esprit aurait cherché naturellement dans
les beaux traits de Marthe de Penhoël ce lien mystérieux dont
nous parlons; mais Marthe ne ressemblait à aucune des deux
sœurs : elle n'était Penhoël que par alliance.

Diane et Cyprienne tenaient toujours ses mains pressées contre leur poitrine. Madame gardait le silence; ses yeux restaient
baissés; sa froide contrainte ne l'abandonnait point.

— Nous serions si heureuses de nous dévouer pour vous!
reprit Diane.

— Mourir! vous dévouer! murmura Marthe de Penhoël, ce
sont des idées étranges que vous avez là, mes filles!

Elle ajouta en essayant de donner à sa voix un accent de plaisanterie :

— On dirait que vous vous croyez dans quelqu'un de ces vieux châteaux où les félons chevaliers de vos romans enchaînent et torturent de pauvres victimes.

— Nous vous voyons si souvent pleurer! interrompit Diane.

Madame retira sa main.

— Vous êtes curieuses, mes filles, dit-elle avec sécheresse; et je trouve que vous voyez trop de choses!

Cyprienne rougit, blessée. Le front de Diane devint pâle.

— Il faut nous pardonner, dit-elle d'un ton soumis; quand vous êtes triste, il nous semble que votre souffrance est à nous. Ah! que n'êtes-vous heureuse, madame! nous vous laisserions tout votre bonheur.

L'émotion commença à percer sous la froideur de Marthe; son regard glissa malgré elle entre ses paupières demi-closes et partagea entre les deux jeunes filles une œillade furtive. Diane et Cyprienne n'osaient point relever les yeux. Le joli front de Cyprienne se teignait encore de ce rouge vif qui monte du cœur froissé au visage. La figure de Diane n'exprimait que respect et douceur. Mais quelle que fût la différence de leurs impressions présentes, le dévouement égal et profond qui était au fond de leur âme se lisait à travers la rancune enfantine de Cyprienne comme sur la belle patience de Diane.

Cyprienne n'avait point parlé encore. Diane, qui devinait sur la lèvre mutine un mot de reproche prêt à s'élancer, l'arrêta du geste et reprit :

— Si nous nous trompons, madame, et Dieu le veuille, je vous en prie, ne soyez pas fâchée contre nous!

Tandis qu'elles avaient les yeux baissés, Marthe de Penhoël se pencha au-dessus d'elles et les baisa toutes deux. Elles tressaillirent; Cyprienne ne put retenir un petit cri de joie.

— Pauvres enfants! dit Marthe, je ne suis pas fâchée contre vous... mais, croyez-moi, jouissez en paix des plaisirs de votre âge. Parfois, les années insouciantes et bonnes sont bien courtes pour nous autres femmes; qui sait si demain vous ne commencerez pas à penser et à souffrir? Jusque-là, pauvres enfants, n'essayez pas de deviner une peine que vous ne pourriez point soulager... l'heure viendra pour vous comme pour toutes, mes filles, ajouta-t-elle plus tristement; pourquoi la devancer? avez-vous donc tant hâte de souffrir?

— Nous vous aimons, madame, répondit Diane.

Marthe retira celle de ses mains que tenait la jeune fille pour la porter lentement à son front, comme on fait quand la migraine aiguë et lourde accable le cerveau.

— Nous vous aimons, répéta Diane, et à cause de cela, l'heure est venue déjà pour nous de penser et de souffrir.

Ses paupières ne se baissaient plus et ses grands yeux humides se relevaient sur Marthe de Penhoël. Cyprienne laissait dire Diane, parce qu'il lui semblait que c'était son propre cœur qui parlait. Elle se sentait trop étourdie pour risquer une parole devant cette pauvre femme que l'excès de son malheur rendait ombrageuse et défiante; mais elle enviait tout bas le rôle de sa sœur et se payait de son silence, la petite jalouse, en tenant ses lèvres collées sur la main de madame.

Celle-ci n'avait pas voulu soutenir le regard de Diane, qui était une muette question.

— Vous me croyez donc bien malheureuse? murmura-t-elle en baissant les yeux à son tour.

Et comme Diane tardait à répondre, cette fois, Cyprienne répéta tout bas :

— Oh oui! bien malheureuse!

Madame lui retira sa main.

— Qui vous a dit cela? demanda-t-elle en retrouvant son accent de sécheresse.

La pauvre Cyprienne rougit et demeura muette.

— Vous m'épiez! reprit madame; j'ai cru déjà m'en apercevoir plus d'une fois. Je vous défends de m'épier!

Une larme roula sur la joue de Cyprienne. Diane regardait toujours madame avec ses grands yeux tristes et doux.

— Si vous m'aimez, poursuivit Marthe, qui changea encore de ton, je vous en prie, mes filles, ne cherchez pas à savoir!

— Oh! madame! madame! interrompit Cyprienne baignée de pleurs; vous voulez donc nous ôter jusqu'à la possibilité de vous défendre!

Marthe se redressa, plus inquiète.

— Et Blanche! continua Cyprienne, qui ne voyait plus les signes de sa sœur; notre pauvre Ange! Hélas! a-t-on besoin d'épier, madame, quand tout ici menace et parle de malheur?

Marthe jeta un coup d'œil furtif vers le lit où Blanche sommeillait paisiblement.

— Savez-vous donc quelque chose? prononça-t-elle d'un ton si bas que les deux jeunes filles eurent peine à l'entendre, quelque chose sur Blanche de Penhoël?

— Oui... répondit Cyprienne.

— Non! répliqua Diane d'un accent qui avait quelque chose d'impérieux.

Cyprienne arrêta au passage les paroles qui allaient s'échapper de sa lèvre. Les deux sœurs s'aimaient trop pour qu'il n'y eût pas entre elle égalité parfaite; néanmoins, à cause de cette tendresse même, Cyprienne reconnaissait volontiers la prudence supérieure de Diane et ne refusait jamais de se laisser guider par elle.

Lorsque Cyprienne se laissait emporter par la fougue étourdie de sa nature, un mot de Diane suffisait toujours pour la retenir.

L'attention de madame était excitée vivement. Elle attendait, les yeux fixés sur Cyprienne. Comme celle-ci gardait le silence, Marthe tourna vers Diane son regard où il y avait une défiance mêlée de reproche.

— Votre sœur allait m'avouer la vérité, dit-elle; vous êtes experte aux belles protestations, Diane... mais il ne faut pas toujours vous croire!

Cyprienne, qui était à genoux, se dressa sur ses pieds, le rouge au front. Ses jolis sourcils se froncèrent.

— Oh! dit-elle en contenant sa voix, si une autre que vous madame, accusait ma sœur de mensonge!...

Marthe de Penhoël eut comme un sourire à voir l'élan de cette ardente affection.

— J'ai tort, murmura-t-elle, et vous avez raison de vous aimer, mes filles.

Elle tendit ses mains aux deux sœurs. Cyprienne s'était déjà remise à genoux.

La délicate intelligence de Diane lui disait qu'il fallait néanmoins une explication à ce oui et à ce non, tombés en même temps de ses lèvres et de celles de sa sœur.

— Comme le visage de notre Ange est beau dans son sommeil! dit-elle en couvrant sa jeune cousine d'un regard ami et tendrement protecteur. Nous n'avons pas le droit de dire que nous l'aimons autant que vous, madame, puisque vous êtes sa mère. Mais Cyprienne, qui se tait maintenant, timide, sait parler mieux que moi, quand nous sommes seules toutes deux. Combien de fois a-t-elle souhaité que Dieu fît deux parts de notre avenir et que, pour notre chère Blanche, il pût garder toutes les joies et tout le bonheur! Vous demandiez tout à l'heure si nous savions quelque chose sur elle... ma sœur vous a répondu oui. C'est que notre oreille entend de bien loin dès qu'on prononce le nom de Blanche! Oh! croyez-nous, madame, ce n'est point curiosité vaine : quand on parle de l'Ange ou de sa mère, notre cœur écoute. Nous ne savons rien, sinon ce qui se dit chez les pauvres métayers des alentours et dans le salon même de Penhoël.

— Et que dit-on? demanda madame.

— On dit que l'Ange est une belle jeune fille, douce et bonne comme le nom qui lui fut donné; mais on parle de mystérieux malheurs suspendus au-dessus de sa tête. On répète tout bas que les mauvais jours sont venus pour la race de Penhoël. On raille au salon ; dans les fermes on s'attriste, car les bonnes gens se souviennent de tous les bienfaits répandus sur le pays par la maison de Penhoël, depuis nos grands aïeux qui possédaient toute la contrée, jusqu'à notre oncle Louis, que Dieu protège dans son exil.

— L'avenir n'appartient à personne, murmura madame; mais, dans le présent, ne dit-on pas que la fille de René de Penhoël est heureuse et riche?

Diane secoua la tête lentement et garda le silence.

— Répondez! reprit madame! je vous en prie... et je le veux.

— Ce sont de vagues bruits, répliqua enfin Diane. On dit que l'avenir assombrit déjà le présent; on dit que Blanche est en effet aujourd'hui heureuse et riche... du moins on est bien sûr qu'elle l'était hier... mais on se demande si elle le sera demain.

Marthe était pâle. Sa voix trembla lorsqu'elle demanda encore :

— Et sur quoi se fondent tous ces bruits, ma fille?

— Au salon, personne ne le dit, reprit Diane; dans les fermes, on répète que le jour où les étrangers sont entrés au manoir fut un jour de malédiction et de malheur!

— Ce qui se passe ici est-il donc déjà la fable du pays? murmura Marthe, tandis que la honte mettait un fugitif incarnat à sa joue.

— Nous sommes vos nièces, madame, répondit la jeune fille; chacun nous parle avec respect à cause de vous. On se borne à nous dire que cet homme est la cause de tout le mal. C'est lui qui entraîne le maître à sa ruine. C'est lui qui a ramené au manoir l'ennemi mortel de nos pères : Pontalès, dont le fils parle déjà comme s'il était possesseur des biens de Penhoël!

Diane s'arrêta. Madame sembla hésiter et faire sur elle-même un effort pénible.

— Et le nom de cet homme, dit-elle en baissant les yeux, n'est-il jamais prononcé, que vous sachiez, en même temps que mon nom?

— Au salon, peut-être... Chez les anciens vassaux de Penhoël, qui donc oserait joindre le nom d'un homme détesté comme un démon au nom de la femme que tous vénèrent à l'égal d'une sainte?

Une autre question se pressait sur les lèvres de madame. Diane la devina et répondit à voix basse.

— Je n'ai jamais rien entendu moi-même à ce sujet... mais Cyprienne...

Madame se tourna vivement vers cette dernière.

— Ce sont des menteurs! s'écria la jeune fille; des menteurs et des méchants! Je n'ai pas bien compris leurs paroles, mais voici ce qu'ils disaient : Le maître de Penhoël ne peut rien refuser à M. Robert, et M. Robert veut que l'Ange soit sa femme... jusque-là, je comprenais bien, mais ils disaient encore : Madame est dans le même cas que le maître, elle ne peut pas dire non. Pourtant, comme elle est fière, et que les femmes bravent tout quelquefois quand il s'agit de leur enfant, M. Robert s'est arrangé pour que Marthe de Penhoël ne pût faire autre chose que de mettre dans sa main la main de mademoiselle Blanche.

— Le misérable! murmura madame sans savoir qu'elle parlait.

Ses yeux étaient fixes, et ses mains froides tremblaient dans les mains des deux jeunes filles. Elle se leva brusquement et s'approcha du lit de Blanche.

Un instant, elle contempla le visage tranquille et pur de l'enfant, qui semblait sourire.

— Venez! dit-elle d'une voix brève et sourde.

Cyprienne et Diane s'approchèrent obéissantes.

— A genoux! reprit Marthe.

Les deux sœurs s'agenouillèrent.

Marthe dit encore :

— Priez!

Puis elle ajouta avec exaltation :

— Priez du fond du cœur et comme vous n'avez jamais prié en votre vie! Vous dites que vous m'aimez; vous dites que vous voudriez donner pour moi votre sang et votre bonheur! Eh bien! priez Dieu qu'il prenne votre bonheur et votre sang pourvu que ma fille soit heureuse!

Diane et Cyprienne joignirent leurs mains et répétèrent du fond du cœur la prière que leur dictait madame.

Celle-ci appuyait son front baigné de sueur contre la couverture de son lit, et murmurait, dans ses sanglots déchirants :

— Tout pour elle, mon Dieu! Tout pour elle! Ayez pitié de mon enfant.

Quand elle se releva, ses yeux étaient secs, et un rouge vif colorait son visage. Diane et Cyprienne l'examinaient à la dérobée avec inquiétude. Il leur semblait voir, dans ses yeux, une sorte d'égarement.

Elle contemplait toujours Blanche, mais froidement, comme si elle n'eût point su ce qu'elle faisait.

— Votre vie, dit-elle enfin d'une voix changée, votre sang et votre bonheur! Tout pour elle! Pourquoi cela?

— Parce qu'elle est votre fille, murmura Cyprienne.

— Ma fille! répéta Marthe, qui semblait ne plus comprendre.

— Parce qu'elle est adorée, ajouta Diane tristement, et qu'on ne nous aime pas!

Marthe jeta sur elles tour à tour un regard si étrange et si brûlant que les deux jeunes filles tressaillirent jusqu'au fond de l'âme.

— On ne vous aime pas! prononça Marthe d'un accent plaintif et doux : c'est vrai! pauvre enfant, on ne vous aime pas!

Un sourire indéfinissable vint se jouer autour de sa lèvre. Elle les attira vers elle d'abord tout doucement; puis, d'un geste plein de véhémente passion, elle les pressa toutes deux contre sa poitrine haletante!

— Oh! oh! fit-elle en couvrant de baisers leurs fronts unis.

Puis, sa voix éclatant malgré elle :

— On ne vous aime pas! s'écria-t-elle avec folie, on ne vous aime pas, vous! Oh! mon Dieu! mon Dieu! m'avez-vous faite assez malheureuse!

Diane et Cyprienne demeuraient muettes d'étonnement. Elles ouvraient de grands yeux pour regarder madame, dont la joue se couvrait d'une rougeur ardente et dont l'œil était en feu.

Dans leur surprise, il y avait de la frayeur et aussi de vagues espoirs.

Elles sentaient battre avec violence le sein de madame, dont les bras tremblaient.

— Ecoutez-moi, reprit Marthe, le moment est venu, il faut tout vous dire! Sait-on qui est la plus aimée des trois filles de Penhoël! Ecoutez! écoutez! Les yeux de la pauvre femme ont pleuré; son cœur a saigné! Quand vous dormez, voyez-vous parfois votre mère en songe?...

Diane cherchait à comprendre. Cyprienne écoutait comme on suit un rêve.

Avant qu'elles pussent répondre, madame reprit encore d'une

voix plus sourde, et en perdant son regard plus troublé dans le vide :

— Pauvre femme! pauvre mère! Ecoutez!...

Elle s'interrompit : sa bouche resta entr'ouverte. Les deux jeunes filles, qui attendaient, la sentirent chanceler. Son visage se couvrit tout à coup d'une pâleur livide.

Les jeunes filles n'eurent que le temps de la soutenir. Elle s'affaissa, faible et privée de mouvement, entre leurs bras.

Diane et Cyprienne la déposèrent sur un siège. Elle n'avait point perdu le souffle, mais on eût dit une morte, tant son corps immobile était glacé.

Durant quelques minutes, les deux filles de l'oncle Jean s'empressèrent autour d'elle. Au bout de ce temps, la poitrine de madame se souleva en un long soupir, ses yeux tombèrent sur Diane et Cyprienne qui interrogeaient avec effroi son visage.

— Vous voilà! dit-elle; pourquoi n'êtes-vous pas à danser?

Sa voix était calme et froide. Les deux jeunes filles ne savaient que répondre.

— Le bal est-il donc fini déjà? reprit Marthe.

Il y avait entre sa froideur présente et la fièvre qui l'emportait naguère un contraste étrange. Evidemment, elle ne se souvenait plus. Diane fit effort pour oser. Elle prit la main de madame et la baisa respectueusement.

— Il y a longtemps que nous sommes ici, murmura-t-elle; nous parlions de vous, madame, et du danger qui menace votre fille.

Marthe sourit d'un air incrédule.

— Nous parlions de cela! répéta-t-elle : un danger pour Blanche! Qui donc serait assez cruel pour s'attaquer à une pauvre enfant?

Elle se tourna vers le lit de l'Ange, dont le sommeil paisible n'avait point été troublé.

— Des dangers? répéta-t-elle en touchant du doigt la joue de Diane avec un sourire protecteur et distrait : les jeunes filles se font comme cela des idées! Allez rire et danser, mes enfants. Il n'y a de malheurs et de mystères que dans vos petites têtes folles! Voici notre Blanche guérie. Allez dire là-bas aux musiciens de jouer leur air le plus joyeux. Penhoël donne bal, il faut que ses hôtes s'amusent.

XVI

SOUS LA TOUR DU CADET

Cyprienne et Diane venaient de quitter la chambre de l'Ange. Elles marchaient côte à côte sans se parler, le long des corridors du manoir. Il ne faisait pas un souffle d'air au dehors, et les illuminations du jardin restaient intactes. Des fenêtres de la galerie, on pouvait voir les longues lignes de lumières qui marquaient les allées et le cercle plus brillant du salon de verdure.

On entendait, dans cette dernière direction, comme un bruit sourd de casseroles fêlées, dominé par des cris déchirants et insensés. C'était mademoiselle Héloïse Baboin-des-Rozeaux de l'Etang, la Cavatine, qui chantait son grand morceau d'opéra, avec accompagnement de guitare.

Au lieu d'obéir à l'injonction de madame, en rentrant dans le jardin pour gagner le bal, Diane et Cyprienne sortirent du château, sans être aperçues, par la porte de la cour.

Cette issue donnait sur le seul chemin praticable aux voitures, et pouvant conduire du Port-Corbeau à Penhoël. Il descendait la montée en zigzag, pour éluder la pente, et coupait en dix endroits différents le taillis de châtaigniers.

Diane et Cyprienne suivirent le chemin qui longeait d'abord, pendant une centaine de pas, cette robuste et gothique muraille, aboutissant d'un côté à la tour du Cadet, et, de l'autre, servant de terrasse aux jardins de Penhoël. Elles marchaient lentement, perdues qu'elles étaient dans leurs réflexions. Aucune d'elles n'avait rompu encore le silence.

Elles songeaient à ce qui venait de se passer dans la chambre de l'Ange. Bien des fois déjà, elles avaient surpris la douleur de Marthe de Penhoël, mais qu'il y avait loin de ce qu'elles avaient vu jusqu'alors à ce transport subit, à ces paroles fiévreuses, à ce délire!

Et ces paroles entendues, que signifiaient-elles?

Qu'y avait-il au fond de ce mystérieux désespoir, dont l'objet apparent n'était plus ni le danger de Blanche ni la ruine prochaine de Penhoël?

Un instant, elles avaient pu croire que cette angoisse se rapportaient à elles, Diane et Cyprienne. N'était-ce pas en les pressant contre son cœur avec ivresse que Marthe avait prononcé ces bizarres paroles?

Les pauvres enfants, qui mendiaient chaque jour à genoux quelque distraite caresse, avaient pu se croire un instant adorées à l'égal de Blanche elle-même.

Mais ce n'avait été qu'un instant. Après cet ardent baiser qui les avaient réunies sur le sein palpitant de Marthe, quel froid sourire et quels mots glacés! Bien qu'elles fussent habituées à l'indifférence, il leur semblait qu'on les avaient congédiées, cette fois, avec plus de dédain encore qu'à l'ordinaire.

Que croire? Rien, hélas! sinon que madame, outre les douleurs qu'elles avaient déjà devinées, avait une autre torture plus mystérieuse encore, et qu'il ne fallait point espérer de guérir!

Elles allaient, la tête penchée; leurs mains s'étaient unies à leur insu, et, bien qu'elles ne se parlassent point, leurs pensées se répondaient.

Au moment où elles arrivaient sous la partie des anciennes fortifications qui servait maintenant de terrasse aux jardins du manoir, elles s'arrêtèrent toutes deux d'un mouvement brusque et commun.

Elles prêtèrent l'oreille.

Des voix se faisaient entendre sur la terrasse et quelques mots descendaient jusqu'à elles.

Elles relevèrent la tête. La saillie de la muraille leur cachait les illuminations du jardin; mais les mille feux allumés le long des allées mettaient un rayonnement dans l'atmosphère épaisse et lourde. Il y avait comme un fond lumineux derrière la ligne noire de la terrasse.

Sur ce fond, Cyprienne et Diane virent se détacher deux têtes connues. C'était Etienne et Roger qui poursuivaient là leur conservation entamée dans le jardin. Diane et Cyprienne ne pouvaient saisir le sens des paroles, mais elles entendaient leurs noms prononcés; toutes deux restaient.

Elles étaient bien jeunes. A l'âge qu'elles avaient, il faut peu de chose pour faire diversion aux préoccupations les plus graves.

A se voir ainsi, par hasard, aux écoutes, la gaieté naturelle de leur caractère revenait au galop. Quand c'était Roger qui parlait, un sourire se jouait autour des jolies lèvres de Cyprienne; quand la voix d'Etienne se faisait entendre, la charmante figure de Diane s'éclairait à son tour.

Elles aimaient toutes deux; peut-être aimaient-elles bien plus qu'elles ne le croyaient elles-mêmes.

Il y avait déjà plusieurs minutes qu'elles étaient là, écoutant et tâchant de relier en se jouant les lambeaux de phrases qui tombaient jusqu'à elles, lorsque Etienne et Roger s'accoudèrent sur la balustrade de la terrasse. Les deux jeunes filles se rapprochèrent davantage de la muraille et se cachèrent parmi les touffes d'épines et de houx qui en masquaient les fondements. Dans cette nouvelle position, elles pouvaient tout entendre.

Aussi, lorsque Etienne annonça son départ pour Paris, un cri d'étonnement douloureux s'échappa de la poitrine de Diane. Ce cri fut entendu par Etienne et Roger, qui se penchèrent vivement en dehors de la balustrade; mais déjà les deux jeunes filles se perdaient derrière les branches du taillis.

Diane courait, entraînant maintenant sa sœur à travers les pousses des châtaigniers. On aurait pu croire qu'elle avait un but qu'il lui fallait atteindre à tout prix. Et pourtant elle ne savait pas où elle allait.

Cyprienne la suivait en silence.

En quelques minutes, le taillis fut traversé. Les deux sœurs se trouvaient de l'autre côté de la maison, au bout de l'antique muraille et sous la tour du Cadet, dont les créneaux à jour surplombaient au-dessus de leurs têtes.

Diane s'arrêta, essoufflée. Elle porta la main à son front brûlant, puis à son cœur, qui battait douloureusement.

— As-tu entendu? murmura-t-elle.

— J'ai entendu, répondit Cyprienne. Ma pauvre sœur!

Elle voulut lui prendre la main : Diane se jeta dans ses bras en pleurant.

— Demain, disait-elle parmi ses larmes; dans quelques

heures, je l'aurai vu pour la dernière fois! Oh! sait-on comme on aime! Hier j'aurais cru pouvoir sourire en parlant de son départ!

— Si tu lui disais de rester, murmura Cyprienne, il resterait.

Diane garda le silence. Un instant les deux sœurs se tinrent encore embrassées, puis Diane se redressa tout à coup. Elle essuya ses yeux où restaient quelques pleurs.

— Non, dit-elle; je ne lui demanderai pas de rester! Autour de nous, il n'y a que malheur; ce malheur est à nous, qui sommes les filles de Penhoël; pourquoi le faire partager à ceux que nous aimons? Qu'il parte, dût-il m'oublier! Si Dieu exauce mes prières, il sera bien heureux.

Tandis qu'elle parlait, sa belle tête, intelligente et pensive, s'inclinait sur sa poitrine. Il y avait dans sa voix un accent de tristesse profonde. Elle sentait aujourd'hui, pour la première fois peut-être, qu'à son insu son cœur s'était donné tout entier.

Cyprienne faisait un retour sur elle-même, et songeait en frémissant que Roger pourrait partir aussi à son tour.

Elle cherchait en vain quelque bonne parole d'espérance et de consolation. Ce fut Diane qui rompit le silence. Sa voix était changée. Une fermeté grave remplaçait la mélancolie de tout à l'heure.

— Nous ne sommes pas ici pour nous occuper de nous-mêmes, dit-elle. Etienne est jeune et fort, l'avenir s'ouvre devant lui : que Dieu l'assiste! Auprès de nous, il y a des faibles à protéger et à défendre : songeons à Penhoël, ma sœur, et hâtons-nous : car quelque chose me dit que l'heure mortelle approche.

Cyprienne serra la main de sa sœur contre son sein.

— Tu l'aimes, pourtant! murmura-t-elle; je t'en prie, cher-chons un moyen de le retenir.

— Cherchons un moyen de sauver Penhoël! répondit Diane, dont les grands yeux se levaient au ciel avec une résignation angélique; cherchons un moyen de sauver madame et de sauver la pauvre Blanche!

Le lieu où elles se trouvaient en ce moment formait l'extrême sommet de la colline. Vers l'orient, au delà de la tour du Cadet, il n'y avait rien qu'une rampe rocheuse descendant à la lande. Entre cette rampe et le chemin qui longeait la muraille une sorte de guérite demi-ruinée, protégeant une poterne, se collait aux fondements de la tour. En cet endroit, le taillis plus touffu faisait à la guérite un impénétrable abri de verdure.

Comme la vue était magnifique de ce point culminant, on

avait ménagé, sous les châtaigniers, une étroite esplanade, où régnait un banc de gazon.

Les vieux paysans se souvenaient que feu le commandant de Penhoël aimait particulièrement ce site. Bien souvent, dans les beaux soirs de l'été, on le voyait jadis monter la route abrupte, appuyé sur le bras de son fils Louis, le favori de sa vieillesse. Ils disparaissaient tous les deux derrière l'épais rempart de feuillage, et ceux qui passaient alors dans le chemin pouvaient entendre la voix grave du vieux marin, enseignant à l'aîné de sa maison les nobles sentiments qui avaient guidé sa propre vie.

La mémoire du commandant de Penhoël était vénérée comme celle d'un saint. D'année en année, lorsqu'on faisait des coupes dans le taillis, on respectait toujours les quelques châtaigniers groupés autour de la guérite. Les châtaigniers étaient devenus de grands arbres, dont les troncs robustes s'élançaient bien au-dessus de la barrière de verdure qui entourait toujours leurs pieds.

Depuis la mort du commandant, le maître actuel du manoir semblait, en vérité, craindre tout ce qui rappelait la mémoire du temps passé. Pas une seule fois peut-être il n'était venu visiter ce lieu, où il aurait revu les images unies de son père mort et de son frère absent. Le passage qui conduisait de la route au banc de gazon disparaissait maintenant, à demi bouché par les broussailles et les pousses du taillis.

En revanche, on aurait pu remarquer un autre passage, pratiqué dans la direction opposée et donnant sur un petit sentier à pic qui descendait au bord de l'eau.

La tour du Cadet se dressait immédiatement au-dessus de la cabane de Benoît Haligan, le passeur. C'était Benoît Haligan qui avait pratiqué ce sentier à travers les taillis, en venant presque chaque soir s'agenouiller à la place occupée jadis par son vieux maître.

Benoît trouvait là ce qu'il aimait : une nature grande et sombre, des souvenirs tristes et des pensées de mort.

Maintenant que la maladie et la vieillesse le clouaient à son grabat, ce qu'il regrettait le plus au monde, c'était l'heure qu'il passait tous les soirs, autrefois, à genoux au pied de la tour du Cadet.

Cyprienne et Diane venaient de percer l'enceinte de feuillage. Elles étaient assises sur le banc de gazon.

— Dieu m'est témoin, disait Cyprienne, que je n'ai jamais eu la pensée de reculer! mais nous sommes trop faibles, ma pauvre sœur, et ils sont trop puissants. Un instant j'ai cru que nous avions réussi à les effrayer en faisant courir le bruit du retour de notre oncle Louis. L'amour que tout le pays porte à l'aîné de Penhoël est si grand! Ils se sont arrêtés; ils ont hésité quelques jours... Hélas! notre oncle Louis n'est pas revenu, et ils ont oublié leur épouvante. Que faire désormais? Deux pauvres enfants comme nous peuvent-ils défendre toujours l'homme qui ne se défend pas lui-même!

— Ce sont des gens habiles, répliqua Diane avec amertume; ils ont commencé par empoisonner son cœur et par aveugler son intelligence; puis on lui a pris sa force. Chaque soir, on l'asseoit à une table de jeu, entre ces fripons qui le volent et le flacon d'eau-de-vie qui peu à peu lui enlève sa raison. Ils sont là, rangés autour de cette proie facile. Oh! quand je vois le front de Penhoël se rougir, son œil s'éteindre et sa voix trembler en mêlant les cartes déloyales, il me semble que la justice de Dieu nous abandonne!

— Quand je vois cela, moi, s'écria impétueusement Cyprienne, je pense que, si j'étais homme, il n'y aurait déjà plus autant de misérables autour de ce tapis vert! Pourquoi notre frère Vincent a-t-il quitté le manoir?

— Si notre frère est heureux, reprit Diane, que le ciel soit béni! N'y a-t-il pas ici assez de cœurs à souffrir? Ma sœur, il vaut mieux que nous soyons seules dans cette lutte... et s'il ne nous fallait que des bras forts et des cœurs vaillants, n'aurions-nous pas Etienne et Roger?

Cyprienne baissa la tête.

— Oui... murmura-t-elle : il vaut mieux que nous soyons seules. Etienne et Roger voudraient combattre à visage découvert, et nous savons trop que ces hommes ne reculeraient pas devant l'assassinat.

Elle baisa Diane au front et reprit avec une sorte de gaieté :

— Pardonne-moi, ma sœur. Tu sais bien que je suis brave, malgré mes instants de faiblesse!

— Je sais que tu es un cœur dévoué, ma pauvre Cyprienne, répondit Diane, qui lui rendit son baiser avec une tendresse de mère; je sais que tu es prête à donner ta vie pour ceux que nous aimons... toi si jeune et si belle! Ecoute! il nous reste bien peu de chances de vaincre, et ce que nous faisons toutes deux, une seule pourrait le faire... si tu m'aimais bien, si tu étais toujours ma petite sœur chérie...

— Je te laisserais seule en face de ces maudits, n'est-ce pas! s'écria Cyprienne indignée; je tâcherais de fermer les yeux pour ne point voir que tu meurs à la peine!

— N'est-ce pas assez d'une victime? murmura Diane.

Cyprienne lui ferma la bouche d'un geste où la colère et la tendresse se mêlaient à doses presque égales.

— Si c'est assez d'une victime, ma sœur, dit-elle, Etienne part, Etienne vous aime. Que n'allez-vous avec lui à Paris?

Elle passa son bras autour de la taille de sa sœur.

— Non, non! se reprit-elle, oh! non! ne m'abandonne pas! Que ferais-je sans toi? mais ne me parle plus de fuir, quand tu restes, je t'en prie!

Diane l'attira contre son cœur.

— Je ne t'en parlerai plus, dit-elle; pardonne-moi. Je t'aime tant et j'aurais tant de joie à te voir heureuse! Et puis, tu ne sais pas, ma pauvre sœur, on commence à nous combattre comme si nous étions des hommes! s'ils allaient te tuer avant moi!

— Me tuer... répéta Cyprienne.

— Hier, dans notre chambre poursuivit Diane, je t'ai fermé la bouche au moment où tu allais me rendre compte de ta soirée; moi-même je ne t'ai rien dit de ce que j'avais fait : c'est que notre chambre n'est plus à nous, ma sœur! Nous sommes épiées à notre tour... et dans le corridor qui mène aux appartements de Penhoël, j'avais entrevu la figure de Blaise, qui nous suit comme notre ombre.

— En te voyant garder le silence, dit Cyprienne, j'ai pensé que tu n'avais pas réussi.

— Je n'ai pas échoué. Maître Lehivain était à son bureau. Je crois savoir dans quel casier de son secrétaire sont les papiers qui peuvent perdre Penhoël.

— Alors, il faut y retourner ce soir; car je sais, moi, qu'ils redoublent d'obsessions auprès de Penhoël, et que c'est tout au plus s'il pourra résister un jour encore.

— J'y retournerai, dit Diane.

— Pas toi! s'écria vivement Cyprienne : c'est à mon tour!

— Puisque je sais où sont les papiers.

Cyprienne appuya sa joue contre l'épaule de sa sœur, et reprit à voix basse :

— Crois-tu donc que je ne t'aie pas devinée? Il y a là un danger plus grand que de coutume, et tu veux encore l'affronter toute seule! C'est toi qui penses pour nous deux, ma sœur. Dans la guerre que nous faisons, je ne suis qu'un soldat, et tu es le capitaine. Laisse-moi au moins ma part de travail!

La tête de Diane, qui s'inclinait, pensive, se redressa en ce moment, et sa voix prit un accent de gaieté :

— Soit, dit-elle, mon petit soldat! Tu pousseras ce soir une reconnaissance jusque dans le camp ennemi. Je sais que tu es brave comme la poudre, mais il faut bien pourtant te prévenir. Hier, dans une escarmouche pareille à celle que tu vas engager, ton pauvre capitaine a eu de rudes assauts à soutenir. Tu n'exagères en rien quand tu parles bataille, ma sœur. Cette nuit, on m'a tiré deux coups de fusil, — et j'ai eu mon cheval tué sous moi!

Diane sentit sa sœur tressaillir entre ses bras : ce n'était pas de la crainte; au contraire, le cœur impétueux de la jeune fille s'exaltait à ce danger nouveau.

— Et tu voulais y retourner toute seule! s'écria-t-elle.

Puis elle reprit avec pétulance :

— Sais-tu? je prendrai ce soir les pistolets de Roger; toi, ceux d'Etienne, et les lâches qui ont tiré sur toi verront beau jeu!

Diane souriait. Mais au bout de quelques minutes, elle secoua la tête et poursuivit d'un ton plus grave :

— A ce genre de combat, ma pauvre sœur, nous ne serons pas les plus fortes. Ce qu'il nous faut, c'est de l'adresse et l'aide de Dieu.

Cyprienne ne répliqua point, mais on pouvait voir qu'elle renonçait avec chagrin à l'idée de faire le coup de pistolet.

— Et toi, reprit Diane, qu'as-tu fait hier?

— Ce que nous faisons chaque soir tour à tour, répondit Cyprienne. J'ai joué mon rôle d'apparition. J'ai dit à Penhoël, d'une voix de fantôme, qu'un bon génie veillait sur sa maison et qu'il fallait résister avec courage. Mais Penhoël n'a plus de force. C'est malgré lui qu'il faudra le sauver. Quant à ceux qui l'entourent, acharnés à sa perte, ils triomphent, ma sœur; je les entendis hier se dire entre eux que cette nuit même Penhoël leur abandonnerait le dernier morceau de pain de sa femme et de son enfant!

— Le manoir?

— Il a vendu la semaine dernière ce qui restait des biens donnés en partage à notre oncle Louis. Il n'a plus rien que le manoir... Et à l'heure où nous parlons, ils sont sans doute autour de lui : Robert, Pontalès, Lehivain! Ils l'obsèdent, ils le menacent de ces papiers, qui sont entre leurs mains une arme si terrible!

Diane se leva.

— Ces papiers, il nous les faut, dit-elle, dussions-nous rester cette fois sur la place. Partons, ma sœur.

Cyprienne était toujours prête quand on parlait d'agir.

Les deux jeunes filles descendirent ensemble le sentier raide et difficile qui conduisait au bord de l'eau.

A mesure qu'elles descendaient, une sorte de chant rauque et lugubre arrivait jusqu'à leurs oreilles. Quand elles commencèrent à découvrir, au travers du taillis, la lueur faible qui sortait de la loge de Benoit Haligan, elles reconnurent la voix et le chant. C'était le vieux passeur lui-même qui psalmodiait lentement et avec peine les versets du « De profundis ».

Diane et Cyprienne continuèrent leur route. Au moment où elles passaient devant la loge, la voix du vieillard, éteinte et creuse, interrompit son chant pour prononcer leurs noms.

Cyprienne hésita.

— Ma sœur, dit-elle, quand je vois cet homme et que j'entends ses sombres menaces, je n'ai plus de courage.

— Il a servi fidèlement Penhoël, répliqua Diane, et tout le monde l'abandonne.

La voix cassée du vieillard se reprit à chanter, mais ce n'était plus le « De profundis ».

Il disait :

> Blanches épaules,
> C'est bien vous qu'on voit sous les saules,
> Sein de vierge, front gracieux
> Et blonds cheveux...

Ce chant, que nous avons entendu tomber, si doux, des lèvres de Cyprienne et de Diane, enfants, prenait, en passant par la bouche du vieillard, des modulations funèbres.

Le bras de Cyprienne frissonnait sous celui de sa sœur.

Il est seul et il souffre, dit Diane, entrons.

Elles entrèrent.

En ce moment, au sommet de la colline, près de l'endroit où les deux jeunes filles s'asseyaient naguère, deux hommes s'arrêtèrent au pied des châtaigniers.

Si les deux sœurs avaient tardé une minute, elles n'auraient point descendu la montée, parce qu'elles auraient entendu les nouvaux venus prononcer à voix basse le nom de madame et celui de Penhoël.

XVII

MAÎTRE LEHIVAIN

Les deux hommes qui venaient de s'arrêter au bout de la muraille gothique sous la tour du Cadet, sortaient de l'appartement de René de Penhoël. C'étaient maître Protais Lehivain, surnommé Macrocéphale, homme de loi des bourgs de Bains et de Glénac, et M. le marquis de Pontalès.

Pendant qu'on dansait dans le salon de verdure, une partie s'était engagée, suivant la coutume, chez le maître de Penhoël. C'était vers le tomber du jour, une heure environ avant que le feu de joie fût allumé sur l'aire. Robert de Blois était là, avec les deux Pontalès et maître Lehivain. La partie avait lieu dans la chambre à coucher de Penhoël, comme si on avait voulu en faire un mystère au commun des hôtes du manoir.

Un grand luxe régnait maintenant dans l'appartement du maître. L'ameublement tout neuf était à la dernière mode de Paris. Trois ans auparavant, si nous avions pénétré dans cette chambre simple et modestement ornée, nous y eussions trouvé les portraits du commandant de Penhoël, de Louis enfant, et de Marthe.

Ces portraits avaient disparu.

Les cartes et l'eau-de-vie avaient eu peu à peu raison des affections de Penhoël.

Il tenait le jeu contre M. Robert de Blois, auprès de qui s'asseyaient les deux Pontalès; à son côté, maître Protais Lehivain, portant sur son nez coupant et long de rondes lunettes de fer, suivait le jeu d'un œil avide.

Pontalès et son fils s'abstenaient de tout conseil. L'homme de loi, au contraire, prodiguait les siens avec une remarquable générosité.

Il faisait plus. Il prenait garde à ne jamais laisser vide le verre placé sur la table, à côté de Penhoël.

Et Penhoël buvait!

Ces trois années avaient pesé sur lui d'une façon véritablement extraordinaire. Bien qu'il eût à peine trente-huit ans, c'était déjà un vieillard; son épaisse chevelure blonde avait blanchi entièrement; son front s'était ridé; sa haute taille s'était courbée. Il n'y avait plus ni volonté ni intelligence dans son regard éteint et stupéfié par une ivresse de chaque jour.

A peine aurait-on pu reconnaître dans cette figure bouffie et pâle, que tachaient çà et là d'ardentes piqûres, les mâles traits de René de Penhoël.

L'effet produit sur sa nature morale par ce laps de temps si court était, du reste, plus désastreux encore. Certes, le maître de Penhoël n'avait jamais été un esprit d'élite; mais il possédait du moins autrefois une part de cette vaillance énergique qui était comme l'héritage de sa race.

A présent, plus rien. De cet homme jeune et fort, que nous avons vu jadis bondir dans le chaland vermoulu de Benoît, et braver sur ce pont frêle, la violence de l'orage, il ne restait qu'une manière de cadavre.

L'ivresse et le jeu, ces deux choses dont une seule suffit à exalter l'homme, pouvaient à peine, réunies, galvaniser sa morne inertie.

Il tenait ses cartes d'une main tremblante et comme engourdie. A mesure que la partie avançait, des gouttes de sueur plus grosses coulaient dans les rides de son front, et les taches rouges qui marbraient sa face livide s'allumaient plus brillantes.

En face de lui, Robert, souriant et calme, causait avec les Pontalès, intéressés sans doute dans sa partie.

Le jeune comte Alain de Pontalès était un assez joli garçon, dont la place eût été au bal plutôt que dans cette chambre.

Son père, le marquis, était un petit vieillard : cheveux blancs comme neige, œil vif, sourire bon et spirituel. A juger l'homme seulement par les dehors, ce devait être le plus aimable marquis du monde.

Les gens qui regardent de très près, et prétendent voir mieux que le vulgaire, auraient peut-être découvert, sous son avenant sourire, un petit fond de sécheresse et de moquerie. Mais c'était peu de chose, et d'ailleurs quelque légère nuance de scepticisme voltairien s'allie merveilleusment, comme on sait, à la riante bienveillance de ces vieux gentilshommes.

Ce qui dominait dans la physionomie du marquis, c'était la finesse et la bonté. Ce devait être un homme souverainement adroit, et sa bonhomie devait empêcher son adresse d'être dangereuse.

Ses ennemis, et il en avait bien peu d'avoués à cause de ses soixante mille livres de rentes, prétendaient qu'il était plus fin encore qu'il n'en avait l'air, mais que sa bonhomie ne valait pas le diable.

C'étaient des jaloux peut-être. En tout cas, dans ce pays patriarcal, où l'estime publique est en raison directe de la somme portée au bordereau du percepteur, la médisance n'avait pas beau jeu contre M. le marquis de Pontalès.

Ce qui, du reste, aurait milité sérieusement en sa faveur auprès de tout homme non prévenu, c'était l'empressement mis par lui à terminer cette longue haine qui avait séparé jadis le manoir et le château. Pontalès s'était prêté vraiment de bien bonne grâce à cette réconciliation; l'entremise du jeune M. Robert de Blois s'était bornée à une simple démarche après laquelle M. le marquis, quoique le plus âgé, le plus riche et le plus haut titré, avait fait immédiatement les premiers pas.

Depuis le rapprochement, Penhoël, au su de tout le monde, avait profité plus d'une fois de sa bonne volonté. Cet excellent marquis montrait une obligeance inépuisable. Pour n'en donner qu'un exemple et fournir d'un seul coup la preuve de sa bienveillante délicatesse, nous dirons qu'il avait été jusqu'à renoncer au titre de maire de Glénac pour donner à la vanité de Penhoël cette satisfaction enviée.

Il y avait bien une heure que la partie engagée durait. Les enjeux étaient lourds et l'on jouait argent sur table. Penhoël perdait.

Entouré comme il l'était, son malheur constant aurait pu n'être point naturel. La longue figure de maître Protais Lehivain pouvait dire bien des choses.

Mais le jeune M. Robert de Blois n'en était pas à user de ces fraudes élémentaires. C'était un gentilhomme! s'il trompait, il y mettait du moins une grâce charmante et une habileté de premier ordre.

Penhoël ne pouvait soupçonner ces mains loyales, toujours à

découvert et qui battaient les cartes avec une nonchalante aisance.

D'ailleurs, Dieu sait que le jeune M. de Blois, ne se montrait guère empressé de jouer. Ce n'était jamais lui qui entamait la partie, et il fallait chaque jour que Penhoël priât, — mais priât sérieusement, — pour que le jeune M. de Blois voulût bien consentir à lui gagner ses doubles louis.

Ce gain constant le fatiguait au lieu de lui être agréable tant il avait de généreux désintéressement. Chaque fois qu'il était contraint par le sort à empocher l'argent du maître, il ne pouvait retenir les marques de sa mauvaise humeur.

Penhoël, lui, s'obstinait avec l'entêtement sombre du joueur dépouillé. Depuis trois ans il avait perdu des sommes énormes. Il voulait les regagner. Sur ce tapis avaient passé tout à tour les fermes, les moulins, les forêts qui composaient l'héritage de son père. Il prétendait rompre la veine funeste et reconquérir tout cela.

Chaque jour son espoir se brisait contre l'arrêt inflexible du sort, mais rien ne tue l'espoir tenace du joueur.

Penhoël revenait le lendemain s'asseoir à la même place que la veille. Sa main avide et tremblante interrogeait avidement l'oracle toujours contraire. Il perdait. Durant quelques heures, il restait là, le feu dans la poitrine et la sueur sur le front, jusqu'à ce que Robert, ému de compassion, le tendre et bon jeune homme, lui refusât une dernière revanche?

Robert venait de gagner une partie et Penhoël cherchait au fond de sa poche, tout à l'heure pleine, les quelques pièces d'or qui lui restaient.

— Je donnerais vingt louis pour vous voir gagner cette partie, dit le jeune M. Robert; un bonheur comme le mien ne se conçoit pas et finit par être fatigant!

Penhoël tendit son verre, que Lehivain s'empressa de remplir.

— J'ai beau parier pour M. de Blois, dit le marquis avec la bonhomie douce qui distinguait ses manières, tous mes vœux sont pour mon ami Penhoël. C'est une veine comme on n'en a jamais vu! Dérangez un peu votre chaise vicomte; on dit que ces choses-là changent le sort.

Penhoël fit glisser sa chaise sur le parquet, avec cette docilité superstitieuse et stupide d'un joueur vaincu dont la tête se perd. Puis il reprit ses cartes d'un air sombre.

Il perdit encore.

Le vieux marquis joignit les mains avec découragement.

— C'est folie de lutter quand le diable s'en mêle, murmura-t-il.

Penhoël cependant fouillait dans sa poche, où il n'y avait plus rien.

— Trente louis sur parole! dit-il d'une voix creuse et sonore.

C'était le premier mot qu'il eût prononcé depuis une heure. Les deux Pontalès et M. de Blois échangèrent un rapide regard.

— Ecoutez, Penhoël, répliqua Robert, vous savez bien que je ne voudrais pas vous refuser; je jouerais contre vous des millions sur parole; mais, dans ce moment, ce serait vous voler votre argent. Nous resterions là jusqu'à demain que vous perdriez toujours!

— Trente louis! répéta Penhoël, dont la main tremblante serrait machinalement son verre plein d'eau-de-vie.

Robert mêla les cartes avec une répugnance visible. Au moment où Penhoël coupait, un domestique entr'ouvrit la porte de la chambre.

— On attend monsieur le maire, dit-il, pour allumer le feu de joie.

Qu'on attende! voulut répondre Penhoël.

Mais Robert et les deux Pontalès s'étaient levés déjà.

Quand le maître vit son adversaire lui échapper ainsi, son front s'empourpra, et sa lèvre blême trembla de colère. Robert et Pontalès le prirent chacun par un bras.

Maître Lehivain remettait ses lunettes de fer au fourreau.

— Allons, allons, Penhoël! disait cependant le marquis, de cet accent paternel qu'on prend avec les enfants révoltés, ne voulez-vous pas faire crier toute la paroisse! Prenez une demi-heure pour remplir votre devoir, et, après cela, parbleu! nous vous donnerons votre revanche...

— Puisque vous êtes un enragé! ajouta Robert, qui l'entraîna au dehors.

Avant de sortir, il avait fait signe à maître Lehivain de ne pas s'éloigner.

Les paysans attendaient dans l'aire. Le feu de joie fut allumé à l'aide d'une torche bleue fleurdelisée, et il y eut le nombre convenable de salves d'acclamations parmi les pétards.

Pendant que la flamme montait, tortueuse et bleuâtre, le long des fagots amoncelés, Penhoël, qui avait jeté sa torche, errait dans la foule et cherchait en vain ses partners. De tous côtés les paysans le saluaient respectueusement, et il ne les voyait point. Quand le brave p.ère Géraud du « Mouton couronné » vint à son tour lui tirer sa révérence, le maître lui demanda d'un air absorbé :

— N'as-tu point vu M. Robert de Blois?

Puis il se détourna, sans attendre la réponse du vieil aubergiste, qui secoua la tête en murmurant :

— Cet homme l'a ensorcelé! Et c'est moi qui lui ai montré le chemin du manoir!

A défaut de Robert et des Pontalès, qui se faisaient maintenant invisibles, Penhoël rencontrait partout sur ses pas maître Protais Lehivain. Celui-ci se tenait à distance respectueuse, mais il ne perdait jamais de vue René de Penhoël et semblait attendre l'occasion de l'aborder.

— Où sont-ils? lui cria enfin René à bout de patience. Macrocéphale s'approcha aussitôt.

— Je pense que monsieur le vicomte veut parler de ces messieurs? dit-il. Sans doute qu'ils auront attendu monsieur le vicomte dans sa chambre.

— C'est vrai! dit René : allons-y!

L'homme de loi lui présenta son bras, sur lequel René appuya sa marche lourde et pénible.

Dans sa chambre, il ne trouva ni Pontalès ni Robert de Blois.

— Ils vont venir, dit Macrocéphale en installant René dans son fauteuil avec les soins empressés d'un valet de chambre. S'il m'était permis de parler ainsi, je dirais : Ils ne viendront que trop tôt! Bon Jésus! ces hommes-là vous ont-ils gagné de l'argent, Penhoël!

— Donnez-moi mon verre, monsieur Lehivain, dit Penhoël au lieu de répondre : il faudra bien que la veine change un jour ou l'autre!

— Si j'étais fée ou sorcier, s'écria Macrocéphale dont le laid visage grimaçait le dévouement, il y aurait longtemps que la veine aurait changé! Voyez-vous, Penhoël, je ne sais pas faire de grandes phrases, moi, mais je n'aime que vous parmi les gentilshommes du pays. Et, aussi vrai que Dieu est Dieu, je me ferais hacher en mille morceaux pour votre service!

— Ils ne viendront donc pas! murmura Penhoël.

L'homme de loi s'assit sur le coin d'une chaise, tout auprès de lui.

— Avant qu'ils viennent, reprit-il, nous pourrions bien causer un peu d'affaires.

Une expression d'effroi et de répugnance invincible se peignit sur le visage de René.

— Non... non! répliqua-t-il; pas aujourd'hui!

— C'est que nous sommes bien bas!

— Qu'y faire? murmura René avec fatigue; allez-vous me rappeler encore ce qui a été fait? Je sais bien qu'un jour venant je n'aurai pas d'autre ressource qu'un coup de pistolet.

— Un jour venant, répéta l'homme de loi d'un ton qui voulait dire : « Ce jour-là est plus proche que vous ne pensez. »

· Puis il ajouta doucereusement :

— Ce qui est fait, Penhoël, et je ne vous parlerai point des signatures fausses. Ne craignez rien; personne ne nous écoute! Je voulais vous demander seulement s'il vous reste beaucoup d'argent sur le prix de la forêt de Quintaine?

La tête de Penhoël se pencha sur sa poitrine.

— Oh! la veine! la veine! murmura-t-il en crispant ses doigts autour des bras de son fauteuil : je viens de perdre mon dernier louis!

— Et pourtant vous voulez jouer encore!

— Je veux gagner!

— Mais si vous perdez?

— Je veux gagner! vous dis-je, s'écria le maître en se redressant tout à coup. Blanche de Penhoël est-elle faite pour mendier son pain, monsieur? Je veux regagner mes forêts, mes étangs, mes métairies! Et avec cela tous les biens que Pontalès a volés à mon père.

— Je donnerais mon bras droit pour que cela pût arriver, Penhoël! Mais vous n'avez plus d'argent...

— Il faut vendre!

— Vendre! répéta l'homme de loi, qui se fit une mine plus allongée encore que de coutume : pour vendre il faut avoir.

René tressaillit et le regarda en face.

— Qu'est-ce à dire? s'écria-t-il; n'ai-je donc plus rien?

— Si fait, répliqua Macrocéphale; monsieur le vicomte possède encore son manoir de Penhoël quitte de toute hypothèque.

— Et avec cela?

— Rien, répartit tout bas Macrocéphale.

Penhoël demeura un instant immobile et muet. On eût dit un homme foudroyé. Puis il se couvrit le visage de ses deux mains.

— Le manoir de Penhoël, reprenait cependant l'homme de loi, est une magnifique propriété : nous en trouverions assurément un bon prix... et je suis sûr que M. le marquis de Pontalès...

— Jamais! interrompit René avec angoisse : c'est ici qu'est mort mon père.

— Ce n'est pas moi qui donnerait à monsieur le vicomte le

conseil de vendre le manoir, poursuivit Macrocéphale en prêtant
à sa voix une expression plus humble et plus insinuante; mais,
ayant l'honneur d'être le conseil de monsieur le vicomte, je me
permettrai de lui faire observer que le manoir est pour lui une
lourde charge : avec une habitation si belle, il faudrait des
rentes.

— Et je n'en ai plus! murmura Penhoël.

— Pas beaucoup, s'il faut parler franchement. D'un autre
côté, comme vous le disiez tout à l'heure, la veine peut changer...
et avec des fonds...

Penhoël laissa retomber ses deux mains sur ses genoux. La
douleur profonde qu'il ressentait réveillait son apathie. La torture avait trouvé un coin vif au fond de son cœur engourdi.

Ces trois ans écoulés passaient comme une vision rapide au-
devant de ses yeux.

— J'étais heureux! pensait-il tout haut; j'étais riche! Le nom
de mon père restait pur. Oh! Haligan disait-il vrai? cet homme
est-il venu pour me prendre le salut de mon âme et la vie de
mon corps?

—Une observation qui est important de faire, poursuivait
l'homme de loi, c'est que toutes les ventes consenties par vous
jusqu'à ce jour sont conditionnelles et frappées d'une clause
de réméré. Dans le cas où vous feriez une nouvelle affaire avec
le marquis ou avec un autre... on pourrait obtenir des conditions
pareilles.

— Le terme du réméré est-il le même pour tout ce que j'ai
aliéné? demanda Penhoël.

— Le même. Il finit au premier décembre de la présente
année.

— Et nous sommes à la fin d'août? répartit Penhoël.

— En trois mois et onze jours, on peut faire bien des choses,
monsieur le vicomte! Dans le cas où il vous plairait de mettre
en vente le manoir, je pourrais tâter Pontalès ce soir même.

René de Penhoël ne répondit point tout de suite. Quand il
prit enfin la parole, ce fut tête haute et d'une voix ferme. Il
semblait qu'une étincelle de son ancienne énergie se fût réveillée
en lui.

— Je vous défends de me reparler jamais de cela! dit-il. Je
ne sais pas ce que Dieu décidera de mon sort, mais la maison où
ma fille unique est née ne sera jamais vendue par mon fait.

— Bien parlé! s'écria Macrocéphale avec un brusque attendrissement; ah! vous êtes un vrai gentilhomme, Penhoël, et nous
verrons, j'en suis bien sûr, la fin de tout ceci.

— Laissez-moi, dit le maître.

Macrocéphale se leva aussitôt pour obéir. Mais, avant de quitter la chambre, il eut le temps de dire encore :

— Si vous saviez comme cela me fend le cœur, chaque fois qu'un des domaines de Penhoël passe comme cela en des mains étrangères. Je n'ai rien à dire contre Pontalès, Dieu merci, ni contre personne; mais je suis, avant tout, le serviteur et l'ami de Penhoël. Et si j'avais des trésors, je saurais bien à quoi les employer.

Il fit un salut respectueux et prit congé du maître, qui était retombé dans son immobilité stupéfiée.

Au bas du perron, donnant sur le jardin, il rencontra Robert de Blois, qui l'attendait sans doute, et qui passa vivement son bras sous le sien.

— Eh bien! roi des habiles, demanda Robert; qu'avons-nous fait?

Maître Lehivain hocha la tête.

— Heu! heu! fit-il : on ne vend pas comme cela sa dernière chemise sans gronder quelque peu.

— Il accepte, en attendant?

— Il refuse.

— Diable! grommela Robert; ça nous retarde encore! Avez-vous bien fait tout ce que vous avez pu?

— Monsieur de Blois, dit-il, on n'est pas maître de ces choses-là. Je ne vous connais que depuis trois ans, mais je vous aime comme si vous étiez mon propre fils!

— Je suis bien reconnaissant, répliqua Robert.

L'homme de loi l'interrompit.

— Je voudrais que vous me missiez à l'épreuve, dit-il. Aussi vrai que Dieu est Dieu, je me ferai hacher en mille pièces pour votre service! Je n'ai rien à dire contre Penhoël ou contre Pontalès, mais il n'y a pas à balancer : votre intérêt avant tout, voilà ma règle.

— En temps et lieu, maître Lehivain, dit Robert, vous verrez que vous n'avez pas eu affaire à un ingrat. Pour commencer, dès demain je consulterai votre expérience sur quelques petites contestations qui pourraient bien nous diviser, Penhoël et moi, dans l'avenir.

A vos ordres, mon cher monsieur Robert.

— Mais, pour revenir à l'affaire qui nous occupe, vous ne voyez pas la possibilité...

— Par moi, non, répondit Macrocéphale.

— Alors, il faut employer les grands moyens, n'est-ce pas?

— C'est mon avis, et s'il m'était permis de vous donner un conseil...

— Cela vous est permis, monsieur Lehivain.

Depuis quelques minutes, tout en suivant la conversation, Robert réfléchissait. En ce moment il semblait sourire à une excellente idée.

— Le conseil que je me permettrais de vous donner, poursuivit l'homme de la loi, serait...

— Monsieur Lehivain, interrompit Robert, vous êtes très habile, mais je crois avoir trouvé ce qu'il faut.

— Vraiment! dit Macrocéphale d'un air quelque peu incrédule.

Robert ôta son bras de dessous le sien.

— On est bien mal ici pour parler d'affaires, reprit-il; veuillez chercher M. le marquis de Pontalès, et allez m'attendre avec lui quelque part où l'on puisse causer sans témoins.

L'homme de loi sembla réfléchir.

— Du côté de la tour du Cadet, si vous voulez? demanda-t-il.

— Soit, répliqua Robert, la place est excellente, et vous ne m'y attendrez pas longtemps. Avant une demi-heure, vous pourrez juger ce que vaut mon moyen.

Robert avait une figure triomphante.

Ils se séparèrent.

L'homme de loi descendit l'allée qui menait au salon de verdure, pour chercher le marquis de Pontalès, et Robert de Blois monta lestement le perron du manoir.

Au lieu d'entrer dans la chambre du maître de Penhoël, dont la porte se présentait la première dans le corridor, il se dirigea sans hésiter vers l'appartement de madame. (1)

FIN DE DIANE ET CYPRIENNE

------

(1) L'épisode qui fait suite à ce roman est intitulé
L'AVENTURIER

TABLE DES MATIÈRES

Paris. — Imp. d'Éditions, 9, rue Edouard-Jacques. 8-27.

www.ingramcontent.com/pod-product-compliance
Lightning Source LLC
LaVergne TN
LVHW021444170726
843501LV00005B/1491